银河铁道之父

〔日〕门井庆喜 著

李讴琳 译

著作权合同登记号　图字 01-2021-4386

《GINGATETSUDO NO CHICHI》
©Yoshinobu Kadoi 2017
All rights reserved.
Original Japanese edition published by KODANSHA LTD.
Publication rights for Simplified Chinese character edition arranged with KODANSHA LTD,
though KODANSHA BEIJING CULTURE LTD. Beijing, China
本书由日本讲谈社正式授权，版权所有，未经书面同意，不得以任何方式做全面或局部翻印、仿制或转载。

图书在版编目（ＣＩＰ）数据

银河铁道之父 /（日）门井庆喜著；李讴琳译 . --
北京：人民文学出版社，2023
ISBN 978-7-02-018071-4

Ⅰ.①银… Ⅱ.①门… ②李… Ⅲ.①长篇小说－日本－现代 Ⅳ.① I313.45

中国国家版本馆 CIP 数据核字 (2023) 第 115527 号

责任编辑	卜艳冰　何王慧
装帧设计	李苗苗
出版发行	人民文学出版社
社　　址	北京市朝内大街 166 号
邮政编码	100705
印　　刷	山东临沂新华印刷物流集团有限责任公司
经　　销	全国新华书店等
字　　数	211 千字
开　　本	889 毫米 ×1194 毫米　1/32
印　　张	10.25
版　　次	2023 年 7 月北京第 1 版
印　　次	2023 年 7 月第 1 次印刷
书　　号	978-7-02-018071-4
定　　价	59.00 元

如有印装质量问题，请与本社图书销售中心调换。电话：010-65233595

所以爸爸也带我去过康帕内拉家呢。那时候真好啊!

——《银河铁道之夜》

目录

第一章　当过了头的父亲　　　1
第二章　石头娃贤治　　　31
第三章　小鸡先生　　　63
第四章　店伙计　　　89
第五章　文章论　　　122
第六章　人造宝石　　　158
第七章　雨夹雪　　　195
第八章　春天与阿修罗　　　231
第九章　过氧化氢　　　267
第十章　银河铁道之父　　　313

第一章　当过了头的父亲

政次郎结束了一天的工作，跨过鸭川河刚回到旅馆，老板娘就啪搭啪搭地跑到玄关，穿着雪白短布袜的双脚擦蹭着入口处榻榻米的横框，对他说："宫泽先生！"

"什么事？"

"我……"

老板娘目光炯炯，一脸善意，喋喋不休地说着什么。

——听不懂。

政次郎想要表达这个意思，夸张地歪歪脑袋。来自岩手县的政次郎，无论听上多少遍，都觉得京都话比外语还难懂。

老板娘仍然笑意盈盈。

她转身进了里间，再次出来的时候，右手指尖捏着一张电报投递单。巴掌厚的洋纸上描着黑色的网格，画着竖线，里面是用毛笔信笔而书的数字和片假名。

（该不会是……）

政次郎几乎是抢过纸来，定睛细看，右下角发信人一栏写着"ミヤザハキスケ"，也就是身在故乡的父亲宫泽喜助的姓名，政次郎张口念着左侧最大的那一栏写着的字：

"喜得一子，粉妆玉琢。"

读毕，他立刻伸出双手紧握住老板娘的手，用老家话说："谢谢您！谢谢您！"

话音未落，他就转身冲出了大门。

他在民居鳞次栉比的涩谷大街上，急急忙忙朝着夕阳的方向快步前行。

"长子啊。长子啊。"

每当这个词语从嘴里吐出，他就感到自己的体温在上升。宫泽家可不是普通家庭，是当地屈指可数的商家，经营着当铺和旧衣店。眼下，所有亲戚一定都对小他三岁的妻子阿一赞不绝口。

干得漂亮！生了个继承人！

等政次郎回到家乡，加入这赞美的队伍中，恐怕得是一个月之后了。

"啊，真想快点回去！"

嘟囔这句话时，政次郎的双脚已经踏上了木头桥板。

这是横跨鸭川的五条大桥。政次郎上了桥一路往西，走进繁华的市街，再沿着五条大街径直往前。他的目的地是东本愿寺。这正是净土真宗统管一方的总寺院。二十三岁的政次郎坚信，净土真宗比其他任何宗派都更能使人变得崇高。

东本愿寺大门紧闭。

已经这么晚，关门是理所当然的。政次郎伫立在这高墙般巨大的寺门前，闭上眼睛，双手合十。门内是去年刚刚落成的御影堂，堂里祭祀着开山祖师亲鸾和尚。据说这是世界上最大的木建筑。

"南无阿弥陀佛。南无阿弥陀佛。"

他嘴里念佛唱诵，心情也随之逐渐平静，只剩下报恩感谢之念。

（谢谢。谢谢。）

大约二十天之后。

政次郎在京都站登上火车，回到了故乡花卷的街头。时值明治二十九年（1896）九月。东海道干线和东北干线已经全线开通。旅途比以往轻松多了。

*

回到家，却没有一个人到玄关迎接。有那么一瞬间，政次郎还以为家里……

没人呢。

眼前是个两间连通的房间，拉门关得严严实实的，但是门内传来了女人们喧闹的笑声。

其中也有妻子阿一的声音，还有母亲阿金的声音，尤为肆无忌惮的声音是姐姐八木。她三年前被夫家赶了出来，回来后一直无所顾忌地依靠娘家生活。

政次郎声音洪亮地喊道："我回来了！"

女人们立刻安静下来，拉门推开，阿一快步走上前："哎呀，老爷回来了。对不起，没注意到……"

"慌里慌张的家伙。"

政次郎严厉地说，愈发板起脸来：

"你不能因为生了孩子就粗心大意啊！尤其你这身份还需要规劝母亲和姐姐呢！"

"对不起。"

"你注意点！"

政次郎解下行装，走进房间。

这是客厅前面的日式房间，约十六平方米。一看见政次郎，母亲只说了声"你回来了"，便起身走到房间角落。姐姐八木则说："好了，该念经了，该念经了。"

她慌慌忙忙推开靠里的拉门，走进了客厅。

哎哟喂，照这么看，我去关西出差期间，想必她们是无拘无束、自由自在啊。政次郎正想接着责备阿一，大脑却随着视线的转移停止了全部思考：

"啊！"

房间正中央摆着一个小筐子。筐子是稻草编的，铺着白色床单，里头仰面躺着一个小活物。

这活物是个人。

他既不哭，也不笑，左半边脑袋紧贴着床单，有力地瞪大眼睛。那双明亮的眸子太黑太大，使得政次郎不由得避开了视线。婴儿通常都是这样吗？还是说唯独这个孩子……

（很特别？）

政次郎以为当上父亲是一种精神上的工作，没想到也是物理上的。阿一在一旁唤道："老爷。"

"嗯，怎么了？"

"你先坐下。"

她的语气从容得让人恼火。政次郎应道："哦，嗯。"

政次郎坐到筐子旁，立刻闻到一股香味。似乎是香鱼的味儿，又像刚煮好的小豆粥。替代罩衣披在身上的红色短棉外罩，时而鼓囊囊大得惊人，时而回缩塌陷。他对身后的阿一半开玩笑地说："居然挺有人样儿的。我还以为会像皱巴巴的猴子呐。"

"瞧你这话说的。"

"生产顺利吧？"

政次郎这么问，本是为了考虑妻子的感受，可阿一只顾看一眼婴儿便说："他一生下来呀，哭声可洪亮了！"

"嗯。"

"老爷，你瞧。"

阿一意味深长地看着小婴儿。

政次郎也跟着她转过头去。小婴儿冲他伸出手来，那是明明干燥却水灵灵的饱满手心。他强有力的视线此时也没在政次郎身上，而是注视着自己的手背，就像在看别的生物。

"喂。"

政次郎竖起小拇指，靠近婴儿的手。

这是一种无意识却自然的行为。最近一个月左右因为在关西出差，手指都被彻底晒黑了。政次郎用手指轻轻地戳戳小手掌。忽然，五根小小的手指头动了，柔柔嫩嫩却牢牢地抓住了政次郎的小拇指。

("啊！")

政次郎感到眼底发热。

他有一种哄逗小婴儿的冲动——好孩子好孩子，咕噜咕噜咚！——这永远都不可能。所谓一家之主，是不能在家人面前示弱的。必须总是保持威严，隐藏笑容，扮演不受欢迎的角色。

这个社会，逐利之心无孔不入。商人家庭要想避免破产存活下来，全家人都必须充分认识到这一点：去过所谓人造的生活。必须把家庭本身当作组织。生活，不是过出来的。

——是创造出来的。

这就是政次郎的信条。这不是封建思想，而是合理结论。今后，即使面对这个刚刚降生的小婴儿。

（也不能示弱。）

小婴儿依然握着政次郎的小拇指。

他眯缝着眼睛，脸颊上的小肉肉轻轻颤动，大概是在笑吧。政次郎忽然害怕起来，抽回了小拇指。

就在这时，小婴儿冷不丁大哭起来。政次郎惊慌失措，欠欠身想要直起身来，语无伦次地说："唉哟唉哟，别哭别哭。我说，安静……"

"他肚子饿啰。"

阿一跪在榻榻米上移过来，端坐着伸出两手。她掀开棉外罩，两手抱起了婴儿。

她把婴儿放在膝盖上。动作沉稳。右手果断地敞开衣襟，露出半边胸脯，把婴儿的脸贴了上去。乳头和嘴唇在上下左右错位中寻找位置，最后"嗯"地连接在一起。

嘴唇自然而然地开始运动。婴儿不断地发出"嗯""嗯"的声音，不知是呼吸、咀嚼还是下咽。乳头完全看不见了。他这才留意到，二十岁的妻子乳房整整大了一圈，露出了淡蓝色的青筋，鲜活生动，却又如同远离现实的瓷器。

靠近玄关的拉门打开了，传来粗犷的声音：

"政次郎，你回来了？"

政次郎回头应道："啊，爸爸。"

"政次郎，粗心大意可不行啊！"

站在那里的是父亲喜助。

他就是给留宿京都的政次郎发电报的人。他的目光越过自己的宽鼻梁俯视着政次郎，说："我还在看店呐，就算生了孩子，你也不能连个招呼都不跟我打就先回家吧？"

"对不起。"

政次郎弯腰道歉。喜助在政次郎面前盘腿坐下，把浓密的白发左右拨开，说道："不过，你这次回来对了。根子村的长松，态度顽固不好对付啊。"

"哦，长松先生啊。是那把刀的事？"

"对。我反反复复跟他说，这种品相差、没有落款、锈迹斑斑的东西，超出三日元是不值的，可他就是不回去。翻来覆去拼命说那几句话。什么这是祖传的啊，武士之魂呀，给生病的母亲换药费的啊。"

"他母亲生病，是真事。"

7

"我们也得做生意啊。"

"是得做生意啊。"

父子二人语气平淡地聊着。都是身经百战的当铺老手。喜助瞟了一眼阿一,俯视她的胸口,说道:"政次郎。"

"在。"

"名字已经起好了。"

肯定是婴儿的名字。出门前,他考虑到自己毕竟一个多月都不在家,所以请父亲等孩子一生下来就帮他起名字。政次郎点点头问:"叫什么?"

"ケンジ。"

喜助一边说,一边在榻榻米上用手指头写出汉字来:贤治。这串字音在政次郎嘴里来来回回,他点点头:"宫泽贤治。好名字啊。"

"是治三郎想出来的。"

"哦。"

政次郎噘噘嘴。治三郎是小他三岁的弟弟,职业是摄影师。

就是有钱人不务正业——

尽管村里人背地里嚼舌根,治三郎仍然把全国仅有几十台的照相机之一背在肩上,县内县外到处跑。

"他说一看就是个聪明孩子,所以起了这个名字。贤治的治是治三郎的治,当然,也是你政次郎的次[1]。"

---

[1] 日语里"治"和"次"发音相同。

"一定的……一定。"

政次郎忽然压低了声音。喜助眼里闪过一道光:"什么?"

"一定很聪明,这孩子。"

他自己也意识到,这是个没有必要的断定。喜助挑衅地说道:"你明白的。"

"什么?"

"当铺老板不需要学问。"

"嗯……"

"政次郎,你不就上到小学吗?这样最好,不用上中学。"

"还早着呢。"

政次郎别过脸去看贤治。

贤治还在吃奶。将来会成为一家之主的生命,正在有力地发出"嗯""嗯"的声音,眼睑通红。小脑袋的形状就像刚刚剥开的毛豆,格外漂亮。

政次郎轻轻叹口气:"学问啊。"

他陷入一种自己也不知该如何处理的情绪中。回过神来,他听见隔壁客厅传来了标志着念经开始的"开经偈"唱诵声:

无上甚深微妙法
百千万劫难遭遇
我今见闻得受持
愿解如来真实义

姐姐八木正面向佛龛。

这一年天灾不断。

三个月之前，发生了震源位于三陆冲的8.2级大地震。高度超过三十米的海啸袭击了沿岸地区，两万多人丧生，农作物完全毁坏。

位于内陆的花卷躲过一劫，可是第二个月的暴雨却导致北上河泛滥。洪水卷走了众多民居，田野掩埋在泥泞深处。贤治出生四天后，内陆地区也发生了大地震。据说榻榻米剧烈起伏，甚至把贤治一下子颠出了婴儿筐。

南无阿弥陀佛……

八木的声音越来越大，或许是在担忧，生于这样一片土地、这样一个时代的贤治会有怎样的将来。

"好吧。"

政次郎站起身，打开通往客厅的拉门。他想和姐姐一起念佛。

*

六年后的夏末。

政次郎正坐在店里账房之中。

他正在接待典当的客人。阿一似乎来到了他身后。商店和自家不在一栋房子里，她大概是从后门进来，一直在等客人走光。看见没人了，她道：

"我说，老爷。"

"什么事？"

"小贤不知道怎么了,烧得厉害,额头都烫手。还出血了。"

"血?"

"是的,上厕所的时候,屁股里……"

(便血。)

政次郎一惊。这是染上痢疾了。若是这样,七岁的贤治性命攸关。他立刻站起来,俯视着阿一说:"蠢货,还这么优哉游哉!"

"对不起!"

阿一弯腰道歉,搞得政次郎更加火冒三丈。

"我带他去找医生!"

情急之下,这句话差点脱口而出。但是他咽了回去。痢疾也好,其他病也好,一个大男人为了孩子区区一场病就陪在左右……

丢人现眼。

他不想让路上的人听见,压低声音说:"你带他去!"

"好。"

"你要仔仔细细听医生怎么说。你迷迷糊糊的,要不得!"

"好。"

阿一迅速转身,消失在屋后。政次郎又在账房里坐下,看看三合土的店面。门哗啦哗啦开了,走进来一位新客。

连续来了五六位客人,都是农民。这个月北上河洪水再次泛滥,淹没了田地。他们大概是揭不开锅才来借钱的。他们开口的第一句话,就像写好的剧本,一定是:"这个能当多少啊?"

典当品十有八九是割稻子的镰刀、锄头和铁锹的刃。政次郎故意盛气凌人地宣告："超不过一日元呐。"

或者是"必须下个月十号之前还钱，加上利息总共三元四十八钱。"

可他内心里则盘算着：

（锄头、铁锹刃是他们请专业锻造坊制作的，是比生命还重要的劳动工具。他们一定会还钱，所以多借些无妨。）

他还盘算着将来：要是还不了钱，也没问题。典当品就归店里所有了。按照最近的行情，卖给收废铁的比卖给二手工具店更好吧？

只要店里和家人不遭受直接损失。

天灾带来盈利。

这是当铺的法则。

不过，唯独这一天，工作上的思考立刻被抛到了一边，个人感情占了上风。

（贤治，唉。）

他后悔了。要说起来，最近贤治嗓音有些嘶哑，哭着说肚子疼。洪水之后传染病流行是卫生学上的常识，可是贤治原本就是个爱哭的孩子，所以他没当回事，疏忽大意了。阿一也真是的。为什么没注意到呢？来不及救治可怎么办？

他把钱借给最后一位客人，收起门帘放进屋，仔细关好门窗，飞也似的回了家。阿一已经回家了，那间十六平方米大的房间中央摆着一口箱子，里面装着衣服、玩具、人偶之类。政次郎环视整个房间，又朝隔壁客厅里望去，不见贤治身影。

"怎么样？"他站着问。

阿一抬起头说："烧到三十九度。医生用大拇指按压左侧腹部，小贤疼得不得了……"

"是什么病？"

"说是痢疾。"

（这会要了贤治的命。）

恐惧猛然间充斥他的大脑。这可不行，要是这样……

（会要了我的命。）

就在这一刹那，政次郎觉得自己的心都碎了。世人心目中理所当然的家长形象、父亲形象烟消云散。政次郎盘腿正对阿一坐下："医生说要采取什么措施？木呆呆地傻听着不行啊。必须告诉医生，我们什么都愿意做……"

"我说了。然后医生给本城的大医院写了介绍信。我们一去就让住院了。我安排好小贤，回家一趟来……"

"带上这些东西再去吗？"

政次郎用手指敲敲箱笼边问道。

"是的。"

"我去。"

政次郎立刻站起身，合上箱盖。阿一双手掩口："你说什么？！"

"我来照顾贤治，不能都交给护士。"

"天哪，要是这样……"

阿一含糊其词，但是很明显，她接下来要说的是——没脸见邻居了。

听说东京开设了专业教育机构,来学习克里米亚战争中南丁格尔的功绩,可是在地方上,护士说到底只是病房里的女佣而已。

就是说,一家之长,要去做没有受过教育的年轻女子才干的脏活儿。阿一拽着他的衣袖说:

"老爷,您留下看店……"

"店里的事拜托爸爸。"

"小贤会很客气拘束的。"

"我们是血肉至亲的父子,怎么会拘束?"

"我会一直陪着他。"

"你把家里照顾好。家里还有阿敏,还有阿茂呢。"

阿敏、阿茂是贤治的妹妹,分别是五岁和两岁。政次郎没有让步。如果让步,他会一辈子……

(后悔。)

这是他最害怕的。就在二人争吵之时,拉门开了,父亲喜助走了进来。

喜助大概刚刚整理完仓库里的典当品。听完阿一的逐一汇报,喜助瞪大了泛黄的眼珠,就像看疯狗似的盯着政次郎说:"照顾病人的事儿让护士干!这可不是男人该干的事!"

和阿一意见相同。世上所有的人都会站在他们这一边吧。政次郎毫不退缩:"这不是普通病人,这是贤治!万一……"

政次郎不顾劝阻地离开了家。他亲自扛着行李去了隔离病房,走进痢疾患者的病房一看,政次郎不由得大叫:"哟!"

房间本身很宽敞。从政次郎这个方向看去,右边四张、左边四张,共有八张床,全都躺着病人,充满了近代化的色彩。白色床单配白色被子。包裹着枕头的白布单。唯有天花板上垂下来那盏葫芦形状的玻璃油灯,泛着淡淡的橙色光芒。

这不是为了示威,也不是无用的表面装饰。这种颜色很实用,可以让一丁点血迹、污渍都变得很醒目,便于彻底清除。贤治正躺在右侧最靠里的床上。

他仰面而卧,小脑瓜在玻璃窗下摆得端端正正,眼睛闭着。可能是睡着了。

(贤治。)

政次郎站在他的枕边。

他放下行李,出神地凝视着爱子的脸庞。他觉得仅仅三四个小时前才在家里见过的这张脸已经整整瘦了一圈。脸色也……

(黑得厉害。)

贤治的呼吸浅而急促,呼气的时候格外无力。他伸出手来,想要摸摸额头上那张白手巾的热度,却听见身后传来一声:"打扰了!"

他回头一看,身后正站着一位四十岁上下的男子。大概是主治医生。他身穿浆得平平整整没有一丝皱纹的白大褂,脖子上挂着听诊器。他身旁是一名同样身着白衣的护士。她头上戴的护士帽虽然很洋气,但是里面包着日本发型,因此鼓鼓囊囊,有些滑稽。

"您是贤治小朋友的……父亲?"

"是的。"

"您是来探视?"

政次郎摇摇头说：

"我从今天开始就住在这里了，我要彻夜照顾贤治。"

"请您赶快回去！"

医生干脆利落地进行了解释。痢疾是感染赤痢菌导致的。没有特效药，唯一的治疗方法就是静养，等待康复。因为会传染，所以家人要尽量避免与患者接触。

"我也把同样的情况告诉了其他病人的家属。要是一整天都陪床，隔离病房就没有存在的意义了。"

政次郎反驳道："我不怕被传染。"

"这不是您一个人的问题。带病菌离开医院，又会导致新的流行。"

"我可以不出去。我就在这里待着。这个孩子呀，医生，是我家的继承人。"

"这和病菌可没关系。"

"我的儿子眼下生死攸关啊。我怎么能袖手旁观呢？"

"说不定他很快就能出院呢。"

医生的语气略微缓和。他和身边的护士迅速交换了一下眼神，然后说："痢疾这种病，每个人的症状差异是很大的。还有人就像得了场热伤风一样呢。"

"您安慰我也不管用。您看他这张脸，皮肤都发黑了。"

"是那个吧？"

医生指指玻璃窗。窗外天还亮着，几片濡湿的落叶紧紧贴在窗户上，在室内落下了阴影。这阴影朦朦胧胧地罩住了贤治的脸。

当贤治把脑袋往左一偏,影子就在白床单上泼上了淡墨。

"啊!"

"您明白这是怎么一回事了吧?贤治爸爸。"

听医生得意地这么说,政次郎刷的一下红了脸。

"不,不行,不行。我在报纸上看过统计。今年预计会有好几万人死于痢疾,不是吗?说是比霍乱和天花还要多!"

"嘘!"

医生在嘴唇前竖起了手指,看看周围的病人。政次郎这才醒过神来,说:"对不起。"

"您爱怎么做怎么做。"

医生转身离开了。看他的态度,大概是觉得没有必要跟一个傻瓜继续说下去。

护士也跟在他身后走了。政次郎满不在乎,挨个向其他病人打了招呼,然后走到靠近入口的墙边。

墙边摆着几张圆凳子。政次郎端起一张回到贤治的病床边放下,但他并没有坐下。

"好了,开始干活!"

他把手伸向贤治的额头。首先需要更换手巾。没空思考。政次郎自认为是一个勤劳肯干的人,这也是大家公认的。

*

已是半夜。

窗外的风越来越大,把窗户刮得砰砰直响。或许是听见了这声音,仰卧而眠的贤治在枕头上晃晃脑袋,"嗯……",他睁开了眼睛。坐在凳子上的政次郎没有起来,向前欠身叫道:"贤治。贤治。"

因为其他病人还在睡觉,所以他唤得如同耳语。七岁的孩子慢慢地转动蓝玻璃弹珠似的瞳仁,一见是政次郎,眼睛一亮。

政次郎用温柔得连他自己都感到吃惊的声音说:"好了好了,乖孩子。你什么都不用担心,我一直在照看你呢。"

贤治眨巴眨巴眼睛,用细弱得像蚊子一般的声音说:"谢谢。"

政次郎屏住了呼吸。

他感动得仿佛听到了自己心脏的破裂声。这个孩子真是个圣人啊!最痛苦的明明是他自己。政次郎隔着被子抚摸着贤治的胸口说:"你管好自己就行,不需要想别的。"

他哽咽了,无法自如表达。自相矛盾。平时,他每次为贤治做了什么,都会教训贤治说:"道谢!鞠躬!这就是做人的礼节。"

政次郎自己都觉得不好意思了。为了掩饰这种不好意思,他问道:"肚子怎么样?疼吗?"

"疼。"

贤治一边说,一边鼓起了腮帮子,就像在生气似的。他在强忍着痛楚。这也是源于自己平常对他的管教吧?

——既然是个男人,就不许示弱!

政次郎感到自己就是个无可救药的蠢货。

"好了好了,其实很疼吧?这种时候老实说就行。你等等,我帮你缓解一下。我找护士问过方法。"

政次郎站起身走出病房。

走廊靠里是开水房。进去就能看见，这间西式房间的正中间铺着两张榻榻米，虽然是九月，却生着火盆。

火盆上，一个铁壶正静静地冒着白色水蒸气。在这家医院，泡茶自不必说，为了给器械和绷带之类消毒，也需要使用大量热水。

"您在值班呐。"

政次郎和负责生火的老勤杂工打了个招呼，从墙边的架子上取下一个大浅盘子来。

盘子里盛着水，漂着一张豆腐大小的茶褐色魔芋。这是他提前问护士要来的。政次郎站在水池边，把水倒掉，留下魔芋，然后把火盆上的铁壶拎过来往里灌水。

水蒸气裹挟着一股腥味一下子蒸腾起来。政次郎等了片刻，把热水倒掉，用布裹好魔芋，回到病房，塞进贤治的被窝里，放在他的肚子上。

这就是暖腹的处理方式。护士说，虽然高热时这样做对身体不好，但是只在疼得睡不着觉的时候这么做是可以的。贤治咳了几声。

政次郎又在凳子上坐下，问："怎么样？"

"舒服了。"

"真的？"

"真的。"

室内光线昏暗，柠檬黄的星光从窗户洒进来，照亮了贤治舒展的眉头。或许是心理作用，政次郎觉得他的嘴唇也泛起了血色。

（确实管用！）

明白这一点时，政次郎内心涌上从未有过的自我肯定。或许这才是身为父母的幸福极点。这不就是男人的夙愿吗？

"好，好，那你好好睡觉。医生说睡觉是最管用的药哦。"

"好。"

"晚安。"

"晚安，爸爸。"

然而，贤治此后并没有睡着。他时而呆呆地凝视天花板，时而叹息，时而轻微翻身，小心翼翼地不让魔芋从肚子上滑下来，就这样反反复复。是不是白天睡太多了？政次郎鼓起勇气说："我给你唱歌吧。"

"什么？"

"我给你唱歌，你就可以做个好梦了。"

唱摇篮曲到底还是太害臊，于是政次郎选了首儿歌。这是他小时候，在夏日夜晚一边寻找萤火虫一边唱的歌。他用手心拍着贤治的胸口，唱道：

　　萤火虫　萤火虫
　　那边的水可不好喝
　　这边的水香甜可口
　　白天躲在草叶露珠下
　　晚上高举亮闪闪灯笼
　　萤火虫　萤火虫

这边这边快来哟

"还是睡不着吗？"政次郎停下问道。

贤治过意不去地点点头。政次郎越发喜不自禁，他不想让贤治睡着。细想来，父子俩人独处的夜晚，这还是第一个。今后恐怕也不会再有啊。

"明年你就要上小学了，贤治。"

"是的。"

"想去吧？那个书店的小子，叫什么来着？哦，对，小信。你可以和小信一起去上学。书包、衣服、本子，我全都给你买新的。你肯定是个学习好的孩子。因为我就是哟。品德、阅读、习字、算术、历史、地理、自然、物理、化学、生理……我所有学科的评定都是'甲'。贤治，你听得懂吗？甲乙丙丁的甲。就是最高级别。"

政次郎越说越带劲。

"当然，我毕业时的排名也是第一。要是想继续读书，还能升中学呢。但是我的父亲，对，就是你的祖父喜助说'经营当铺，不需要学问'。你呢？喜欢学问吗？"

贤治老老实实地听着。背后有人"嗯——"地发出了声音，所以为了不打扰别人，政次郎俯身离贤治更近。贤治不时地咳嗽，温暖气息拂过政次郎的脸颊。

政次郎想起了医生的话。

这么密切地接触，恐怕会传染上痢疾。这么说来，刚才就觉得发冷了。就像冬天的寒风灌进了后脖子。

（怎么会！）

在意这种事，不就是对儿子的背叛吗？政次郎继续往下讲，和贤治脸贴脸，轻声细语地讲述自己和宫泽家的故事。

※

政次郎于明治七年（1874）二月，出生于岩手县花卷村。

二十八年前。虽然那个夜晚大雪纷飞，阴沉沉的，但因为他是长子，所以父亲喜助很高兴——继承人出生了。

母亲也很高兴，家里灯火通明。

十二岁的时候，他从位于村子中心地带的本城小学毕业。成绩全都是"甲"，校长还给他颁发了"花卷第一才子"的证书。政次郎自己也热爱学习，因此他央求喜助："我想上中学。"

中学指的是位于花卷村往北三十千米左右县厅所在地的岩手中学。那是县里的最高学府。

喜助当时四十六岁。他冷淡地说："不行。"

"为什么？"

"经营当铺，不需要学问。"

简单明了的逻辑。即使上了中学，也打不好算盘，也不会给典当品估价。本来全国上下的商家，不止当铺，都有一个共识——读书会变懒。

一读书，就会开始思考。这和手淫一样，无非是种恶习，会从前途无量的青年人身上榨取精力。

不，不仅是这样。当时的喜助，心里还有更为复杂的原因。

宫泽家成为经商人家，最早要追溯到德川时代后期，当时一个名叫宫泽宇八的人，在花卷开了一家和服衣料店——井筒屋。

宇八是个勤奋的人。他的生意兴隆，甚至还开了大店，雇了众多伙计。但是，他的孙子喜太郎天生讲究排场，寻欢作乐，对家业不管不顾，所以商店垮掉，千金散尽。

——这不是我的错啊。

据说喜太郎不断地重复这句话。

——这是时代的错误。毕竟时值维新，世道混乱。南部的殿下，屡次三番向我征款，我无法承受啊。

这一辩解在某种程度上来说是真的。维新之时，南部藩最后一位藩主美浓守利刚和其他东北诸藩藩主结成同盟，支持德川一方，与萨长两藩主导的新政府军抗争。

这就是所谓的戊辰战争。最后，他们打了败仗，打开盛冈城投降，把武器弹药都交给了敌方。据说，仓库里有一百八十六门大炮和六千六百余挺步枪，尽管都是老式武器，也依然把萨长两藩的军人吓得不轻。

如此数量的军备，是区区二十万石[1]的大名不可能筹到的。而且，南部利刚还向瑞士法布尔·布兰德商社订购了为数众多的步枪。这都是他让领地内的富商掏钱买的。喜太郎就是其中之一。

无论如何，商店倒闭了。

——宫泽一家已经完了。

---

[1] 日本江户时代俸禄的单位。

人们暗中议论。喜太郎虽是长子，但他的孩子尚且年幼，家族的复兴都托付给了弟弟们。可是，老二圆治已经送到别人家当养子，而老四德四郎又性格阴郁，很不适合做买卖。

——看来已经没救了。

就在亲戚们全都断了念想之际，只听有人道了声"我来"，便立刻站起身来，此人正是老三喜助。

他是政次郎的父亲。所有亲戚都揶揄他——就像块穿了衣服的石头。

这个男人不懂得随机应变，头脑死板，所以大家都认定了他不适合做买卖。

喜助的行动，一鸣惊人。

他离开花卷，转遍了大迫、土泽等周边城镇，在市场的角落里摆好旧衣服等待客人光顾。

——和服衣料店的小子，居然卖旧衣服！

人们的嘲笑声越来越大，实际的销售状况也确实不尽如人意。应付顾客的差事对于这个男人来说还是太难了。

可是，他"像穿了衣服的石头"似的性格这时起到了关键作用。这是个不折不扣的老实人。他从不浪费赚来的钱，当然也不会像长兄那样花天酒地。他极其节俭，一分一厘地把钱存下来，有了积蓄之后回到花卷，开了家当铺。虽然他知道人们又会在背后戳脊梁，但这步棋下对了。

本来花卷镇上，当铺并不罕见，但是镇上的人和附近的农民比起其他店，更愿意到喜助这里来。

——喜助让人放心。

——就算经常去也不会被警察盯上。

大家如此评价。

原因恐怕还在于喜助的死脑筋。当铺这种地方，由于生意上的特殊性，通常和赃物关系密切。这个行当里有许许多多坏人出没，他们是假扮顾客的惯偷、扒手、趁火打劫的强盗、盗墓贼……拿偷来的东西抵押借钱后，就此逃之夭夭。

当铺也是投桃报李。尽管知道实情，还是会收下东西，然后迅速转手。从一开始就没打算能把借出去的钱收回来。事后如果警察来问，就会佯装不知，反倒装出一副受害者的模样来："啊？还有这回事？哎哟喂，那我们也是被骗得团团转啊。做梦都没想到这会是赃物啊。"

这种接近犯罪的买卖，喜助从一开始就不沾。每当客人拿来典当品，他都会戴上放大镜仔仔细细检查，并且观察客人的穿戴模样，一旦判定此人可疑，他就把东西还给对方。无论对方威胁还是哄骗，他都不收。如果他一时疏忽收下了，就会毫不犹豫立刻找到警察，如果是赃物，就给他们。虽然营业额会因此减少，但这就是喜助这个男人的做派。与其说他是正义之士，不如说他在某种意义上有洁癖。

这样一来，警察对他也另眼相看，愿意帮帮宫泽。

每当村里村外发生大盗窃案，警察还会特意把喜助叫去，把信息透露给他，赃物是怎样的宝石和银表。

要是果真有人拿着这种宝石、银表之类的到店里来，喜助就会悄悄地报警，最终罪犯也能逮捕归案。这种打破常规的生意虽然遭到同行嫌恶，却赢得了占客户绝大比例的善良穷人的青睐。

——因为放心呐。

就这样，和其他当铺相比，喜助的店并非利息更低，并非店面更大，并非传统更悠久，也并没有漂亮的女店员，却成为花卷首屈一指的存在。要说起来，喜助是在自己都没有意识到的情况下，完成了当铺的近代化。

不过，这一兴隆就是二十多年。

抑或这只能延续到喜助这一代，今后能不能持续还是个问号。正因如此，当十二岁的长子政次郎恳求父亲"我想上中学"的时候，他一口回绝。开当铺的不需要学问。如果一不小心迷上了学问，而且是没有任何用处的文学、数学之类，从某种意义上来说，比沉溺于贪杯淫乐还要悲惨。宫泽家会再一次没落。喜助用自己的方式，赌上了一切，阻止了政次郎升学。

政次郎回了声："好。"

从小学毕业的第二天起，他就开始跟着喜助学习业务，再也没有提过中学的事。

*

两周后，贤治康复出院。

他曾经高烧到说胡话，肚子疼得直哭，而现在就像一切都没发生过一样，津津有味地大口吃着白米饭，喝足了香喷喷的牛肉汤，然后挨个对同病房的病友们说着"谢谢"，又向医生、护士鞠躬感谢。年轻的护士笑眯眯地说:"康复了真好呀,贤治小朋友。"

"对。"

"你要保重身体,好好学习哟!"

"好!"

贤治和阿一离开了隔离病房。在凉爽的秋风中,贤治就像在列队行进似的走在大街上,说:"好舒服呀,妈妈!"

他本来就是个快活的孩子。来到作为菩提寺的净土真宗安净寺,他问候了主持,然后在主佛前虔诚地双手合十,吟唱了三遍"南无阿弥陀佛"。

*

与此同时,政次郎正躺在同一家医院普通病房,而非隔离病房的一张床上。

他的腰弯得就像煮熟的虾米,两手捂住下腹部:

"啊……啊。"

他痛苦得脸都扭曲了,剧痛仿佛拔掉了屁股上的栓,似乎试图从那里吸出什么。

(受不了了!)

他的鼻头上一层黏糊糊的油汗珠子。他试着念佛,却不在状态。作为门徒,抱有这样的期待恐怕本就是一种错误。

"所以我不让你来嘛。"

从脚那头传来一个声音。

他勉强抬起头一看,床位栏杆外有一张圆凳子,喜助正坐在上面。

就是那个从旧衣店开到当铺、实现宫泽一家复兴的政次郎之父。喜助已经六十三岁了,可是白发还相当浓密,给人一种精力过于充沛的印象。喜助咂咂舌,就像教训小孩似的说:

"我说了多少遍,照顾病人的事让护士干,你就是不听。被贤治传染上痢疾了吧?"

"不,不是。"

政次郎挤出声来。喜助在胸前操起双臂,依靠在床栏杆上问:"不是什么?"

"不是痢疾,医生说是肠炎。感染上其他什么细菌了。"

"这不是一回事吗?原因都在于照顾病人。一刻都不离开浑身上下都是赤痢菌的贤治,几乎不睡觉地照看他。无论多强壮的男人也会生病的。"

"太好了。"

"什么?"

"贤治的病,好了。"

政次郎弯着腰翻了个身。尽管他并不是处于逆反心理才说的这话,可喜助失望地摇摇头:

"政次郎,我说你啊……"

"嗯?"

喜助欲言又止,这个人话说一半很罕见。等疼痛略微缓解,政次郎引他的话道:"您想说什么?"

喜助这才开了口:"你啊,当父亲当过了头。"

喜助的语气充满了忧虑，仿佛这是一种比痢疾还要严重的病。（的确如此。）

政次郎不得不承认。这两个星期的劳作比想象的要快乐，不知道算不算个证据。一听贤治说肚子疼，他就到开水房烫好魔芋。一到服药时间，他就把药溶解在白开水里，用银勺子喂。浸凉放在额头上的手巾。擦拭全身。换衣服。帮助贤治上厕所。

政次郎心想：我这不是很能干吗？尤其可贵的是，获得了和贤治聊天的宝贵时间。付出点下腹部剧痛和发高烧的代价，在收支上看也是大赚一笔啊。

政次郎眼下尽管在病床上挣扎，却心满意足。喜助口中的"当父亲当过了头"，在政次郎看来并非坏事。

"政次郎，"喜助忽然叫他一声，站起来说，"我回去了。"

"谢谢您。"

"我不再来了。还得看店呐。"

"好。"

"你可别娇惯啊。"

喜助留下这句话，逃也似的离开了病房。最后这句话，到底是针对贤治的，还是针对自己的呢？政次郎无从判断。或许两个意思都有吧。四天之后，他出院了。

※

政次郎恢复工作后，又到关西出了一个月左右的长差。这不是当铺的业务，而是为了给旧衣店进货。

旧衣店是宫泽家商店的另一个支柱。这原本是喜助开展的生意，当铺获得成功之后顶多算个副业，可政次郎在十八岁那年盯上了这摊生意，他说："爸爸，让我来试试看。"

契机就是东北总线从青森到上野的全线贯通。两年前东海道总线就已经全线贯通。日本一眨眼的工夫变小了。

（可以去关西了。）

服装的品质，自古以来京都、大阪等地就比关东的好，而且便宜。

政次郎首先在京都落脚。每天早晨，他在东本愿寺拜完佛，就去逛寺町一带的旧衣店。有时候去大阪采购西阵制造的高档货，还会大量买入货物统一寄回花卷。而在花卷，他并不面向普通顾客做零售。

他把这些货物和其他当品一起拿到同行聚集的市场销售。这样更赚钱。有时候他还会前往盛冈的市场。那里几乎都是进口商。旧衣服的生意虽然比不上当铺，但不知不觉中也成了宫泽家重要的盈利业务。人们夸赞政次郎是个不亚于喜助、有生意头脑的男人。

这样的生活，在他出院之后恢复原样。

不过。

政次郎唯有一点没能恢复。

肠道。或许是消化能力降低了，冬天还好，一到夏天，他就不能吃固体食物。政次郎从此以后，直到昭和三十二年（1957）八十四岁去世为止，每到炎热时节都只能喝粥了。

第二章　石头娃贤治

贤治年满八岁，迎来了町立花卷川口普通高等小学（普通科）入学仪式这一天。

他身穿新衣服、新短褂，肩上挎着新书包，精神饱满地出了门。因此近邻在背后指指点点："卖旧衣服赚了钱，鸟枪换炮啊。"

这是阿金去菩提寺的安净寺办事时，在路上偶然听见的。政次郎听说后，叹了口气，就像在教导自己似的说："妈妈，就让他们说去。"

（当铺毕竟是当铺啊。）

比起这个，更重要的是贤治的人身安全。他跟贤治说过了，从明天起在家见就好，但是……

——今天必须先到店里来见我一面。

这么爱操心，连他自己都不由得苦笑，但是他忍不住要搞清楚贤治是不是好好活着。

这天下午。

贤治按照他的要求回到了店里。贤治像平常顾客一样，打开三合土店面的门："我回来了。"

眼泪在贤治眼眶里打转，就像覆盖了一层镜片。嘴巴一别，尖叫着说："爸爸，我，明天不想上学了。"

"什么?"

政次郎勃然大怒。我的爱子,是被哪个没家教的孩子欺负了?

他踢开坐垫,下到三合土地上,站在贤治面前。正好没有客人,政次郎想一把紧紧抱住贤治。面前的贤治抬头望着父亲,擦掉左眼滑下的泪珠子,说:"学校大门旁边有个邮局。"

"是局长的儿子吗?"

"前面有条大狗。"

"啊?"

政次郎的两条胳膊无力地垂下。

他知道那条狗,在贤治眼里或许大得像头熊,可是在成年人眼里就是条小狗,况且那不是野狗。和政次郎认识的邮局局长把狗调教得很好,给它吃的,拴在电线桩上,是只温顺的家畜。

就在放下心来的那一瞬间,他生气了:"你不是男孩子吗?胆子大些!"

脑袋上挨了一拳,贤治也蔫了,用手腕擦擦眼泪道:"是。"

第二天早晨,贤治赖在家里不愿出门。政次郎几乎是把他赶走的。下午,他泰然自若地回了家。阿一问:"贤治,狗呢?怎么样了?"

"什么?"

他眨巴眨巴眼睛,似乎已经克服了恐惧,把狗忘到九霄云外去了。从此,他再也没有不愿上学的时候。

他没有抱怨身体不舒服,下雨的日子不嫌麻烦,学习成绩也相当出色。语文课本拿到手那天就已经通读，算术也跳过了加减法，直接开始背九九乘法表了。同一年级还有秀治、金治两个成绩好的孩子，老师们把他们合在一起称为——三治。

这和政次郎预想的一样。政次郎二十四年前也是与此相似的优秀儿童。熟悉他过去情况的老奶奶大概有所耳闻，每次在寺里遇上他都会说："和你小时候一模一样呀。"

每一次政次郎都会摆摆手，毫不谦虚地说："贤治更好呢。"

而另一方面，也有出人意料的情况。

最大的情况就是如何度过课外时间的问题。

贤治常常在户外玩耍。上学前，他的习惯是要么一直在家读书，或是跟着政次郎的姐姐八木在佛龛前念经，要么就是趴在院子里，摆上十个煤油灯的玻璃罩子，每个罩子里关上一只蜘蛛或者蝴蝶，当作一间临时动物园，嘴里随意地唱着"小虫子，小虫子"之类，从早上一直盯着它们到晚上。与此对比，他现在的变化极富戏剧性。贤治眼下一放学，把书包扔在玄关，非常礼貌地打上一声招呼"我去去就回"，然后就一溜烟跑了。不到天黑不回家。这个家难道成了吃饭睡觉才回来的旅馆？

"好孤单呀。"

嘟嘟囔囔的不是政次郎。

也不是阿一，更不是阿金，是贤治的大妹妹阿敏。她一副典型的东北人模样，是个肌肤雪白、眉眼线条分明的六岁孩子，总是争强好胜。

"哥哥不在，我好孤单呀。"

这么说来，她以前常常趴在贤治身边，注视着煤油灯罩盖起来的动物园，跟着拍子唱："小虫子，小虫子。"

政次郎格外感动，伸手抚摸着她留着娃娃头的脑袋，说："不孤单，一点都不孤单。你还有两年也能去了。"

"去上学？"

"嗯。"

"和哥哥一起？"

"对，对。去的路上有条大狗，有贤治在就不害怕了。"

政次郎露出了笑容。他已经竭尽全力在安慰阿敏了，可是对于孩子来说，两年时间漫长得就像永永远远。阿敏嘟起嘴快要哭了，大概觉得父亲只是在岔开话题吧。

*

从贤治上学算起，大约一个月过去了。政次郎关上店门后，对喜助说："爸爸，劳驾您帮帮忙。"请他一起给当铺对账。

这是一天中最后的工作。政次郎坐在桌子这一边，喜助坐在他对面，给他念账本。当天上门的每位顾客，各自借走的金额、返还的金额，以及减去它们之后的余额。

政次郎一边听，一边拨算盘珠子，再把得到的数字和账本上的进行对照。相同就没问题。不同的话，需要重新计算，寻找原因，直到合上账目。

顾客不同，或者是典当品类型不同，利息也不一样，所以不熟悉的话脑子就会成一团糨糊。但喜助和政次郎是身经百战的。

两个人态度淡然地记账，很快就顺顺利利地把四十七个人的金额都算得差不多了。就在还剩两三个人的时候，隔壁家里的玄关大门哗啦哗啦地响了，只听见贤治喊道："我回来啦！"

家里立刻响起阿敏的声音："哥哥，你回来啦！"

政次郎拨着算盘珠子，安心感和往常一样流入心田。桌子对面的喜助，忽然把视线从账本上移开，说道："最近你好像不怎么聊天啊。"

"聊天？"

"嗯。和贤治。"

"聊啊。"

"没有。我看着呐。至少没有和阿敏与阿茂说得多。"

"是吗？"

政次郎正纳闷着，只听喜助说："政次郎，就这样好。"

他的语气不容置疑，像是对反驳防患于未然一样："当父亲，就是这样才好。女人要像照顾花苗一样唱红脸，男人要下霜似的唱白脸。"

"您就是这样把我养大的吧？"

"嗯。"

"我铭记在心。"

政次郎点点头，喜助又开始朗声读账本。这么说起来，政次郎才想起来，自己读小学的时候好像几乎不和喜助说话。只是时不时受到单方面的批评或是说教。

双方开始以得出结论甚至达成共识为目的积极发言，也就是交谈，要等到他小学毕业，参与家里生意之后吧。

父子，是在彼此作为父与子的时候保持沉默。直至成为上司和下属，才可以开口。

这或许就是生于天保年间的喜助秉承的理念。不过，当铺老板本来就是一种在家工作的职业。和孩子一天到晚都能见面，特意避免交谈，反而不自然。

政次郎有些迷惘。

因为迷惘，所以他对贤治的态度也是忽冷忽热。时而跟他交谈，时而又故意避开。生于明治的新一代父亲应该怎么做好呢？半年前，在隔离病房里和贤治尽情享受的亲密无间，变得格外美好，令人怀念。

（要是再来一次就好了。）

政次郎心想。然而就在下一个瞬间，他摇摇头："傻瓜。"

这世界上哪有希望自己孩子得重病的父母啊。喜助看出他在独自入戏，从账本上抬起眼来，皱起眉头诘问道："你在干什么？"

政次郎连忙低下头："没什么。"

干完活，晚饭时间到了。从年轻的时候起就以勤奋节俭而闻名的喜助，如今到底是年老松懈了，最近更是常常要求吃生鱼片。这个晚上他问阿一："今晚吃金枪鱼吧？"

"是。"

"好！"

政次郎心想，这不利于教育。

但还是没有开口说出来。吃饭的时候，所有人都一言不发。

＊

贤治的朋友不止秀治和金治。

既有这些秀才，也有舍三、源一之类的顽劣孩子。而且他和后者似乎更能玩到一起去。活动范围也明显扩大，已经覆盖了居民口中概念模糊的花卷全境，相应地，也变得更加危险。政次郎的担忧与日俱增。

岩手县的面积在日本全国所有府县中仅次于北海道。

它的面积接近四国各县的总和，但是人口密度也很低，人口密度之低依然仅次于北海道，打开地图一看，岩手县的形状就像一只竖着的海参，左边的三分之一是奥羽山脉，另外三分之二则是北上山地，两者都是纵向贯穿。

紧贴北上山地右侧的锯齿状细线条，就是所谓沉降海岸的三陆海岸。同一个山地左侧有一块极端狭长的纵向平原（北上盆地），向南流经整个平原的，就是被称为东北第一大河的北上河。

也就是说，如果把岩手县放在案板上，利落地沿东西方向切一刀的话，这个断面大概会是 M 形。再进一步俯瞰 M 形正中间的凹陷处，会看见小道似的狭长纵向平原。这一平原自古以来，就起到了"小道"的作用。

毕竟，只要选择陆路南北往来，就不得不通过这片平原。从关东到仙台，从平泉到盛冈、八户。因此无论是德川时代的奥州大道，还是进入明治时期之后的铁路"东北总线"，都纵贯此地。花卷作为先有驿站、后有火车站的城镇发展了起来。它恰好还位于岩手县差不多正中间的位置,所以居民自豪地说:"这不就是岩手的正中央嘛。"

花卷的中心就是花卷城。

别名是鸟谷之崎城。它坐落在小丘陵之上,受到维新战败的牵连,变成了一座废弃的城堡,被世人遗忘。现在城堡里基本上什么都没有,但是在丘陵南侧,整齐宽阔的街区一如既往。东侧以北上河为界,西侧以奥羽山脉为界,从地势上看这是理所当然的,而这座城市有别于其他地方的一点,就是南侧以丰泽河为界。

丰泽河,发源于奥羽山脉深处,向东汇入北上河。水量小河道浅,潺潺流水如网眼一般。因而沿岸农民常常叹息。

——要是水再大点,就可以行舟了。

正因如此,从德川时代开始,孩子们就把这里当作游乐场。

夏天玩水,男孩女孩都光着身子在河里跑来跑去,溅起亮闪闪的水花。因为水浅,躺在水里也不会溺水,石头圆溜溜的,也不会把背硌疼。其中还有人把石头摆成V字形挑战捕鱼,不过这相当困难。河滩非常宽阔,还是男孩子打石头仗的战场。

秋天玩过家家。这是女孩子的游戏。束一把芒草做人偶,把自家的破碗拿来装饰梦想的餐桌。冬天当然是打雪仗。正月里放风筝,在这里也不会缠上别人的线。

不过,父母常说:"不要去那条河!"

尤其是城中心生活水平高的家庭,父母更爱这么说。再说水量小,这条河的水源也是近在咫尺的。

水源依然位于奥羽山脉中。相对于距离来说,高低差太大。

降雨量一大，来的不是洪水，而是泥石流，这是理所当然的物理法则。实际上，从德川时代开始，就有数不清的大人小孩被泥石流吞没，再也没有出现。

政次郎也三番五次提醒阿一："告诉贤治别去。"

政次郎自己小的时候，母亲阿金也这么叮嘱他。

更何况，眼下贤治没交什么像样的朋友。他天天都和舍三、源一这些出了名的顽劣孩童消磨人生的宝贵时光，还从不反省。本来对于父母来说，无论什么样的朋友，看起来都是夺走自己孩子的骗子，哪怕排除这一点，情况也已经很糟糕了。

"贤治的命，和其他孩子的分量不一样。在河边玩不知道会出什么事，让他在家看书！"

上学三个月之后，担忧成为现实。

*

丰泽河迎来了色彩多变的季节。

遍野的芒草正在改变颜色。去年枯萎的植株正无力地耷拉着黄色茎叶，而新生的植株开始掺杂其中，正在伸展着嫩绿的新叶，一片斑驳陆离。这是其他季节所没有、独特的河畔风光。

而且，这些新的植株常常超过孩子的身高。

他们大概是觉得自己钻进了迷宫吧，那天把捉迷藏玩了个够。沙沙沙，哗哗哗，孩子们一边四处奔跑，躲起来不让别人看见，一边喊叫着："你是鬼！"

"抓住啦！"

"抓住他!"

"胆小鬼!不许骗人!"

孩子们的游戏,随时都会变花样。玩腻了捉迷藏,不知是谁告诉大家一个知识:

"枯草能燃起来,青草不行。"

据说当天在场的除了贤治,还有舍三、源一,以及成绩优秀的三治之一的秀治。

"能燃?不能燃?"

歪着脑袋正在纳闷的就是这个秀治。

"真的吗?"

"真的。"

"为什么呀?"

"因为枯草里没有水分,青草里有水分。"

"真的?"

"我有火柴。"

说这话的是源一。他把手伸进怀里,掏出来一个装着安全火柴的红色小盒子。盒里有五六根白色小木棍,上半部分涂着火药,正是点火用的工具。恐怕他是瞒着父母偷偷拿出来的。

所有人在短暂的犹豫之后,说:"试试吗?"

"嗯。"

"没关系,火一下子就灭了。"

源一擦燃火柴,靠近青草。

旁边的枯芒草着了火。啪嚓啪嚓地响了几声,火光就像被吸收似的消失了，升起一股黑烟。或许是这黑烟出人意料地扎眼，孩子们都转过头去咳嗽。当他们再次转回头看，发现火焰已经比自己还高了。

"快灭掉！"

据说发令的是贤治。

"灭火！灭火！用'手'灭！"

"手"是儿童筒袖短外套。所有人都穿着。普通的外套袖子长，而这一种和衬衫的袖口一样短，所以不能把手缩进袖笼。因为手总是露在外面，所以叫作"手"，这是贤治想出来的词语。

贤治特别爱造词。

或者说，他具备领导力，能让大家使用自己造出来的词。事后得知这些情况，政次郎不由得纳闷，这是贤治吗？

其实，贤治在朋友当中，是个领袖般的人物。

当然，论力气他是比不过舍三、源一的。有时候他们会揍贤治，弄得他哭哭啼啼。尽管如此，决定在哪里集合、接下来玩什么等重要事项的时候，大家都听贤治的。

（是因为能言善辩吗？）

政次郎心想。贤治从小就比别的孩子读书多，能说会道。他推测是贤治的能言善辩让其他孩子服从于他。

可是实际上，这不过是父母偏爱他。

（小贤不听别人的话。）

这才是事实。总之，他不听人言。不知是因为出生在有钱人家的自尊心所致，还是因为从小在阿金、八木的溺爱中长大，一旦他决定，那就这么干。

那么无论发生什么情况，他都不改变初衷。所以才天下无敌呢。成年人的世界也是同样。在讨论中获胜的不是善辩之人，而是不听人言之人。

总之，要把枯芒草的火灭了。所有人都迅速地脱下筒袖外套，

"天啊！"

"哎呀！哎呀！"

他们扇着外套想把火扑灭，可是反而大火冲天，染红了云朵，火势就像流水一般蔓延开来。

青草燃不起来是假的。枯草和青草都被火焰吞没，眼看着烈火不断扩大地盘，强刺激性的黑烟弥漫开来。不知道谁额前的头发被吱吱地烧焦了。

锵！锵！

很快，从镇子上传来了金属声。

警钟响了。大人们推着手动水泵来了。三辆前后装有横梁的大板车模样的东西，上面都放着木质水泵。车上有四五个木工模样的男人，大概是帮工。一看这场景，脸色大变。

"是谁搞的恶作剧？"

"把吸水管放到河里去！"

"摇臂板！"

他们两个人一组跳上板车，踩跷跷板似的上下压动水泵的臂板。然而，尽管和电线桩一般粗的水流从出水口冲了出来，但是距离只有三四米，派不上太大用场。

直到傍晚，才好不容易灭了火。

并非消防工作奏效，而是因为可烧的都已经烧尽。枯草也好，青草也好，都变成了灰烬。幸亏这里恰好位于河心岛，火势才没有蔓延到镇上。但是岛上还有两三间住着人的陋屋。他们恰好不在家，房子也烧得只剩一根柱头了。

孩子们逃走了。

他们在大人来之前就已经四处逃散。但是，当天夜里，政次郎就在镇里的集会上听说："犯人之一是宫泽家的小贤呢。"

据说舍三、源一痛痛快快地坦白了一切。政次郎板着脸："不会吧？"

第二天吃早饭的时候，政次郎背靠壁龛的柱子坐着。房间里摆着一溜儿短腿托盘，一家人整整齐齐地面对面坐在左右两边。

距离政次郎最近的，左边是喜助，右边是贤治。大家没有说"我开动了"，而是吟诵三次"南无阿弥陀佛"，再拿起筷子。托盘上是白米饭、大酱汤和暴腌山东白菜。

要在平时，这段时间谁都不会开口说话。没听见麻雀和山雀在敞开的板窗外鸣叫，大概是因为外面在下雨。淅淅沥沥的雨滴无声地落下，滋润着院子里的土，浸湿了巴旦杏的叶子，还淋湿了仓库的灰泥墙。

政次郎嘎巴嘎巴地嚼着腌菜叫道："贤治。"

"在。"

贤治立刻放下筷子。

双手放在膝上，挺直身板，整个身体转向政次郎。听到父亲叫，这是理所当然的反应。政次郎拿起饭碗，往嘴里送了一口米饭，慢悠悠地嚼完咽下去，说道："昨天荻堀起了场野火。"

"嗯。"

"是你干的吗？"

"我不知道这事。"

贤治当场回答，并且两眼依然注视着政次郎。政次郎内心略有些仓皇，但是没有流露出来，道声"好"，便不再说话。贤治再次面对托盘，拿起筷子，把饭碗递给阿一添饭："麻烦您，妈妈。"

政次郎无语。

他没有再提过这件事。当然不是因为被贤治的气势压倒，更不是相信了贤治。尽管怎么看都是贤治在说谎，但政次郎还是决定不再问。

容许这样一件小事影响贤治的未来是不可能的。

回头请安净寺的住持多多少少给屋子烧毁的河心岛贫民一些钱。费用当然由政次郎出，也算是保全自己在社会上的面子。

"这样就行。就这样。"

政次郎望着院子里喃喃道。巴旦杏已经冒出了粉红色的蓓蕾。

贤治这天放学后没有出门。

他在家里老老实实地陪阿敏和阿茂玩。但是，才过去三天，他就又刚回到家，便立刻说声"去去就回"，冲出门去找那帮顽劣小子玩了。还去丰泽河。

※

这样的生活，在三年后发生了变化。

贤治四年级了。他依然是放学一到家，说声"去去就回"，便把书包扔在玄关就出门了。不过，还多了一个快活的声音，也同时说："去去就回。"

那是阿敏。两个书包常常在玄关互相支撑，摆出一个"人"字形来。

"他们每天是上哪儿去啊？"

有一天，政次郎问阿一。阿一背着去年出生的第四个孩子清六，一边在他的鼻尖晃铃铛，一边说："他们说去河边，去山上。"

"怎么不让他们去神社院子，或者城堡废墟啊？"

"好。"

"蠢！"

政次郎皱起了眉头。河里会淹死，山上会迷路，最好在人们眼皮子底下的大街上，最安全。

这就是政次郎得出的结论。实际上，两年前丰泽河涨水的时候，有两个贤治的同级学生都成了不归人。贤治恰好当时在家。阿一不知所措地说："石头。"

"什么？"

"他们说街上没有石头。"

据阿一说，年纪相差两岁的兄妹俩，最近迷上了收集稀罕的石头。

贤治尤为热衷。下雨的日子，他和阿敏在榻榻米上散开收藏品，一连好几个小时都趴在那儿注视这些石头。有纹理笔直的绿色方石头，也有宝石般通体发红却小如沙粒的石子。还有貌似平平常常的灰色河滩石，横截面却镶嵌着金粉的石头。

因为他喜欢把自己特别中意的石头拿给附近的大人看，所以最近大家叫他——石头娃贤治。

"你说什么？"

政次郎大声问道，自己都觉得有些糊涂了。不知道这种叫法到底是亲近还是戏弄。石头沙子之类，对于政次郎来说，代表着世界上最没有价值的东西。

他叹口气，咂舌道："怎么还玩这种东西啊！"

"好像是班主任八木老师课间的时候说，花卷是矿物研究者的宝藏。"

"哦，八木。"

政次郎想起了这个老师的名字。

虽然尚未谋面，但他对八木老师抱有好感。八木英三，刚二十岁，是个还没有取得教师资格证的代课老师，据说一边备考东京的早稻田大学，一边教书。

他去年也是贤治的班主任。听说，他当时花了整整六个月时间给学生朗读刚刚翻译成日语的法国作家埃克多·马洛的童话《苦儿流浪记》。他极富感染力的腔调，让孩子们身临其境，听得鸦雀无声，还时而啜泣。据说贤治也非常感动。政次郎听说此事，觉得八木老师是个勤奋的人,而且进取心很强。

看来就是这位八木先生,今年又在其他方面对贤治产生了影响。

政次郎不悦地背过脸:"小孩子嘛,很快就腻了。"

他走出家门,回到店里,多多少少放下心来。不管是石头还是什么,比起和那帮顽劣小子为伍,还是和阿敏玩对贤治好。

大概就是这样吧。阿敏现在读二年级,一年级的成绩全都是"甲"。就像政次郎当年一样,也和贤治一样。贤治终于远离坏孩子,找到了真正匹配他价值的玩伴。

这天晚上。

政次郎在客厅里小酌,凝神一听,发现隔壁房间本来应该睡着了的孩子们正在含混不清地低声说话。阿茂的声音高一点。

似乎是贤治正在给她们讲童话故事。阿敏时不时问:"然后,那个仆人怎么了?"

或者附和道:"啊?呵呵呵。"

房间里一片漆黑,不是在读书。可能是在复述已经知道的故事,要不然就是贤治从头编的。

阿敏声音更大了,只听贤治"嘘"地制止她。已经十一点了。

明天还要上学。政次郎站起身,又坐了下来。为了不给肠道增加负担,小口小口抿着酒。

对于孩子们做的事,比起斥责,不闻不问更要求内心燃料充足,他这么想着。

※

几天之后,贤治和阿敏两个人并肩而行。

照例是放学后。两个人肩上都挂着请母亲缝制的麻布口袋,沿着家门口的路大步流星向东走,到路旁的人家渐渐稀少,正面出现了一片小河堤。爬上去之后,感觉天空一下子矮了不少,视野也开阔起来。

宽阔的北上河在眼前流过。贤治特别喜欢这一刻。

(啊,太舒服了!)

贤治转身向左。

他一边眺望着右手边的大河,一边沿着河堤向北爬。阿敏走在他身边。她个子矮,所以几乎是一路小跑。最近的干旱减少了水流量,靠近河岸的地方露出了褐色的河床。

走了大约十五分钟,眼前风景一变。河床露出了青白色。当然,这是天然的颜色,却给人一种其他河流没有的人工感、坚硬而清洁的感觉。

就像做梦一样。

贤治这么想。到处都有形状各异的洞穴,积蓄的泥水反而增加了它的立体美。为什么大人就没有发现它的价值呢?贤治觉得不可思议。

兄妹俩下到河堤底部。

他们踏上青白色的河床,向水边走去。贤治把手挨个伸进每一个洞里:"没有。"

"没有。"

他大声喊。

阿敏也学他:"没有。"

"没有。"

不知到了第几个洞的时候,贤治两眼发光:"这不就是!"

他把手从洞里抽出来,一个鸡蛋大小的圆形石头正握在他的手心。本来是灰色的,现在打湿了,变成了黑色。在大人眼里,这一定只是平平常常的河滩石。

贤治环视四周,当他发现两米远处有一块大小能坐人的大石头,便飞也似的跑了过去。

他站在石头面前。

他用两只手重新抓牢手里的石头。

把脸使劲儿向右偏,然后使足了劲把石头咚咚地砸下去。要是碎片飞进眼睛里,有可能失明。这是八木老师在教室里反复强调过的。

不知道砸到第几次,咚的一声闷响,贤治两只手就像手铐打开似的一分为二。

右手一片,左右一片。石头裂成了两半儿。贤治转过头,仔仔细细地盯着两块石头的断面。

"怎么是这样呀?"

期待落空了。这块石头连芯都和表面是一样的颜色,一样的质地。既没有笔直的肌理,也没有闪闪发光的金粉。

就在贤治要把它扔了的时候,突然他在视野的角落里捕捉到什么。

他再次凑近端详右边那块石头的断面。在整洁的平面上方，有一处凸起，形状就像扇子，也像颠倒过来的西方女性的裙子。

颜色略深。虽然只有指甲盖大小，但是能看清它的边缘像锯齿一样。

"贝壳。"贤治嘟囔道。

阿敏不知何时从他身后探过头来："什么？"

"这是化石呢。是牡蛎壳碎片。重大发现！"

"为什么牡蛎壳很了不起呀？"

"这证明很早很早以前这里是大海，因为河里是不会有牡蛎的。"

"大海！"

"对！"

"太厉害啦，哥哥！"

"今天是第一个。"

"第一个。"

"这是个好兆头！"

"好兆头！"

阿敏面如桃花地重复哥哥的话。还从来没有见过真正大海的兄妹俩，这一瞬间在脑海里清晰鲜明地见到了大海。

贤治把这块石头放进了挂在脖子上的麻布口袋。麻布口袋里已经装了这两三天捡来的石头，所以发出了咔啦咔啦的声音。阿敏倒是很喜欢听这声音。她伸出手来时不时捏捏或是上下晃晃贤治的口袋。

贤治正在兴头上:"以后我和你一起卖石头吧。卖宝石,卖化石。"

他本打算哄妹妹高兴,没想到妹妹立刻甩开麻布口袋,埋下头去。

"阿敏?"

"哥哥。"

"怎么了?"

"你真想当个卖石头的?"

脚边上有一摊河床上的积水。水面上妹妹的影子,好像又生气,又想哭似的。风似乎在她脸上留下了涟漪。贤治尽量开朗地问:"你这是怎么了?"

"昨天晚上。"

阿敏抬起头盯着贤治。贤治吓了一跳。

他想起了一件事。昨天吃晚饭的时候,父亲似乎偶然想到了什么,叫贤治跟他说话。贤治放下筷子,两只手放在膝盖上,整个身体都转向政次郎。父亲一边吃饭一边问:"贤治,你将来想当什么?"

这不是第一次了,父亲一直就时不时地问这个。贤治每次都说:"我要当个了不起的人。"

或是:"我要当个父亲这样出色的当铺老板。"

都是合大人心意的回答。但是唯独这天晚上,他低着头轻声说:"不当特别厉害的人也行。"

这话在父亲听来很刺耳。政次郎立刻说:"这么没出息怎么行？"

"冷的时候……"

"我听不见！"

贤治抬起头，果断地说："冷的时候可以当铁匠。热的时候可以当马车夫。"

"傻瓜！"

这种时候，父亲不是滥用暴力的人。

然而，舌头却不由自主，一开口便语气尖锐，滔滔不绝："你没吃过苦才这么说。你知道吗？铁匠也好，马车夫也好，非常辛苦却挣不了几个钱。名士有名士的义务，更何况你是长子……"

这番话词汇之丰富，对于贤治来说，几乎像大海一样，以至于让他羡慕不已。虽然他觉得"名士"似乎并不适合当铺老板，但这或许是因为父亲总是把花卷的教育活动放在心上吧。父亲早就和当地的军医、律师一起，年年都举行夏季讲习会，并因此而闻名。

夏季讲习会是一种知识方面的集中培训。他们从东京请来净土真宗著名的僧侣和知识分子，住在花卷西郊的大泽温泉讲课。他们和听众吃饭就寝都在一起。费用几乎全额由父亲承担，所以父亲确实不是个普通的商人。他把财富回馈了社会。

女人们都沉默不语。

就连六岁的阿茂都知道，要是一不小心袒护了贤治，他反而会受到更多诘难。最后，父亲说："宫泽家的饭，不给这种窝囊废吃！"

之后父亲把贤治的餐盘整个端走了。阿敏想说的就是这件事。

"哦，你是说那件事吧？"

贤治不好意思地笑了，他的视线离开阿敏，落在青白色的河床上。

"昨天我可被骂惨了。"

他哈哈大笑起来，自己都觉得很假。

阿敏用母亲的口吻说："你为什么要说那种话呀？"

"什么？"

"你说之前就知道，说那种话是会挨骂的。"

"为什么呢？"

贤治对着天空呢喃。这不是在搪塞，他是真不知道。他其实搞不清铁匠、马车夫是一种什么样的买卖。当时他只是一心一意想让爸爸不高兴。

他倒不是讨厌父亲，只是清清楚楚地意识到：我已经十一岁了。

所谓成长，或许就是明知会挨打还要当那只出头鸟。

阿敏是个伶俐的孩子。她大概认为哥哥是在敷衍自己，噘起嘴巴："哼！"

她一屁股就地坐下，然后两只胳膊抱住双膝，说："哥哥，你多幸福呀。"

"喂，我都挨骂了……"

"爸爸只问哥哥一个人'将来想要当什么？'"

"啊？"

贤治被攻了个出其不意,他在阿敏面前蹲下:"爸爸不问你吗?"

阿敏缓缓地摇摇头。

(还真是这样!)

贤治感到自己有特别大的罪过,于是赶快说:"那,那我问你。你想当什么,以后?"

"当铺老板。"阿敏当即回答。

贤治立刻道:"不行的。"

"为什么?"

"爸爸说,要让我继承当铺。你当点别的,什么都行。"

阿敏流露出大了十岁一般的眼神,斩钉截铁地说:"我继承当铺。这样哥哥就可以干最喜欢的,卖石头去。"

(啊!)

贤治的内心一瞬间掀起波澜,这又让他感到罪过。牺牲妹妹固然让他痛苦,而把继承当铺看作牺牲,原本就是对不起父亲。

走投无路……

比起别的孩子,为什么自己每天能吃得更好,穿得更干净,用得上雪白的笔记本,可以热衷于收集石头而不必帮忙干农活?到了他这个年纪,已经了然于心。

思绪纷乱,贤治突然脱口说出直到刚才都没有考虑过的事:"你今后不要嫁人,就和我一起在家。"

"我们两个人开当铺?"

"我来开当铺。你写好多好多故事。"

"故事？"

阿敏半张着嘴愣住了。如同一个刮着呼呼大风的漆黑洞穴。贤治一个劲连比带画地说："就是我晚上在被窝里给你们讲的那种故事，你写很多很多，阿敏。写一百个，两百个。然后编成一本书，给大家读。就像法国的马洛一样。"

"啊？什么？我吗？"

"你能行。"

贤治拍拍阿敏的肩膀，阿敏的眼睛立刻熠熠发光。

*

收集石头的工作仍然在继续进行。

阿敏或许是腻了，开始在家里读书，可是贤治依然每天都在河边山上搜寻。有时也会和同学玩耍，和阿敏读书。但是基本上他都独自一人，锲而不舍地寻找石头，就这样迎来了升入五年级的春天。

有一天，贤治经过鱼店门口的时候，目光偶然落在店面的架子上："啊，秋刀鱼来了呀！"

鱼店老板娘一听，大吃一惊，拽拽老板的衣袖说："贤治今天居然没提石头。明天太阳要打西边出来咯！"每次听说这样的事，政次郎都会担惊受怕。

（不要紧吧？）

发展到目前的地步，已经不能简简单单地用好奇心来理解了，而是某种病态的执着。他很担心，同时也想帮帮这个聪明的大儿子。

最近，政次郎也可以接受这种状态了，虽然他自己都觉得有点矛盾。作为父亲，说到底只能两腿分开，牢牢扎根于脚下不断左右裂开的大地。尽管知道总有一天身体会被撕裂，也必须如实面对和忍受对子女的矛盾情感。说不定儿子选择的是一项比当铺的生意还业障深重得多、但是既利己也利他的工作。这或许就是所谓的父亲。

先要解决的问题是石头。

（我要帮帮他。）

政次郎是个一旦决定便立刻付诸行动的人。他从关西出差返程时，顺道去了东京，在大书店里买了大量矿物学入门书籍，在火车上读了。他看得津津有味，恐怕都打扰了其他乘客。此时他恰好当上了花卷的町会议员，于是接下来又利用自己的人脉关系，敲开了学者的家门。

做完这一切之后，一天晚上。

"贤治。"

他咳嗽一声清清嗓子，下定决心开了口。

照例是在吃晚饭的时候。贤治白天不在家，晚上又作业多，父子俩能够好好交谈的时间仅此片刻。贤治放下筷子，应声道："在。"

"你知道花卷为什么被称为宝库吗？"

"啊？"

"啊什么？原因在于石头种类丰富。你不是对这个感兴趣吗？"

他自己都不知道，为什么说话语气总像在训斥孩子。贤治似乎相当意外，一双眼睛就像从巢穴里向外张望的小兔子："不知道。"

"我来告诉你。"

政次郎开始现学现卖读来的知识："从地势上来看，花卷位于南北向的两条山脉中间，而这两条山脉的形成时间差异极大。西侧的奥羽山脉是新生代，东侧的北上山地是古生代和中生代。打个比方，就是小学生和老人的差别，地下的模样也迥然不同。由于北上河是汇集两条山脉各个支流后南下，所以花卷人不费吹灰之力就将漫长的地质时代一网打尽。贤治，你明白了吗？"

尽管嘴里这么问，可是心里切切实实明白的是政次郎自己。

他明白的不是地质学知识，而是自己羡慕贤治。或者说，羡慕孩子可以一心一意投入没有利益可图、纯粹的世界。

实际上，这一个月的短暂学习是非常快乐的。等政次郎把肚子里的知识一股脑倾吐之后，贤治低下头说："谢谢您。"

又继续吃饭，并没有提及自己的感想。政次郎有些怅然若失，没想到吃完饭后，贤治主动叫他："爸爸。"

贤治站在壁橱门口，眼巴巴地等着他。政次郎一走过去，贤治就立刻转身背朝着他，拉开壁橱门，从里面取出一个黑色包袱来。

他冲着父亲端正地跪坐好，把包袱放在榻榻米上解开。出现在眼前的是一堆石头，大概有上百个。

可能都是仔细清洗过的，所以没有沙子也没有尘土。政次郎举起桌上的煤油灯,凑近一看,石头反射出缤纷的色彩,其中有些大概是用锉刀细细打磨过,就像抹了油似的光亮。石头这样一个简单词汇,竟然如此丰富。

政次郎难以按捺内心的激动,但是嘴上毫不留情:"傻瓜。"

"怎么了?"

"贤治,你这只是积攒了一堆石头嘛。就算你找来成千上万个,也跟山里松鼠窝里的橡子没区别,毫无意义。要想让它真派上用场,必须登记造册。"

"登记造册……"

"你已经做了?"

"没有。"

"那就去做。"

政次郎的意识彻底回归了商人。当铺相当一部分工作都是朴实无华的账本记录。金钱的出入自不必说,客人的典当品、从京都进货的旧衣服也全都一一白纸黑字记录下来。每一项都要编号,写上名字,记清是什么时间、什么地点、从谁手里收取的。

相似的物品如果有不同之处,就要仔细写清楚。这样才可能做好物品的分类和整理,成为超越物品的有效武器。正如人类的集体,可以从单纯的乌合之众变成具备目的、功能和体系的"组织"一样。

"贤治,你明白了吗?"

政次郎站着抛下这句话。

贤治严肃认真地点点头。这应该不是因为受到了批评。从他点头的幅度都能看出他是真心喜欢。

不知何时，阿敏和阿茂也都跪坐在贤治身旁，和哥哥一样的神情，连连点头。贤治依然表情认真："我会登记造册，可是，"对话朝着意想不到的方向发展，"可是，就算登记造册，爸爸，又该怎么对照实物呢？如果是店里的商品倒是不麻烦，在小纸条上写好编号，和服就插在衣襟里，钟表就用细线系上，可是石头就不行了。"

"嗯，还真是。"

政次郎不知如何回答是好。他也没头绪。

（怎么办？）

本来他是有办法对付这种情况的。每次被贤治提出的问题难倒时，政次郎都会假装若无其事，露出一副"傻瓜都懂"的表情，反问贤治："你怎么想？"这已经成了一种条件反射。

贤治是个认真的孩子，会顺势思考下去。趁此机会，政次郎也可以在心里好好盘算。这一回，"你怎么想"却不管用了。

贤治像个三岁小孩一般目光炯炯地说："我听说有一种很方便的东西。"

"哦，是什么？"

"标本盒。"

大概贤治从一开始就打算把话题引到这里，他滔滔不绝地解释起来。标本盒是巴掌大的小纸盒，上面没有盖子，盒底画着线，可以把编号、名字、收集的时间、地点、情况都写上去。写好后，就可以根据文字来分辨每一块石头。

除了小盒子，市面上还卖大盒子。可以整整齐齐地摆放五列四排小盒子。如果这样使用，大盒子本身就能起到登记册的作用。不过他自己不嫌麻烦，还愿意再用一本登记册把它们都写出来。

"爸爸，你给我买吧。"

贤治站起身，立刻把脸蛋凑近了政次郎。政次郎不悦地撇过脸去："哦，啊。"

"这是用来学理科的，在学校里也有用处。"

"……"

"爸爸。"

半个月之后，政次郎为了采购旧衣服去了京都。

工作之余，他去了京都帝国大学附近实验器具制造公司的代理店，用他自己都想不到、小得跟蚊子似的声音说："我要五百个标本盒。"

"啊？"

"还要装它们的大盒子，有多少我要多少。"

不出所料，虽是纸盒子，价格却高得难以置信。或许是因为这是只有大学才要的东西吧。

这样一来，孩子收集石头这件事，便配齐了目的、功能和体系，希望这件事可以成为贤治的肥料。政次郎一边办理火车托运回花卷的手续，一边又再三问自己："真的是这样吗？会不会反而毁了贤治呢？"

他不知道答案。

他是想成为理解孩子的父亲，还是想成为孩子倚靠的墙壁呢?总之他是快乐的。眺望着窗外的星空,政次郎忽然发现自己正哼着歌。

*

自那以后,贤治的行为举止更不像话了。

在家里,他不想再搭理阿一和阿敏了。他还认真地使用着标本盒,也没有放弃石头的收集,但是有时候他和舍三、源一等人,就为了口渴这样简单的理由,偷偷摸摸钻进别人地里偷瓜吃,在学校里也表现不好。

那位八木先生考上早稻田大学离了职或许是一个原因。习字课上,有孩子把废纸收罗在一起,揉成一团夹在教室的拉门上。老师一打开门,纸团就纷纷落下掉在老师头上。而主犯就是贤治。据说其他同学制止他,叫他住手,他也不听。

就连最喜欢的作文课他都搞恶作剧。当时,老师在黑板上写下"北风"二字,让大家以此为题写作文。

贤治写得很快。北风吹来冬日到,枯叶落下雪纷飞——当他文笔流畅地写完这一优等生的模版式文章后,在最后的最后,加上了一句:

北风吹来疝气发。

然后交给了老师。

所谓疝气,是指下腹疼痛。与其说是有个性,不如说他画蛇添足。

"宫泽!"

班主任大发雷霆："怎么能在吟咏风花雪月，甚是高雅之时，写出这样粗俗的文字来！"

他还专门跑到家里来批评了阿一。阿一低头赔罪。唯有这一回，她要求政次郎："你要好好教训贤治！"

可是政次郎小声说："这个年龄就这样。"

*

五年级结束的时候，贤治的成绩全都是"甲"。

虽然他调皮捣蛋，成绩却一点都没有下降。开春升入六年级没多久，校长菊池竹次郎就亲自上门，对政次郎说："贤治父亲啊，我想跟您谈谈贤治将来的规划。"

"是。"

"让他上中学如何？"

当然是指盛冈中学，老名字是岩手中学。位于向北三十千米左右的县厅所在地。那是政次郎自己曾经向往却未能如愿的全县最高学府。

（已经到这个时候了呀。）

校长戴着圆眼睛。

他的脸上仿佛大大地写着"善意"两个字，等待着政次郎的回答。他真的是作为一名教育者在建议，并非出于功利之心。这个人是贤治一年级时的班主任。

政次郎低下头说："我考虑考虑。"

连他自己都觉得这声音细如蚊蝇。

第三章　小鸡先生

当天晚上。

又是吃完饭的时候。政次郎对于这种情况下的家庭会议，已经有些厌倦。尽管如此，政次郎还是叫道："贤治。"

让他放下碗筷，把菊池校长的话简明扼要地告诉他。

"说说你的志向吧。"

贤治的小脸蛋涨得苹果似的通红。不知道是因为这番话的内容让他洋洋得意，还是因为政次郎完全不表明态度，首先询问他的意见，这让他实在意外。他当即回答："我想上学。"

"不行。"

坐在对面的喜助语气强势地说道。他皱紧眉头，就像喉咙里有痰似的，用嘶哑的嗓音说："开当铺的不需要学问。上什么中学啊，赶快进店。进店帮忙，就像你爹一样。"

喜助斜眼看看政次郎，继续告诉贤治，先祖宫泽宇八在旧幕府时代花费了多大的心血来经营和服衣料店，获得了财富。讲述其孙喜太郎如何大手大脚导致倾家荡产，而作为喜太郎弟弟的自己，重整旗鼓买卖旧衣，开设当铺，实现了宫泽一家的复兴，又是怎样的奇迹。

"长子从出生的一刹那开始就在娇纵和溺爱中成长，沾染上都市的不良风气。我的哥哥就是那样。盛冈过去是个朴素安稳的好城市,最近也……"

喜助明年就要七十岁了,说话总是长篇大论,训起话来滔滔不绝,嘴里的假牙仿佛都要蹦到嘴唇外面来了。政次郎手一挥制止道:"爸爸。"

然后朝向贤治,用自己都感到吃惊的温柔嗓音说:"可以。"

"什么?"贤治抬起头,与身旁的阿敏面面相觑。喜助高声叫道:"喂!"

政次郎转身对他说:"时代已经不一样了,爸爸,日本已经是一流国家了。"

四年前,也就是明治三十七年(1904)二月,日本对俄国宣战。

日俄战争爆发。贤治当时在上一年级。日本攻克旅顺,占领奉天,击溃敌方精锐波罗的海舰队。如果只是罗列战果,看上去胜利似乎来得轻而易举。实际上军费几乎消耗殆尽,国内的负担也沉重得惊人。

例如税金。桂太郎内阁提出了漂亮的口号——举国一致,以非常时期特别税为名目,加税甚至增加新税种。从酒、砂糖、酱油、纺织品到石油,国家从人民的必需品消费中攫取金钱。市町村都是一样。

奖励购买国债的行为,奖励勤俭节约,凡事都要筹款。像政次郎这样的富裕阶层当然是首先被盯上的。就连贤治,在学校里都被老师叫去说:"你可以去募集善款。"

表面上看起来是邀请，实际上是强行索取。贤治常常晚上出门，和其他几个高年级学生一起在附近挨家挨户点头哈腰："为了阵亡士兵的家人，恳请您捐款。"

贤治班里捐款金额最多的当然是宫泽家，这或许也是学校和贤治在捐款这件事上打招呼的主要理由。

也就是说，日俄战争是全体人员参加的战争。

四十年前的维新是只有武士参与的战斗，十年前的甲午战争仅有军人和政治家负责。但是今后——大家一起来。

"所以，父亲……"

政次郎继续说道，语气平静，却显示出了坚定的意志："所以，日本国民今后只投身于自己的工作是不够的。必须了解科学，了解产业，了解政治，了解世界。必须看报纸读杂志，阅读难懂的外国书籍。否则就无法为国家做贡献。只上小学是不够用的。"

喜助还是不接受。他不断地摇头："可是啊，我说，开当铺的完全没必要……"

"当铺会垮的，如果没有学问。"

"什么意思？"

"技术是日新月异的。今后会有我们从没见过的农具拿来典当，也会出现精心加工过的人造宝石。光是鉴定这项工作就需要素养。更别说我们家就不是单纯的当铺。我们还是本地的名士。我们必须做别人的榜样。"

一边议论，政次郎一边抬眼瞟瞟贤治。

贤治蜷缩着肩膀低着头，就像屋檐下避雨的旅人。

（打起精神啊！这可是在说你的事啊！）

政次郎想对他怒吼，却听见喜助的声音忽然低沉了下去："政次郎。"

政次郎自然而然将脸转了过去。喜助把筷子一放，摇摇头失望地说："你也是，一开口就不听别人说。"

这是喜助的投降宣言。出人意料地痛快。或许是他明白了代沟难以填补，也可能是年龄消磨了他的耐性。政次郎说道："谢谢您。"

然后转头对贤治说："你加油！"

就在这一瞬间，自我满足如同泉水在脑中喷溅。

他发自内心地感到，这个孩子诞生在这样的家庭是多么幸福啊！像自己这样理解孩子的父亲，到哪里去找啊！领会孩子的心意，做出正确的选择，而且为了这一选择毫不吝惜金钱和环境，这样的父亲，打着灯笼都难找。

实际上，有那么一瞬间，他和喜助想法一致，决定不让贤治继续读书了。但是最终，他自己推翻了这一决定。用"现在"作为预付款来换取今后的所谓"教育"的价值，只有高尚的父母才明白。

贤治依然埋着头。

他蜷缩着小小的脊梁，就像遇到了伤心事。政次郎已经不再觉得这是个不可依靠的身影，他只是因为可以上父亲未能如愿升入的学校感到过意不去而已。当然还有升学考试，能不能上还不知道。

"贤治。"政次郎唤道。

回答的是一旁的阿敏:"爸爸!"

"什么事?"

"我也要,我也要上中学!"

政次郎苦笑道:"女孩子上不了,阿敏。不过你可以上女校。"

女校和男孩子的中学并不一样。与其说它是学府,不如说它是贤妻良母的培养机构,主要学习烹饪、裁缝、技艺。也不可能继续到高中、大学深造。当然,这些地方本来也不收女孩子。

"去!去!"

阿敏兴高采烈。政次郎趁着欢喜的劲头,不由得点头答应:"好。"

喜助立刻叫道:"喂,政次郎,这怎么……"

"没什么不好的,爸爸。这事还早呢。"

政次郎说完这话,对离得最远的阿一说:"今儿我再喝一杯。"

阿一有些吃惊。肠胃不好的政次郎,要喝第二杯是很难得的。

"好。"

阿一起身离开了客厅。贤治这才抬起头来,对政次郎说:"谢谢!"

他双眸熠熠生辉,大概他这才意识到,一切都是真的。

*

第二年三月二十六日,贤治小学毕业了。

品德、语文、算数、日本历史、地理、自然、图画、歌咏、体操、操行,成绩全都是"甲"。校长菊池竹次郎对他的优秀给予了表彰。

他身高一米三三，体重二十九公斤，获得了"强"的评分，脊柱的诊断也是"正"。不仅是头脑，身体也十分健康。

官方予以证明，这是可以想象的最优秀的毕业生了。

同一天，阿敏作为四年级的模范学生也获得了表彰。在町会议员的集会上，大家纷纷夸赞政次郎："教育得真好啊！"

"真不愧是宫泽教出来的啊。"

附近的人则背地里说坏话："花的都是压榨穷人得来的钱……"

当然，政次郎并不在意。对于通过努力奠定地位的人来说，他人的嫉妒会转化为继续努力的食粮。

同年三月三十一日，贤治和阿一一同去了盛冈。

他们住在绀屋町的旅馆三岛屋，参加了盛冈中学的考试。算数、语文和作文通过了笔试，进入了体检、口试环节，一月四日下午发榜。

贤治考上了。

他从三百三十四名考生中脱颖而出，成为一百三十四名新生之一。

第二天举行了入学典礼，第三天是开学典礼。时间相当紧张。这样一来，贤治必须从旅馆搬出去了。离家远的学生必须住校。

——搬进宿舍。

政次郎一接到阿一发来的这封电报，立刻把店面交给喜助打理，穿上西装，规规矩矩地道了个别，就飞也似的跑到了车站。

他坐上火车，在盛冈站下车，直奔三岛屋。他向老板打听母子俩的行踪，老板祝贺之情溢于言表，道："他们办好行李托运的事，刚刚离开。嗯，钱已经付过了。听说要搬到黑壁城。"

"黑壁城？"

"就是中学的宿舍。正式名称叫自疆寮，因为大门刷成了黑色，所以大家都这么叫。"

政次郎叫了辆人力车离开了旅馆。

他跨过中津河上的与字桥，左手看到县厅和法院时，向左转，然后立刻右转，就看见了一座墙壁涂得漆黑的大建筑物。

"这就是中学了。"车夫说道。

"我找的不是校舍，是宿舍。"

宿舍不太远。

穿过刷成黑色的大门，就是宿舍这栋木造建筑的玄关。抬头一看，建筑物的墙壁雪白，从这一点来看，哪里是什么黑壁城啊。尽管以它的规模来看，建个三四层也没问题，但是从窗户的配置来看像是两层楼，因此内部的天花板一定相当高。横幅也真长啊。

他对看门人报上姓名，走了进去。

脱掉鞋，换上拖鞋来到走廊。果然天花板就像高高挂在天空似的。在走廊上右转，紧挨着右手边就是一扇写着"舍监办公室"的门。

他吱嘎一声推开门，怯生生地说："我是宫泽。"

然后走进了房间。

地面上铺着光泽度很好的地板。里侧是玻璃窗，阳光柔和地洒进房间。面前是一张酒樽大小的圆桌子,有三个人围桌而坐,正在说话。

三个人都没注意到他。政次郎又说了一声:"我是宫泽。"

他自己都觉得声音微弱,微弱得不好意思让当铺的顾客们听见。

(我是害怕吗?)

就在他懊悔之际,三个人中背对着他、身穿校服的学生猛地起立,向他转过身来:"啊!"

那个人戴上了黑色的校服帽子,帽子前额有什么东西亮闪闪地一晃而过,大概是象征中学的"中"字帽章。

"这是谁?"政次郎条件反射地脱口而出。这不正是贤治吗?!

贤治的这副模样,政次郎还是头一回亲眼看见。校服的面料是藏青色的,大概是为了适应东北的气候,用的是厚厚的小仓布,立领配上四五颗纽扣。不过纽扣是黑色的,所以并不显眼。

裤子同样是小仓布。这孩子腿都这么长了——政次郎想到这里,忽然产生了一种逃避的冲动。

都没有知会父亲一声,儿子就长这么大了,怎么能这样?贤治应该是个更加稚嫩的娃娃。说到底,这套校服也真是个无比粗暴的装置。贤治和别人家的孩子迥然不同,可校服按照标准,把贤治的身体、心灵连同手脚一齐折得整整齐齐。这是想要把贤治制作成零件吗?

"爸爸。"贤治羞涩地喊他。

贤治露出了雪白的牙齿,似乎并没有感到这样有什么不好。

政次郎无法直视贤治，从背心口袋里掏出一个大银表来："哟，已经三点了。"

他啪嚓合上表盖，放回衣兜。自己都感到，这是毫无意义的做戏。贤治左后方，站在圆桌旁的正是阿一。她把手伸向桌子右侧的那个男人说："这位是舍监佐佐木老师。"

她的口吻奇特而做作，一点都不像平常的她。这名男子用手指捋着他鞋刷子似的栗色胡须，装腔作势地行了个礼，说道："因为舍监长山县老师不在，所以我越俎代庖，正在介绍住校规则。"

男子这番话说得冠冕堂皇，可是政次郎觉得，男子的说话对象不是自己，而是组织内部的上下关系。直觉告诉他，这名男子没准是名退伍军人。

但他依然低头致意，说道："麻烦您多多关照贤治。"

舍监佐佐木并没有好好回礼，只顾说道："现在这个宿舍生活着五十五名学生，有十六个房间。宫泽入住二层十二号房。"

"啊？"

政次郎怀疑自己听错了，故意歪歪脑袋，问道："老师，您刚才说的是宫泽①？"

佐佐木挺起胸膛得意地说："中学都是直呼其姓。"

政次郎沉默了。如果自己再反驳，受欺负的会是贤治。

政次郎的眼镜是圆形的。

两年前，他去町里的商店配镜时，老板有些啰唆地建议

---

① 日本人称呼他人时通常会在姓名之后加上敬称，比如称呼学生常用"君"，以示礼貌。

道:"镜腿铁质的好。现在流行小镜片,显脸大,看起来威风凛凛。"

于是他喝道:"眼镜又不是装饰品,是为了方便读书写字的东西。镜腿用轻便的玳瑁,镜片用最大的。"

这副轻巧而视野宽大的眼镜,现在立刻蒙上了一层白雾。大概是镜片内侧起雾了。不对,是眼珠子本身覆盖上了什么热辣辣的东西。一定是它使得窗户透进来的光膨胀开来,模糊了视野。

政次郎把手指头伸进眼镜内侧。

他闭上眼睛,用手指头揉揉眼皮。再次睁开眼睛的时候,世界已经恢复了清澈明亮,佐佐木正在捋胡须,贤治的眼睛则充满了希望。政次郎吸吸鼻涕,对佐佐木深深地鞠了一躬,说道:"五年时间……拜托您关照贤治。"

他自己都发现,这不是问候,而是恳求。作为父亲,在这种情况下派不上任何用处。他已经无能为力。大概是这样的意识让政次郎热泪盈眶。

政次郎给阿一使了个眼色,转过身逃也似的离开了房间。穿过走廊,离开玄关,再一次穿过那道漆黑的大门。

政次郎和阿一俩人行走在比花卷喧嚣热闹的大街上,好几次呢喃道:"是哪个呢?"

他说不清是自己抛下了贤治,还是贤治抛下了自己。阿一什么都没说。他心想,所以女人才没用呐。

火车顺利地到达了花卷。

＊

第二天早上。

政次郎的行为和平常并无二致。

起床,洗脸,换衣服,跪坐在佛坛前。

"南无阿弥陀佛。"

他开始念经,朗诵了亲鸾真人自己写的正信偈,再一句"南无阿弥陀佛"结束。他站起身,张口想叫恰好走进来的阿一给贤治准备早饭,又闭上了嘴。他自己都觉得太感伤了。

他茫然地伫立在原地,而阿一则迅速地干完了活。她已经把和昨天数量相同的餐盘搬到客厅摆好了。

阿敏来了,把每个人的坐垫铺好。餐盘上有煮鲱鱼干,有腌大白菜,有味噌汤,倒扣着米饭碗。

他对抱着米饭桶再一次出现在客厅的阿一说:"不需要嘛。"

"什么?"

"贤治不在家呀。"

"啊!"

阿一愣在原地,大概是身体不由自主地就这么做了。

"对不起,对不起。"

她跪下把米饭桶放好,想把手边的餐盘端出去。在这个家里,浪费是人类最大的罪过。政次郎站着两手一摊:

"算了,就这样吧,都已经摆好了。"

但是,当全家人到齐,开始吃饭的时候,政次郎还是静不下心来。他还不习惯离自己最近的座位空着,也不习惯白白浪费食物。不过,最要紧的是不吉利。

他甚至感到心里很忌讳。

这是因为,贤治并非出征,并非朝拜圣地,也并非出海打鱼。他无非到放暑假为止,有大约四个月不在家罢了,而且这四个月也不会有生命危险。特意为他摆上供饭,反而可能招来厄运。

晚饭时,他果断决定调整座位。

新的座位顺序由政次郎独自确定。当然,政次郎的座位不变,背靠壁龛的柱子,如同主佛一样,整个客厅尽收眼底,纵向的两列座位自然就能看见。

左边这一列,离他最近的是喜助。这也和以往相同。喜助对面是贤治曾经的座位,政次郎指明要次子清六来坐:"因为你也是男孩子。"年仅六岁,尚未进入小学的孩子冷不丁蹿到了第三位。清六后面是阿敏、阿茂两个女孩子。

阿敏已经十二岁,上小学五年级了。阿茂九岁,上二年级。她俩都比清六年长。尤其是阿敏,体格偏大,显得清六更小了一圈。

再回到左边这一列,喜助身边的是喜助的妻子,也就是政次郎的母亲阿金。后面是阿一,阿一后边跟着三女儿阿国。她刚三岁,还不会跪坐,所以就她一人一屁股压在坐垫上。她最近牙都长齐了,胡萝卜和莲藕之类,煮软着也能吃了。

也就是说,现在这个家里住着八个人。

被夫家赶出来,曾经满不在乎回到这个家里生活的政次郎姐姐八木，已经再婚，眼下住在宫城县。今后一段时间内，人数应该不会再有增减了。政次郎指挥每一个人落座之后，双手合十，唱诵了三遍"南无阿弥陀佛"，然后拿起了筷子。

所有人照着政次郎的模样做了一遍。

大家开始安安静静地吃饭。尽管埋着头，只能听见大家咀嚼食物、喝味噌汤的声音，但连这声音都和早晨不一样。

很明显，调整座位取得了很好的效果。

片刻之后，喜助不放心地说："政次郎。"

"在。"

"贤治回家的话，坐哪儿呢？"

"照原样坐。"

"毕业之后呢？"

"总有一天他会坐在这里。"

政次郎用下巴指指自己的餐盘。贤治总有一天会继承店铺，娶妻成家，等他生下一个健康的长子，政次郎就会退居二线。降到喜助的位置。

他欢喜得差点笑出声来。他似乎盼着这一天早日到来，又好像希望它永远不要来临。"无论如何，还早呢。"政次郎对自己说。

他才三十六岁。人生的路还长着，工作也多，女儿们还都在眼前。若想履行崇高的义务，养活这些柔弱无力的家人，哪还有工夫因为贤治一个人的离开而寂寥伤感，活像心里被掏了一个洞似的絮絮叨叨啊。自己是一家之主，是承担责任的人。贤治，不过只是宫泽家在盛冈的分店长。

政次郎第一个站起身,说道:"好,我走了。"

他一个人离开了客厅。今天的工作还没有结束。采购旧衣服的上宾这就要来了。展开报纸的声音从身后传来,他听见喜助念报的声音。喜助一辈子都做不到默读,那个时代的老人都是这样。

*

两三天之后,政次郎发现了自己内心的变化。

他开始关注其他孩子了。

他第一个在意的是清六。贤治这把钥匙万一出现问题,清六这把备用钥匙能打开宫泽一家未来的大门吗?

站在这样的角度来看,还真是忧心忡忡,让他焦虑。

一直就是这样。清六四岁左右的时候,常常去附近的亲戚家玩。他和一位相当于外祖母的老人佐目很是亲近,佐目教他玩小沙包,还给他讲童话故事。可奇怪的是,据说佐木拿出糖果给他的时候,他绝对不伸手。

"你是小孩子嘛。吃吧吃吧,我会跟你爸爸妈妈说的。"

无论佐目怎么劝,他都跟石头似的一动不动。好不容易才开口说:"吃甜东西,人会有烦恼。"

佐目傻了眼:"宫右(政次郎家的通称)的孩子,怎么说出话来像个老头子呀。"

她自己虽是个老人,也不由得哈哈大笑。政次郎听闻后很不高兴,把阿一叫来撇着嘴问:"这是怎么回事?"

政次郎确实这样教过清六。恐怕也用过"烦恼"这个来源于佛教的词语。可是说到底,不要吃别人家的东西无非是泛泛而论,是教导他自我保护而已,并不适用于佐目这种长期来往的亲戚。反倒是适当地吃一点,表示感谢更好。而且还能吃到平时不能吃的东西,一箭双雕。

实际上贤治以前就在佐目家吃过牡丹饼。与其说是不知变通,政次郎更担心的是:"清六难道是个不会用自己的头脑思考的孩子?"

听到政次郎这话,阿一歪歪脑袋:"他才四岁嘛。"

"傻瓜。都说三岁看大,七岁看老。他要是就这样长大,会变成个什么都干不成的人。"

这个疑虑眼下越来越强烈。这还要说到,政次郎在贤治去盛冈大约三个月后,曾对清六说:"我们去看电影吧。"

虽然已是晚饭后,室外还很明亮。他们俩来到名叫朝日座的小剧场,恰好上映《亲鸾真人全传》。

"这个不错,就看这部。"

政次郎在入口处付了钱,走进漆黑的房间,跪坐在铺着榻榻米的观众席上。

他让清六坐在自己身边。正面白色幕布上一帧帧出现的画面,是亲鸾的木雕、犹如富士山添上两只犄角的优美山峦、面相凶恶的年轻和尚。

屏幕旁边还传来音乐声。好像那里是一扇格子窗,窗外设有喇叭、单簧管、小太鼓之类组成的乐队。演奏水平相当低劣,而且合不上屏幕上的画。

也没有旁白讲解。政次郎是真的生气了，回家时一路上都在批评："难得把亲鸾真人可贵的一生拍成了电影，就应该更加深入地理解真人的灵魂……"

可是六岁的清六，低着头一言不发。政次郎心想，他一定也有不明白的地方，于是温和地问："清六，你看懂了吗？"

然后给他一一讲解：有两座山峰的山就是筑波山。亲鸾曾经在常陆国布道，一定见过这座山。面相凶恶的年轻和尚应该是亲鸾的儿子善鸾。

"看上去从头到尾都在下雨，其实那不是雨。是胶片磨坏的地方放大了。在来花卷之前，人们把胶片带到各个地方放映，没有好好爱惜。想要看干净漂亮的画面，还是必须去东京啊。"

政次郎觉得自己在忘我地讲解，可是清六盯着地面只顾反复地答应："嗯……嗯……"

政次郎懊恼地说："你这是怎么回事？一直都心不在焉，你就没有其他感受吗？"

"嗯。"

清六不是第一次看电影了。

去年夏天，清六应该和贤治两个人去看过。或许他知道胶片损伤的事，要是这样，告诉我不就好了？搞不清楚他到底在想些什么。不是，是不是说到底，他根本什么都没想。

如果说这叫作顺从，政次郎也是一样。从小喜助对他说什么，他都只是"嗯""嗯"地答应，并不记得自己还说过别的。一味责备清六，不讲道理吧。

政次郎此时此刻依然是个父亲。在决断和反省之间来回往复。

*

与此相反，很快从顺从中破壳而出的是长女阿敏。

尤其是现在她开始在吃饭的过程中讲话。贤治离家去了盛冈之后，她成了年龄最大的孩子，大概这在精神上引发某种问题。或许她试图用语言来填补贤治离开后的丧失感。她说的话主要是对家庭环境的批评。

有一天吃晚饭的时候，她放下筷子说："我想安安静静地学习。我已经五年级了。学校的作业多起来了，可是阿茂和阿国在同一个房间里叽叽喳喳，我没有办法集中精力。为什么爷爷不教训她们，让她们安静点呢？哥哥在的时候爷爷就说过呢。冬天的时候还让哥哥去火盆旁边。"

又一个晚饭时分。

"后院北边仓库里的书是我的。爷爷，为什么你什么都不说就卖了呢？"

喜助当然会反驳。针对前者，他说的是："女人越学习越骄傲自大。你要搞清楚自己的身份！有空还不如好好缝一张抹布呢。"

针对后者说的是："小说多无聊，读佛经去！"

而后面这句话最让阿敏不肯罢休。她的反应简直让政次郎怀疑她不是自己亲生的。阿敏两眼一瞪，说道："那不是小说，是童话！"

"还不是一样！"

"完全不一样！岩谷小波这个人写的书，无论是道德层面还是艺术层面格调都很高！爷爷什么都不懂！"

她总是针对喜助。她到底不敢直接顶撞政次郎。她不是害怕政次郎，而是对家庭秩序心怀畏惧。每次遇到这种情况，政次郎都会在争论激化之前对阿敏大喝一声："住嘴！"

阿敏也立刻低下头说："爷爷，对不起。"

再次拿起筷子吃饭，可是一双眼睛依然目光炯炯地瞪着面前的榻榻米。

"你要是这样，会嫁不出去哟。"

政次郎嘴里这么说，心里却不由得叹息：真可惜啊。

如果阿敏也是个男孩子，而且早于贤治出生，说不定将来能发挥超越喜助和政次郎的商业才能。所谓商业才能，是由一定比例的口才和不服输的劲头构成的。

*

二女儿阿茂九岁，已经读二年级了。

她有一张典型日本女性的面庞，腮帮丰满，眼睛细小。她的性格也和容貌吻合，顺从老实。有时候她会"姐姐，姐姐"地打扰阿敏学习，惹阿敏生气，但这都是因为她天真无邪，想要姐姐关注她。

阿敏也明白这一点。

所以，平时她很疼爱妹妹。有时候还带阿茂上街去书店。这或许和贤治带清六看电影源自同样的心理。当然，阿茂吃饭的时候不说话，更不会直呼爷爷，跟他争论。她才九岁，就能长时间跪坐，鱼也吃得漂亮干净，反而没能给政次郎留下什么印象。因为生活能力强而不起眼，或许是排行中间的孩子必然的宿命。

*

三女儿阿国三岁了。

跪坐她还办不到，所以就她一个人可以一屁股稳稳压在坐垫上。不过，当阿一按照政次郎的吩咐教她礼仪，让她练习跪坐的时候，她就不情不愿地逃到院子里去了。

如果是其他孩子，政次郎会揪着脖子训斥一顿，可是对她，却苦笑道："算了，再等等吧。"

他自己都觉得这是溺爱。或许并不是因为她最小，而是因为她的模样。

她长着一张形似西方人的清爽面孔，轮廓接近瓜子脸，完全没有鼓鼓囊囊的腮帮子。眉毛纤细，鼻梁高直。尤其是她肌肤胜雪。政次郎心想：今后要把她嫁给某个来历不明的男人，我才不愿意呢！

她白净得让政次郎现在就开始懊恼。

"这是一张可以带来好姻缘的脸呀。据说，十五六岁就能嫁出去呢。"

这不是政次郎，而是阿一挂在嘴边的话。阿一不是一个有心机的女人，而且溺爱孩子，可是这种时候，她能发挥令政次郎刮

81

目相看的处世智慧。

阿一明治十年（1877）一月十五日出生于花卷。

花卷除了政次郎家，还有一家姓宫泽。

这一家通称宫善，和政次郎的宫右在江户时代就分了家，所以血缘关系并不紧密。总之，阿一是作为宫善的大当家宫泽善治及其妻佐目的大女儿来到这个世上的。

——长得真白啊。

这是亲戚们第一眼看到襁褓里的她时，说得最多的一句话。当时日本还没有宪法，没有内阁，没有国会，只有刚刚维新之后的太政官政府，而这一政府并不稳定。就连在鹿儿岛拥护怨声载道的武士阶层、公然反对政府的西乡隆盛都让他们束手无策。

阿一茁壮成长起来。

她刚一懂事，就开始做家务。这个家当时并不富裕，没有女佣，所以每天为了烹饪、裁缝、洗衣忙得四脚朝天。当阿一又有了三个弟弟和一个妹妹之后，她还要负责照看孩子。不知不觉中，夏天被晒黑的皮肤到了冬天也没有变化，谁都不再说她白了。

她没有上过小学。

当然，一方面是因为阿一父亲的方针是女人不需要受教育。而另一方面，阿一自己好像也没有上学的念头。这也是人之常情。

她最高的学历停留在私塾。只是在家务事的闲暇中初步学习了读写。她嫁的人，则是同在花卷、当铺和旧衣店老板的儿子，小学里成绩最出色的男人。

政次郎二十二岁，阿一十九岁。

或许是奇缘吧，这一家当时也没有女佣。不过，这不是源于经济困难，而是出于思想上的坚定信念，因为，前半生吃尽苦头的一家之主（当时）喜助贯彻着不许浪费的理念。而阿一的丈夫则对喜助言听计从。

结婚第二年，贤治出生了。

此后，随着阿敏、阿茂、清六、阿国的出生，阿一越来越忙碌。家里依然没有女佣，喜助还常常要求晚饭吃生鱼片。尽管如此，每天早晨送女儿们上学之前，阿一都会让她们坐在梳妆台前，绕到她们身后挨个梳头，从不懈怠。为此，她用了象牙做的、质量稍好的梳子。

面对如此勤劳持家的妻子，政次郎从来没有说过一句谢谢之类感谢的话。

他压根就没有想过要道谢。不过，他不与艺伎寻欢作乐，也不娶小妾。而且，在亲戚和议员朋友面前，他也不像其他男人常见的那样说妻子的坏话。

——我们家那位，什么都不做。

政次郎把他的财力和名誉，全都花在了家里和镇上。

＊

八月，贤治回家了。他没有提前跟家里联系，所以当他首先到店里来打招呼时，政次郎大吃一惊："哎哟！"

首先，政次郎还没有看惯贤治头戴校帽、身穿校服的模样，而更重要的是，四个月时间。自从在宿舍的舍监办公室分别以来，才仅仅四个月，贤治的个子就蹿了那么高。这可不是男孩子了，就是个男人。

政次郎不由得对此产生了一种畏惧。

当天晚上开始，吃饭时的座位又变了。

从政次郎的角度看，左边这一列依然如常，而右边这一列，离得最近的是贤治，然后是清六、阿敏、阿茂。

"南无阿弥陀佛。"

唱诵三遍之后，所有人再说话。

政次郎什么都没说，阿敏也老老实实地吃饭。喜助、阿一也露出和昨天一样的表情。但是，客厅里的气氛却有些不安稳，就像沙子哗啦啦地四处翻飞。当然，这不仅是因为天气太热开着窗户。

（大家都想听贤治说话。）

吃完饭之后，等餐盘都收走，第一个忍不住的是阿敏。她顾不得衣服蹭得沙沙作响，挪到贤治身边，问道："哥哥，中学是什么样的呀？"

她这句话就像火种，引得其他三个孩子也聚集过来，把贤治围在中间坐下，连珠炮似的问道：

"学习难吗？"

"平时吃什么呀？"

"交到朋友了吗？"

贤治当然已经换下了校服，盘腿坐在房间中央，存在感宛如顶梁柱。他身上的和服，衣袖也好下摆也好，都短了。

"你们先别问啦!"

政次郎一边说一边也急急忙忙地挤进圈子里。贤治哈哈地笑了,清了清嗓子开了口。

贤治讲述的内容,无论是对于政次郎,还是对于孩子们来说,都像是天方夜谭。中学位于盛冈中心叫内丸的老城里。宿舍叫作"黑壁城",而校舍则叫作"白垩城"。

校舍是栋西式木建筑,墙壁刷得雪白。据说,落成的时候,特地从东京赶来视察的文部大臣一看,皱着眉头说一点也不适合地方上的中学。

学校里有固定的课程表,这和小学一样,但是初中实行夏时制。四月份早晨八点开始上课,从七月一号开始就变成七点。到了第二学期又再改回八点。

"啊?"

"哎?"

回过神来,大家发现阿一和阿金也加入了这个接二连三、不断感叹的圈子。

比起贤治说的内容,政次郎更满足于贤治说话的模样。贤治说话简洁明了,没有无谓的重复,可是又能适当开些连清六都能听懂的玩笑,生动活泼。

尽管贤治时不时会用些出人意料的词语,让听众目瞪口呆,例如拿"天鹅座"来形容咖啡的味道,但总而言之,长大了。

照这个情况看,当铺的主顾、旧衣的贵宾,贤治都能应对自如。就在政次郎满心欢喜之时,贤治突然说:

"爸爸。"

"啊?"

"爸爸,你有什么想问的吗?"

(有啊。)

政次郎立刻在心里答道。

政次郎最想问的就是舍监佐佐木的事情。他那像栗色鞋刷子的胡须,故意在父亲面前摆谱对孩子直呼其名的傲慢态度,都令政次郎印象深刻。贤治会不会遭到他残忍的报复啊?这是四个月以来政次郎最为担忧的一件事。

但是,政次郎没有问。

政次郎认为这种问题有关做父亲的尊严。尽管他自己也觉得这种想法太僵化。就在这时,"我有想问的!"精神饱满举起手的,是政次郎身旁的阿敏。从刚才开始就很兴奋,所以她的声音也有点嘶哑了。

"是什么?"

听贤治这么问,她说:"老师可怕吗?"

"可怕呀。"

贤治骤然眯缝起眼睛:"有个叫佐佐木的老师。他是宿舍的舍监,也在学校里教我们体育。一整天都要跟他碰面。"

政次郎屏息静听,照贤治所说,佐佐木是个退伍军人。

(果然如此。)

"他在部队的时候,受了重伤,因此退伍。现在,他走路的时候会弓着背,脑袋就像鸡一样前后挪动,估计就是后遗症,也有可能只是一种身体上的习惯。总之,学生揪住这一点不放,悄悄给他起外号,有叫他'小鸡先生'的,也有叫他'鸡先生'的。他教体操的方法也很独特,总是站在原地,只发号令。既不踢人也不打人。恐怕这也是后遗症。"

"这样的老师,有什么可怕呀?"阿茂插嘴道。

大概小学里就有比这种老师更严厉的,贤治语气更加诙谐地继续讲下去:"别提他管理宿舍有多啰唆了!"

贤治说,自己现在住在二层的十二号房间。同宿舍的还有两个二年级学生和两个三年级学生,以及五年级的室长。也就说,一年级的只有他一个,所以他不得不包办一切杂务。例如收拾煤油灯筒,擦灰,跑腿,等等。

这些事太让人窝火,有一天早晨,贤治被子都没叠,就心血来潮爬山玩去了。回来的时候,在宿舍门口等待自己的不是高年级学生,居然是鸡先生!

贤治说到这里,摆出一副可怜巴巴的模样来:"他让我在走廊里跪坐着,大发雷霆,说'二等兵就要有个二等兵的样子'!"

二等兵——贤治特别强调这个"等"字,大概是因为佐佐木舍监就是这种语气。弟弟妹妹捧腹大笑,催促贤治说:"还有呢?还有呢?"看来贤治也有几分仰慕这个可憎的男人呢。

(罢了,这样也好。)

政次郎刚松口气,另一件事又在他心田种下了担忧的种子。这份担忧与学生的本分相关:"成绩怎么样?"

政次郎刚插嘴问道,阿敏就探出身子道:"还是第一?"

贤治的脸庞顿时笼上了阴云："不是。"

贤治嗓音低沉，这并非只是因为身体上的成长。

第二年三月，第一学年结业。贤治在一百四十三人中排名第五十三。语文、语法写作、英语、英语书法、自然（矿物）成绩优秀，却被数学拖了后腿。一百分满分，可他整个学年几乎连五十分都没有得过。

第四章　店伙计

四年后的大正三年（1914）三月，第五学年结业。

贤治从盛冈中学毕业。

他在八十八名学生中排名六十位。和第一学年相比，除去因为不及格、退学、开除而离开的人，只剩下大约一半的学生，然而他的名次非但没有上升，反而下降了，倒着数还更快。一年级时好歹还算得上前百分之三十五，而毕业时已经落到后百分之三十了。

他不擅长的算术分成了几何和三角法（三角函数等）两科，哪一科都不好也是无可奈何的。可是，本应拿手的语文、语法和写作、英语相关科目也全都没有超过八十分。物理、法制和经济也达不到一般水平。自然（矿物）只在第一学年排课，因此发挥不了拉分的作用。很明显，贤治这五年，在成绩上是失败的五年。

不过，贤治生性坦诚。毕业典礼结束，贤治再次回到花卷家中之时，首先到店里，隔着账房格子窗，把成绩单递给政次郎，说道："对不起。"

政次郎一只手接过来，一边听着贤治呼噜呼噜吸鼻涕的声音，一边低头细看。不一会儿，他用手指把眼镜向上推了推，说道："这下明白山外有山，人外有人了吧？"

他将成绩单一把塞回了贤治手里，但是也没再说什么。他自己都觉得这样的处理方式充满了温情。一方面，因为没有发生不及格、中途退学这种最丢人的情况，他很安心，另外更重要的是，他已有打算。

这一失败，单纯从合理主义的角度来考虑，是有利于政次郎的。若是能名列前茅，按照贤治的性格，一定会提出——我想升学。

在中学之上，只有仙台的二高（第二高等学校）、东京的一高（第一高等学校），或是明治、法政、早稻田、庆应这样的私立大学了。尽管私立大学从法律上讲还不是大学，而是低一级别的专门学校，可是在政次郎看来，无论升到哪一类学校，都是没有必要的——开当铺的不需要学问。

政次郎缓缓站起来。

贤治还仰视着他，呼噜呼噜地吸溜着鼻涕。政次郎皱皱眉头，低声说："回家去。见见阿一。"

"是。"

"一到四月马上就做手术。你要好好休息。"

*

贤治的病是三个月之前发现的。

那是他上一次回家时的事了。阿一和阿敏在花卷站外的广场上接站，当火车停下，穿着校服、戴着校帽的贤治走过来的时候，她们发现贤治走得歪歪扭扭，右腿常常绊住左腿，而左腿则时不时迈得比右腿还偏右。每迈一步,他的上半身都笨拙地歪向一边。他吸溜着鼻涕,发出呼噜呼噜的闷响,听上去就像某种动物。

"你怎么了,贤治?"

阿一撑住贤治的身体,贤治紧紧闭上眼睛,指着自己的喉咙说:"热,热。"

"哥哥!"

"我每天晚上都睡不着觉。脑袋发晕,迷迷糊糊的。"

阿一在这种时候是果敢的。她直接带贤治去了附近的诊所。医生是个年轻而瘦弱的男人,看上去仿佛昨天还在教室里学习。

医生把听诊器的圆形听筒贴在贤治胸口,还让贤治张大嘴,看他的喉咙。

"这是怎么回事呢?"

医生歪歪脑袋想了想,让贤治仰头,检查了他的鼻腔,说道:"这是肥厚性鼻炎。"

医生摘下听诊器,用朗读课本的语气解释道,鼻腔黏膜太厚,而且硬化,导致呼吸不畅。

总之,这是极度的鼻塞。感觉喉咙发热、睡眠不足,都是它造成的。喉咙发热,是因为无法排出鼻腔的鼻涕如雨水般直接灌进喉咙,引发了炎症。

"这不是性命攸关的病。不过,肥厚发展到这个地步,已经没有可能自愈了。只有麻醉,手术切除才能根治。"

阿一当即说道:"明天可以吗?"

"这里做不了，"年轻医生摇摇头，把听诊器放在桌上，说道，"只有盛冈的大医院才有设备。而且，为了术后观察，还必须住院十天左右。您儿子现在是新年假期回来探亲的吧？过不了十天，中学就开学了。"

一瞬间，贤治脸上闪过几许不甘心。看来他是想做手术的。阿一点点头，对医生说："那就等他毕业吧。"

于是，三个月后，贤治毕业之后又去了一趟盛冈。

住院地点是私立岩手医院。这里的医生，比花卷诊所的那一位年纪大得多。

——他是天宝年间生人。

倘若传言当真，那这位医生应该已经年过七旬了。这一次，政次郎对医生鞠躬道："医生，医生。贤治就拜托您了。"

不可思议的是，老医生不带一丝感情，用和那位年轻医生同样的语气说："这不是性命攸关的病。"

手术成功了。

大概是因为麻醉相当有效，又或者是把迄今为止缺的觉都要补回来，贤治被推回病房的时候，还在呼呼大睡。

阿一站在床对面。夫妻俩都来照顾病儿。

"老爷，"阿一抬眼看看政次郎，问道，"明天开始，谁陪床呢？"她这么问，当然是因为脑子里还记得十二年前的事。当时，政次郎几乎没让阿一来病房，独自照顾了贤治。贤治那时候快要上小学。而政次郎自己，在贤治痊愈之后，却患上了苦恼一辈子的肠炎。

后遗症到现在还有。政次郎立刻回答:"我来陪。"

阿一痛快地说:"好。"

也许是她觉得争也没用,或者是因为这次并非传染病,所以放心地认为不会有问题。

老医生听了他们的要求,也简简单单就答应了。

贤治恢复得很快。

从单人病房搬到四人病房当天,他就自己去上了厕所,第二句话就是:"肚子饿了。"

当年轻的护士为了测脉搏,紧紧抓住他手腕的时候,贤治满脸通红地埋下了头。这微小的动作洋溢着青春的气息,如同积雪融化之处冒出的青草。

第三天夜里,熄灯之后,政次郎安心地想,贤治大概不要紧了。

他站起来,想对贤治说"晚安。我回家了。"可是话到嘴边又咽了回去。

"贤治。"

"嗯……"

"真冷啊。"

"是啊。"

"我们出去走走吧。"

征得护士同意后,两个人来到走廊。政次郎自己都觉得自己想不开。

他们穿过连廊来到另一栋房子,走进开水房。这次是间西式房间。木地板上摆放着桌椅,四周摆着些架子。桌子旁边有两个比不同火盆高一些的所谓的椅子火盆。

虽是四月,但这两个火盆都生着火。每个火盆上都有铁壶子在安静地喷着水蒸气。政次郎坐在椅子上,双手拢在火盆上,带着演戏的口吻说:"真轻松啊。你的体力也增强了不少啊。这回我很轻松。上一次我又用魔芋给你暖肚子,又唱儿歌的……贤治,你还记得吗?"

贤治站在桌子对面说:"我记得。"

"你坐。"

"是。"

贤治坐了下来。政次郎语气缓和下来:"出了院你想吃什么?苹果?还是寿司?"

贤治双目低垂:"出了院……"

"嗯?"

贤治依然盯着地面:"我想升学。"

"不行。"

政次郎脸上的笑容消失了,他严厉地说:"就你这成绩还想升学?不,就算你是第一名,我也不可能让你升学了。你可是当铺老板的儿子啊!"

听到他最后这一句,贤治的脸上立刻阴云密布。父亲的工作,被儿子全盘否定了。

(傻瓜!)

政次郎站起来说:"我回家了。你赶快睡觉!"

第二天一早，贤治病情急转直下。政次郎收到电报急急忙忙赶去的时候，贤治正蜷缩在床上，腰弯得就像虾米似的，呼吸也很浅。政次郎唤了一声"贤治"，把手伸到他头上一摸，立刻就明白了他烧得多厉害。站在床对面的老医生无可奈何地说："我怀疑是伤寒。"

政次郎怒从中来，不客气地说："要只是怀疑怀疑，我也办得到。您要说得这么不清不楚可不行。不是说过十天就能出院吗？"

手术是成功了吗？该不会是手术有什么重大过失吧？政次郎本想质问，但还是忍住了。当铺这种生意，是以金钱的力量作为后盾让顾客听命于它，而医生则是仗着生命在支配病人及其家属的买卖。

（性质不同。）

就从这天开始，政次郎又一次住进了病房。儿歌到底是没唱，但是政次郎拧干手巾搭在贤治额头上，给贤治擦汗，一勺一勺把粥喂到他嘴里。

政次郎仿佛在对一个五岁小孩说话："打起精神来，贤治。不要紧的，我陪着你。"

"是，爸爸。"

贤治顺从地报以微笑。若要说疾病有什么好处，大概就是能够彻底消除人与人之间的隔阂。

（和那个时候一样啊。）

照顾病人的充实生活并未长久持续。政次郎和那个时候一样，几天之后身体状况突然发生了变化。

他是在晚上发现的。当他在病人家属休息室里铺上被子，打算就寝的时候，感到侧腹丝啦啦地疼。

（估计是老毛病。）

他满不在乎地闭上了眼睛。到了半夜，这疼痛却变得剧烈起来，就像肚子里塞满了烧得滚烫的石头，无法入眠。

他发不出声音来，鼻尖上泛起油腻腻的汗珠，疼痛远远超过了老毛病。他在被窝里蜷起身来，伸手摸摸肚子，觉得肚子里头有一块疙瘩。

（是照顾贤治累了？还是被贤治传染上了伤寒？）

他东想想西想想，以便分散注意力缓解疼痛。天亮后一瞧，那块疙瘩已经明显变成了一个瘤。尽管如此，政次郎心里仍旧想：比起我，贤治更重要。

他勉强起身，去了贤治的病房。

查房的时候，他把情况告诉了老医生。老医生并没有发火批评他明明在医院还不早说，而是当即让他露出腹部，伸手用力按了两三下，便说："应该是伤寒。"

老医生写好了介绍信，以便政次郎能立刻住进另一家医院。于是，当天下午，政次郎就向贤治告别了："你要好好的哟，贤治。"

"爸爸，你也要好好的。不要担心我。"

"谢谢，贤治。我，我……"

"什么事？"

"我没能从始至终照顾好你。抱歉。"

"爸爸，你不要在意。"

什么在意不在意，说到底原因还是在贤治。政次郎悲从中来："我们要活着相见。"

"好。"

两个人都是病人，却站着交谈。政次郎确信，这是最后的告别。

（走的会是贤治，还是我呢？）

他牢牢抓住贤治的双手不愿松开。在一旁默默注视的阿一说："快走吧，老爷。"

然后先一步飞快地离开了病房。

＊

政次郎接下来在医院里住了二十天左右。

虽然一开始疼痛和肿胀难以消除，但不知是药起了效果，还是断食疗法有了作用，一旦开始减轻，症状很快就消失了，仿佛从来没有发生过。到最后也没明确病因到底是什么，总之，接下来，可以出院了。

于是，政次郎活着推开了自家大门。路上经过花卷城，只见城楼遗址上樱花盛开，美得炫目。鲤鱼旗也升起来了。花卷已经进入五月了。

几天之后，贤治也回家了。

他们的再会并非想象的那样激动人心。政次郎让贤治静养了两三天，然后冷不丁说："你来试试看店。"

"我才不干呢！"——贤治并没有这么说。

他只是轻轻点点头。他一定还是认为自己对父亲的病是有责任的。

（或许是内疚。）

政次郎这么想：正合我意，儿子的孝顺，归根结底并不是积攒资金这样"正"的行为，而是属于偿还内疚债的"负"的领域。如果是因此而对家业产生了兴趣，也没什么可说的。

第二天一早，政次郎让贤治坐在了账房里。

"没事，放松点。"

他砰砰地拍拍贤治的肩膀，退回到里屋。

他铺好坐垫，盘腿坐下，把门拉开一条缝往外看，只见贤治端端正正的背影正对着一个客人都还没有的三合土店堂。贤治的前方和左右都被账房的窗格子包围，因此看上去倒有几分像囚徒。虽是五月，却依然感到寒冷彻骨，一定是因为三合土正在吐出积聚了一晚上的寒气。从物理意义上来看，当铺也是个即使到了春天也寒冷的买卖。

没有客人来。

政次郎一边喝着阿一给他沏的热茶，一边在心里念叨：来个农民就好了。

本来五月份就很少有农民光顾当铺。头年的收获距离吃光还早着，而且接下来要耙地、插秧、引水灌溉……是一年中最忙碌的时节，无论如何也没闲工夫跑当铺。

反过来说，来的都是处境相当不妙的顾客。要不就是孩子生病，或者自己生病，要不就是去年偏偏自家的收成极其糟糕。面对这样的顾客，贤治会怎么应对？

哗啦啦。

面向大路的门开了。

因为大门朝东,所以新鲜的阳光一下子就射了进来。因为逆光,所以政次郎没能立刻看清楚。这位顾客大步流星走到贤治面前,招呼都不打,就隔着格子窗,递过来一把割稻子的镰刀,说:"值多少钱?"

政次郎定睛细看——打着补丁的平袖田间工作服,左右折角包头的手巾,这一定是附近农家的媳妇。不过,她看上去才二十出头,这让政次郎有些吃惊。这个年龄的女人上门来,就算不是五月也很罕见。恐怕她的处境也是格外困难。贤治学着政次郎的口吻应道:"好,我看看。"然后两手接过镰刀,同时问道:"你为什么需要钱呀?"

"我丈夫得了骨疡。"

"哎呀。"

贤治拿着大凸透镜从镰刀的刀刃仔仔细细看到刀柄,说:"三元怎么样?"

顾客深深地叹了口气道:"是要拿来治骨疡的。"

这是地球上最可怕的病名之一。结核菌之类导致骨头,尤其是脊柱,犹如虫牙一般消融。病情严重的话,非但起不了床,还会送命。贤治痛快地说:"那就三元五十钱。"

"还有两个吃奶的孩子呢。"

"再加五十钱。"

屡次加价之后,贤治把镰刀放在桌上,递给顾客当票和五元二十钱。顾客悲伤地行了礼,跟跟跄跄地离开了。

政次郎终于打开拉门,在贤治身边坐下,微笑着说:"你太好说话了。"

要是一开始就严厉地斥责贤治,贤治很快就会讨厌这项工作。

考虑到这一点,政次郎几乎就像面对幼儿似的说:"现在呀,那个女人一定蹦蹦跳跳赶回家呢。因为你出的价钱,拿去买一个新镰刀都绰绰有余呢。她不会再来赎当品了。"

政次郎拿起沉甸甸的镰刀,只见刀刃锈迹斑斑,而且摇摇晃晃,快要从刀柄上掉下来了。

"对不起。"

贤治垂头丧气地说。政次郎把镰刀放在桌上,认真地说:"本来你一开始给出三元的价格就太高了。这样的工具,农民到了秋天必然需要,所以你给到一元五十钱,不,一元二十钱,对方都会答应。这东西本身也有问题。算了,这些都是经验,现在不用太在意。更重要的是记在心里啊,贤治。"

"是。"

"今后不许询问顾客。"

唯有这句话,政次郎说得声色俱厉。

"顾客并非善人。"政次郎说道。至少并不是贤治认为的那样单纯弱小。他们拉开当铺大门的时候,抱着同样强烈的愿望:哪怕是一钱、两钱,也要拿走。

在这个意义上,他们是为了搞垮当铺才来的。实际上,就拿那个年轻农妇来说,她的丈夫是不是当真得了骨疡都不好说。很有可能是她丈夫把钱拿去喝酒了，或者是她自己讲究穿着花在衣服上了。贫穷使人善良，不过只是最近突然出现的社会主义者毫无根据的宣传文字，真实情况往往与此相反。

问这种存有异心的人为什么需要钱，就是在给他辩解的机会。

"这是为他们创造了攻击我们的机会啊，贤治。更何况你还问她'三元怎么样'，对方当然会抬价了。他们会祈求怜悯，诉说自己的饥饿，把事情搞得很复杂。你单方面把价钱告诉他们就行了。"

"对不起。"

贤治的额头都快撞到桌面了。政次郎语气越来越缓和："我们并不是在欺负弱者，只是在守护当铺。守护当铺，守护妻子儿女。这并不是什么特别的事情。是上天公平地赋予每一个国民的、理所当然的权利。无论外界对当铺作何评论，你都不要在意。因为每一种买卖都有它背阳的一面。"

贤治忽然抬起头说："对不起。"

贤治目光炯炯，直视政次郎。

贤治这句话里充满了力量。贤治的"对不起"，政次郎作为父亲已经接触了十几年，听了不知几千遍。政次郎可以从中觉察到任何情感上的微妙变化。现在这一声，和刚才的完全不同。

（是反抗吗？）

不是反抗，恐怕是拒绝。贤治的头脑已经接受不了更多当铺的信息了，他承受不了。

就在两三年之前，还不是这样。

政次郎感到沮丧。大概是贤治中学三年级的时候，寒假里回家时，正赶上政次郎感冒卧床。贤治说："爸爸，我来试试看店。"

那是贤治主动提出的。

政次郎虽然没有看见，但听说贤治似乎坐在账房里看书。来的人是附近书店的店主斋藤宗次郎。他是基督教教徒，独自一人开展了各种各样的服务活动。政次郎尊敬地称他为老师。

当然，他也认识贤治。斋藤把当票递给了贤治。贤治恭敬地双手接过，问道："老师，您是要赎回当品吗？"

斋藤面露苦色，说："不是我的，是我养母的。"

吃晚饭的时候，贤治饶舌地提起了这件事，就像讲单口相声似的。阿一和阿敏都大笑起来，唯有这种时候，政次郎并不批评她们"不成体统"，因为他自己也险些笑起来。那到底算什么？

政次郎不明白。

说到底，只是小孩子心血来潮？只是想窥视一下成年人的世界？或者，难道是因为贤治读了书？

政次郎暗自揣测。贤治上中学的时候，在宿舍和图书馆里读了很多书。

读的是爱默生、柏格森等人的哲学书，以及屠格涅夫、陀思妥耶夫斯基等人的文学作品。听他说还读过思想进步的综合杂志《中央公论》，所以估计他接触过梦想社会改良的激进思想。具体内容现在并不是问题，问题在于他的读法。就政次郎看来，贤治恐怕没有朗读过，也就是默读。

和其他大部分学生一样，坐在桌前，打开台灯，低着头与铅字进行无言的对话。假如可以把它称为对话。

不管怎么说，对象是铅字。绝对不会生气，不会怒吼，不会撒谎，不会欺瞒，不会故意用莫名其妙的话语搅乱读者的思路，就算读者单方面中止对话，也不会提出抗议。

从某种意义上来讲，存在于此的是主人和仆人的关系。如果人类过度习惯于这样的对话，与活生生的人对话恐怕会成为一种痛苦，或者会感到荒谬。

而这种痛苦对话的最甚者，对于贤治来说，或许就是在账房里与顾客进行的对话。

对方不仅是活生生的人，而且是赌上生活，有时是赌上性命而来。他们会生气，会怒吼，会撒谎，会欺瞒，会满不在乎地诡辩，让人不知所措。铅字与此相比，完全就是清流与污水的差别。

如果是这样，贤治并非讨厌当铺。

他也不是想做学问，而是更单纯地只想逃离账房。

政次郎觉得只是这样而已。贤治想逃离与他人的对话。从某个意义上讲，这是新人常有的心事。

现在，贤治仍然凝视着政次郎，用反抗甚至拒绝的眼神。说到底他只是一个十九岁的年轻人，和肌肉力量一样，视线也很强大。政次郎无心应战，转过头温和地说："今天就到这儿吧。"

接下来，政次郎坐在了账房里，贤治不知上哪儿去了。

下午的情况不出所料。大概是从上午的客人那里听说了，同一个村子里来了五六个农妇，有的年轻，有的年长。

"多少钱？"

她们从格子窗外递过来割稻子的镰刀。

政次郎试探地询问了一下，都说自己的丈夫得了骨疡。当然，他没有给任何人一分钱，就把她们击退了。如果就这样让贤治继承店铺，当铺会开垮的。

政次郎静静地双手掩面。他沉思片刻，然后叹了口气说："无法解决啊。"

他离开账房，来到路边，心想今天这就关门吧。商店也有拒绝顾客的权利。

他伸手取下门帘的时候，只听左边传来两个人的声音："哎呀，爸爸。"

他转过头一看，是阿敏和阿茂。她们好像正要进家门，并排站在玄关前，瞪大眼睛看着他。

"爸爸，这就要关店门了？"

说这话的是阿敏。她穿着校服。小学毕业之后，她升入了花卷高等女校。在她升学的时候，祖父既没有说好，也没有说不行。大概他连说话的力气的都没有了。现在她已经上四年级，十七岁了。细长的眉眼里流露出的傲娇和小学时一个样。政次郎淡淡地说："嗯。"

"哥哥呢？哥哥看店了吗？"

"嗯，是啊。"

阿敏或许从他暧昧的语气中觉察到了什么。她用小心翼翼但是绝对不低的声音说："哥哥，喜欢做学问。"

"多嘴！"

"您让他继续上学怎么样？哥哥重情义，两次生病都是爸爸照顾的，是爸爸救了他的命，所以他说不出口啊。"

政次郎在耳畔摆摆手，不打算和她讨论。这是四通八达的大道，人来人往不方便。但这只是原因之一，更为根本的是恐怕会输。

政次郎自己也有些觉察到了内心的恐惧。阿敏以第一名的成绩从小学毕业，在高等女校也一贯稳坐第一，最近语言上的才能更是尤为出色。和这个大女儿过招，万一陷入无言以对的境地，作为父亲，作为男人，何止是颜面尽失！

"快进门，阿敏。女孩子不要喋喋不休。"

"对账了吗？"

这回开口的是阿敏身边的阿茂。

这个二女儿也身着校服。从这个春天开始，她也升入了姐姐的学校。一年级，十四岁。和姐姐相比，她依然各个方面都不显眼，但是自从进入女高之后，也时不时开始这样插嘴。她也到逞强的年龄了，虽然连对账指什么都搞不清。

"爸爸，对了吗？"

"哦，对啊。"

政次郎露出了笑容，抬抬下巴说："好主意啊，阿茂。我这就让贤治来对，你叫他来。"

"好。"

政次郎不是对阿茂温和，更是在讽刺阿敏。他自己都觉得做得有些孩子气。

贤治来了之后，两个人走进账房，开始对账。贤治在这方面并非无能之辈。政次郎拨着算盘珠子报出数字，贤治对照账本上的记录，一样就说"对"，不一样就说"错"。

尽管这是小学生水平的算术，但是贤治反应迅速而正确。也看得出他很有干劲。贤治讨厌当铺，想来问题本质还是在于和顾客的谈判上。

＊

梅雨季节过去，夏天来了。

政次郎食欲不振。本来就因为肠炎的后遗症夏天只能喝粥，今年大概又是受了生病的影响，粥几乎变成了水、水果之类，光是看一眼都觉得肚子胀。

尽管如此，他还是精力旺盛。有一天，他问贤治："去大泽温泉吗？"

"大泽温泉？"

"每年都举行的讲习会，今年不是也要办吗？"

大泽温泉是花卷近郊的温泉。从孩子们的游乐场丰泽河向西，逆流而上到达奥羽山脉，它就从那里汩汩而出。政次郎每年夏天都要举行一场文化活动，就是包下那里的旅馆，为学生、老师和其他求知欲旺盛的人举办讲习会。

十五六年前，这个讲习会刚开始举办时，政次郎并未参与。

学生、老师和其他求知欲旺盛的人主动从城市请来讲师，学习历史、科学等知识。课程结束后，讲师和听众一起泡温泉，喝酒，畅谈到深夜。实际上就类似于集训。

这一活动目的在于通过七天到十天的集训，填补花卷和大城市之间的差距。可是，开展后随着时间流逝，听众逐渐减少。这也是理所当然啊，从讲习会的规模和性质来看，每个人缴纳的会费都不便宜。

听闻这样的窘境，政次郎说："你们做的是多么好的一件事啊。"他完全赞同讲习会的主旨，昂扬地说："好。费用都由我来出，事前的宣传费用、讲师的火车票钱和课酬自不必说，所有听众的住宿费、餐饮费也都包在我身上。"

从第二年开始，讲习会就办成了一个盛会。政次郎立刻成为文化界的要人。他对阿一骄傲地说："要是没有我，一本正经的老师们连个学习活动都搞不成。"

活动染上了政次郎的色彩。

从某一年开始变成了佛教讲习会。本来政次郎虔诚地信奉净土真宗，早晚的诵经一次都没缺过。而从大约十年前弟弟治三郎死后，他更是到了信奉过头的地步。

治三郎是乡下少见的摄影师。

——有钱人不务正业。

尽管村里人背地里说坏话，治三郎还是扛着全国仅有的几十台照相机之一在县内外奔波拍摄。明治二十九年（1896），三陆沿岸遭到创纪录海啸侵袭的时候，他还详细地拍摄记录了当地惨状，提供给报社。在这个家里，他是给贤治一半名字的父亲，贤治的"治"就是从他的名字里来的。

这位治三郎，二十八岁的时候病死了。政次郎当时三十岁。其他任何事情他都可以承受，可是比自己年轻的骨肉至亲早一步逝去，是唯一承受不了的。

这样的情感让政次郎变成一个更加虔诚的求道者，一个热忱的佛教学习者。

因此，大泽温泉的讲习会常常会请来僧侣。宗派当然是政次郎信奉的净土真宗大谷派。就是那个以京都的东本愿寺作为总寺院的所谓"东大师"。

有的年份请的是晓乌敏，有的年份请的是楠龙造，都是闻名全国、与其说是僧侣更是称得上近代思想家的人。他们接二连三地到来，讲座内容远远超出乡下的水平。此外还有近角常观、多田鼎等人。这样的豪华阵容，"就算在东京也很难召集在一起呢。"政次郎对阿一说道。不过，课酬也是相当得高。否则他们怎么可能特意在花卷这种地方消磨掉七天甚至十天时间呢。这既是政次郎的骄傲，也是他的遗憾。三年前请来的是位格外有名的宗教家——岛地大等。

这不是"东大师"，而是"西大师"。也就是说，他是属于以西本愿寺为总寺院的净土真宗本愿寺派的僧侣。他是为了西本愿寺的近代化改革竭尽全力的岛地默雷的养子，因此世人评价他是——沾了父辈的光。

他会逞威风，还是很收敛？

政次郎抱着奇特的兴趣，在演讲即将开始之前，去等候室问候他。

"岛地老师,从今天开始,连续七天都要劳烦您了。"

"啊,请您多多关照。"

岛地微笑道。他是性格谦虚,还是课酬的金额在他脑中掠过?贤治规规矩矩地跪坐在政次郎身边。政次郎拍拍他的后脑勺,说:"这是我的大儿子,名叫宫泽贤治。他和我一起洗耳恭听您的讲座。"

贤治垂着头说:"请您多多关照。"

岛地和蔼可亲地说:"真是个聪明的年轻人啊,现在在做什么?"

"我是盛冈中学三年级学生。目前回家探亲。"

"名校啊!"

"谢谢您夸奖。"

"贤治,你会继承父亲的家业吗?"

他并无深意,只是闲谈而已。贤治痛快地回答:"是的。"

"你父亲是个出色的人,你很幸福啊。"

"我铭记在心。"

三年后的今年。

今年的讲师默默无名,是盛冈报恩寺的住持尾崎文英。政次郎已经请遍了国家级的知名讲师。报恩寺非但连"西大师"都不是,就连净土真宗都算不上,是曹洞宗的寺庙。演讲时间也缩短了。

演讲之前,他照例带着贤治一起去等候室问候。

"尾崎老师,从今天开始,要劳烦您四天了。"

"哦,请多多关照。"

尾崎板着面孔,沉默寡言。他大概生性如此。和三年前那位八面玲珑的岛地大等形成鲜明的对照。

政次郎在心里苦笑着,拍拍贤治的后脑勺,说:"这是我的大儿子,名叫宫泽贤治。他和我一起洗耳恭听您的讲座。"

贤治低头说:"请您多多关照。"

"请多关照。"讲师依然愁眉苦脸。不过,他似乎意识到不该怠慢金主的儿子,问道:"你在做什么呢?"

"我刚从盛冈中学毕业了。"

"现在在做什么呢?"

"帮忙干家务。"

"你要继承父亲的家业吧?"

政次郎迅速接过话头:"我会让他继承。现在他每天都在看店。最近已经很适应了。"

"不是!"

贤治几乎在惨叫。他拽住初次见面的讲师,带着哭腔道:"我没有看店。我根本没有能力。我开不了当铺,只能继续读书。"

讲师果然是僧侣啊,他不动声色地说:"人没有'只能'这一说。"

"我继承不了,继承不了。"

"喂,贤治!"

政次郎立起身子,想要把儿子从讲师身上强行拉开。儿子用力地把身体转向他,所以父子俩的脸险些就要撞到一起了。

（唉……）

政次郎泄了气。

贤治的脸瘦得就像牛蒡。

比伤寒住院的时候还要消瘦。眼珠子显得更大了，动不动就东瞅瞅西看看。与其说可怕，不如说是异常。一位认识的医生早就警告他：贤治有神经衰弱的迹象，最好请专家看看。

但是每次政次郎都一笑置之："有正确的信仰、正确的生活、强大的内心，足矣。"

（这小子，太脆弱了。）

政次郎站起身，伸手把贤治扶起来，说道："好了，贤治，老师在演讲之前还要冥想呢。我们走了。"

他拉着贤治离开了等候室。贤治步伐沉重地跟着他。第二天，贤治没有在讲习会上露面，而是窝在家里。四天的日程平安无事地结束了。

*

讲习会结束，把尾崎讲师顺利送回盛冈之后，日本的政局发生了剧烈的变化。

大隈重信内阁决定参战。

此后发生的、被称为第一次世界大战的全球性战争，因为主要战场在欧洲，所以并未给日本国内带来多少紧张感。和十年前日俄战争的时候相比，既没有增税，也没有动员小学生，人民的生活几乎没有变化。

不，一部分人的生活发生了急剧变化。

因为欧洲极度缺乏军需物资，所以日本的产品十分畅销，重化学工业公司和船运公司的股价全都飞涨。这就是所谓的大战产生的经济发展。政次郎通过人脉关系得知有这样的征兆，心想能赚钱。

趁着股价不高的时候买了几家公司的股票。

政次郎并不需要下什么特别大的决心。这就像买绝对会中奖的寺院彩票。虽然他没有成为报纸上连日来炒得沸沸扬扬的船暴发户、铁暴发户、矿山暴发户，可是一眨眼工夫，数万元的金钱就滚进了腰包。

（贤治不可能连看店都不会。）

这一点政次郎依然坚信不疑。

虽然并非受到经济繁荣的影响，但出版界也发生了一件不大不小的事。

岛地大等的《汉和对照　妙法莲华经》成为长期畅销的书籍。没错，作者正是三年前政次郎请到大泽温泉讲习会的、那位沾了父辈光、笑容满面、和蔼可亲的名人。

出人意料的是，这是他第一本书。出版方是东京神田锦町的明治书院。

——语言学要买明治书院的。

——教科书要买明治书院的。

这是享有盛誉的一流出版社。政次郎把这本厚达六百多页，却规格小巧的狭长西式装订书拿在手里，哗啦哗啦翻看了几页：

"这有什么好的！"

他合上书，扔在佛坛前的经书桌上。

对待多年的支持者，就是这种态度吗？

他忍无可忍。

（那小子真猖狂。）

这本书并非来自作者的赠书，而是偶然得知出版消息的朋友送给政次郎的。按理说，作者作为回报，应该亲笔写上"谨呈"和作者姓名，并用大字号写明收件人——学兄宫泽政次郎，再附上一封信，亲自送来才符合礼节呢。还夸张地称为"汉和对照"，这种东西，不过就是本指南。

几天之后，政次郎走进客厅，不由得"哦"地叫出了声。

贤治正弓着背面对佛坛。政次郎蹑手蹑脚地走到他身后一看，贤治正在全神贯注地默读那本指南呢。政次郎"啊"地舒了口气。最近贤治的行为举止，政次郎几乎都无法理解。

让他来账房他也不来了。大白天就站在院子中间，仰望着天空，嘴里喃喃自语。还冷不丁地抓住阿一、阿敏说："农民可怜啊。"

或者是瞪大眼睛热情演讲似的说："通情达理的人，必须站在痛苦的农民这边。"

贤治最终还是丧失了理智啊。政次郎为此每天都万分头疼。而此时忽然看见沉浸在《汉和对照　妙法莲华经》中的贤治，对于政次郎来说，就是暖心的救赎。

他觉得贤治仿佛回到了孩提时代。那时候的贤治，还是他能够理解的。而且即便是现在，贤治内心的佛教明灯也尚未熄灭。

贤治发现了他。

贤治回过身仰视父亲。政次郎微笑着说："有用处？"

"啊，不是。"

贤治合上书，仓皇地离开了客厅。

政次郎隔了一会再来，又看见他在读书。是默读，和刚才一样，面向佛坛，把书摊开在经桌上。他读得入迷，连政次郎站在他身后都没有发现。

《法华经》啊。

净土真宗的正典，是《无量寿经》《观无量寿经》《阿弥陀经》，所谓"净土三部经"。

贤治对此也很熟。《法华经》也就是《妙莲法华经》，是天台宗和日莲宗的经典。虽然宫泽家族并不重视，但是……算了，这不打紧。

政次郎此时此刻并不在意。说到底，《法华经》也好，"净土三部经"也好，同样是佛教教义，从某个意义上来说，是整个佛教界的共有财产。

而且，这本书好像实际上也并没有着重关注某个特定的宗派。开卷第一篇，是红色铅字印刷的如下文字：

　　无上甚深微妙法
　　百千万劫难遭遇
　　我今见闻得受持

愿解如来真实义

这是开经偈,是每个宗派诵经时都必然会先吟诵的。宫泽家也并不例外。贤治对这本书感兴趣,直接的原因,一定是已经融入他血液、成为他身体一部分的这二十八个字。

当然,政次郎心里明白贤治这样做也是在逃避。

逃避开当铺这一职业。逃避长子的处境。更加贴近本质的,是逃避为了吃饭而劳动这一人类行为的真正价值。

也许他还有任性撒娇的心态,认为佛教书籍的话——或许能得到父亲的默许。

(都已经十九岁了。)

政次郎深深地叹了口气。他自己都觉得有些束手无策了。

贤治没有留意到他,还在继续默读。后脖颈儿上显露出骨头的轮廓,唯有耳朵显得特别大。

*

第二个月的某一天。

当铺关门之后,政次郎来到了院子里。

岩手的九月,有时候已像晚秋。一眨眼工夫天就黑了。政次郎站在松树旁,仰望西方的天空。四周都被黑暗笼罩,唯有西方天空还残留着夕阳的余晖,如同小股泉水从地平线上喷涌而出。这是天空的温泉。

在这温泉的那一方,跨过十万亿的佛土,就能到达彼岸的极乐净土。

政次郎相信这一点。在这世上一心一意唱诵"阿弥陀佛",死后就能往生极乐净土。没有任何烦恼,没有任何身体上的不适,可以永永远远心满意足……西方的天空,已经被浓重的墨色笼罩。

尽管如此,他还在茫然眺望。

"爸爸。"

贤治的声音在他身后响起。转身一看,贤治已经在离他一定距离的地方停下了脚步。

"爸爸,您叫我是吗?"

"你过来。"

政次郎大声说。贤治迈着宛如在火上行走一般的脚步来到政次郎面前站定。

"是什么事呢?"

话音未落,他的头已经低了下去,大概是以为又会挨骂。政次郎严厉地说:"你去继续上学吧。"

贤治立刻鞠了个躬,然后抬起头:"什么?"

他难得反问父亲一次。政次郎侧着脸说:"我叫你继续上学。你要是这样无所事事在家里闲下去只会成为废物。趁着年轻,去尽情做点自己想做的吧。"

"啊?那就是说,继承当铺的事……"

"中止。"

贤治的反应极其激烈。他当场双膝跪地,额头磕在院子地面的石头上,说:"谢谢!谢谢!"

"贤治，站起来。你没有自尊心吗？"

"谢谢您，爸爸。"

置之不理的话，贤治或许还会双手合十。政次郎咂嘴道："好冷。"

朝家门口走去。政次郎沿着小巧的庭院石头一边迈步，一边对自己说："这样就好。"

如果目前的情况持续下去，贤治要不然就会发疯，要不然就会变成废人。或者，照贤治对那本书的热衷程度来看，说不定会开口道——我想出家。

政次郎尊敬僧侣，但是他认为，钱要靠自己挣，他可从来没有想过让自家孩子依靠布施度日。

当然，他并没有放弃让贤治继承当铺的念头，这一让步说起来就像缓期征兵。政次郎什么话都没能说出口。

*

这天晚上。

贤治添了四次饭。他吃得很香，就像变了个人似的。他近乎狂热地不断闲聊着中学时代宿舍的回忆、邻居们的传言。

他的说话方式如同单口相声，弟弟妹妹捧腹大笑。阿敏大概早就有所察觉。聊天偶然告一段落之时，她双手扶膝，低头道："爸爸，谢谢您。"

她的表情很老实，但是眼神流露出狂妄与骄傲。政次郎鼻子一皱："谢什么？"

阿敏不再问下去，而是生机勃勃地问贤治："你去哪儿呢？"

"什么？"

"已经确定了吧？去哪个学校？"

"什么？学校？"

十四岁的阿茂、十一岁的清六、八岁的阿国充满疑惑，异口同声地叫道。阿敏用学校老师似的口吻说："哥哥呀，得到了父亲的允许，要继续上学了。"

听她这么说，政次郎在心里也想：还真是呢，到哪儿上学呢？

他觉得自己这事办得大意了。

（算了，就这样吧。）

终归会是东京的某个学校吧。政次郎暗自苦笑。自知之明是有的，不可能奢望仙台二高和东京一高，因此就是早稻田、庆应，或是法律学校之类的地方了。总之，肯定是私立学校。

"那么，是哪个学校？"

阿敏再次问道。贤治瞟了一眼政次郎，爽快地说："盛冈高农。"

"什么？"

"盛冈高等农林学校，阿敏。我想学矿物学。"

"矿物……哦，石头！"

"还有土壤！为了提高农田产量进行土壤改良、肥料开发，全都属于矿物学呢。"

"也要研究石头咯？"

"当然了。"

"对啊对啊。哥哥就喜欢这个,一直就是。读中学的时候,也把铁锤塞在腰带里,满山里找石头呢。"

"真怀念那个时候啊。"

"再来点米饭?"

"嗯。"

"我给你盛。"

听着兄妹二人新鲜生动的对话,政次郎愣了——被算计了。

这完全出乎他的意料。

高等农林学校,由文部省管辖。

就是所谓的国家机构,和高等学校不一样,也和普通的教育机构不一样。在法规上属于实业专科学校,也就是实业学校的一种。

其中,盛冈农高是国内成立的第一所高等农林学校。但是,这并非岩手县的荣耀,反倒是耻辱的象征。这意味着岩手县每年的恶劣收成,已经落后到了需要特意成立学校来解决的地步。

(又是为了农民!)

政次郎觉得自己上了当。要是知道实情,他不可能同意贤治继续上学。要说实业,还有商业学校、工业学校,为什么非要去农林学校呢?农民富裕,在这个岩手县,首先意味着店铺——利润减少。

这不是善恶的问题,也和平等与否的问题不同。贤治就在眼下这一瞬间,还在依靠当铺的收入穿衣、读书、添饭。而且这些也是通过政次郎每天的踏实工作得来的。读书都读到中学了,怎么连这么简单的道理都不明白呢?

一想到这就是花费了十八年时间极其精心养育的结果,政次郎就感到人生完全是虚无的。这世上还有比自己不负责任的父母吗?不让孩子吃饭,不让孩子学习,实施暴力又踢又打,非但不觉得羞耻,还认为理所当然的父亲大有人在。

(难道自己还远远比不过那种畜生?)

贤治很开心。

"考试明年三月举行。我会努力的,爸爸。"

话题继续展开。阿敏、阿茂说道:"加油啊,哥哥。"

"你别考上!"——这句话政次郎无法说出口。

一方面是因为事到如今已经无法挽回,另一方面,很遗憾,没有一个父母会希望自己的孩子失败。及格还是不及格,根本无须讨论,当然希望孩子能够成功上岸。孩子悲伤的神情,是父母不愿意看见的。

政次郎觉得自己好人做过了头。他使劲地咬咬嘴唇,说:"加油!"

政次郎看看自己的左侧。

左手一列最近的地方,坐着父亲喜助。如果这个人大喝一声——我不同意!

这件事就会回到原点了。然而,他毕竟已经七十五岁,身体缩小得如同煮熟的章鱼。去年三月长年陪伴他的妻子阿金去世后,他的脑子似乎也不灵活了,有时候会分不清阿敏、阿茂和阿国,还把阿一唤作阿金。

他什么都不说，叽咕叽咕地嚼着生鱼片。嘴角边一道涎水泛着光。政次郎叹了口气，吃完饭后，一个人到院子里纳凉去了。

※

第二年三月，盛冈高等农林学校举行了入学考试。

三百二十名考生中，合格的有八十九名。贤治考了第一名。这是他三个月之前就到盛冈的时宗教静寺住下、全心全意备考的成果。短时间内全神贯注发挥的，是惊人的爆发力。

贤治入学的专业是农学科二系，开设土壤、肥料、农产品加工等相关课程，就是所谓的农艺化学专业。

四月到了。贤治来到账房，对父亲说：

"爸爸，我走了。"

贤治离开家，坐火车去了盛冈，又将开始寄宿生活。

政次郎四十二岁，眼前这个空荡荡的三合土房间，究竟还要守护到什么时候？

他知道自己并非十分强大的人，只是在履行装得强大的义务，他想找人倾诉。

第五章　文章论

离开家的不止贤治。同年同月，那位话多的大女儿阿敏也以第一名的成绩从女高毕业，升入了东京目白的日本女子大学家政系预科。她开始了在学校附近的宿舍——责善寮的生活。

也就是说，政次郎家一下子送走了两个孩子。两年后的春天，二儿子清六也考上了盛冈中学。伴着一声"爸爸，我走了"的告别，他也离开了家门。当五个孩子挤在小小的客厅里，争夺玩具、你来我往拌嘴的时候，说实话，政次郎也曾抱怨过上天：为什么给我五个孩子啊？

而现在，吃早饭的只有阿茂和阿国了。父亲喜助在七十八岁时去世，所以加上政次郎和阿一，也只剩四个人了。

人口最多的时候有九个呢。政次郎这才体会到，当家里的人数缩减到一半以下的时候，时间的流逝就会快上一倍。

这天早晨。

阿茂和阿国去上学之后，他站在空荡荡的客厅里，忽然……

（啊！）

感觉内心就像根棍子似的倒掉了。

他甚至听见了倒下的声音。他叫来阿一道：

"我说。"

"嗯？"

"到此结束吧。"

"什么？"

"把招牌摘下来吧。关掉当铺。"

他语气平静地宣布了决定。当铺生意还很好，他的体力也还没到撑不下去的地步。可是，迄今为止，无论自己开展了多少文化事业，做了多少町议会议员的工作，依然无法摆脱"守财奴"的名声。借钱的人诅咒他尚可理解，毫无关系的人，甚至是收了他钱的讲习会讲师，也在背地里说他坏话，这也太不讲道理了。这些钱又不是靠欺诈偷盗而来。在这世上，开当铺的人和地狱里的黑白无常没有分别，是只要存在，就应该消灭的妖魔鬼怪一般的生物。当然，他一开始就知道会这样。他是明知如此还勉励至今，然而现在已经到了极限。

而且贤治也是一个原因。贤治一定没有把当铺生意看得那么罪恶，这个姑且不谈，然而适合不适合是无可奈何的问题。事到如今，他并不奢望儿子认为他"是个好人"，但是从现实的角度考虑，只要把当铺继续开下去，从物理的意义上来说，宫泽家也是没有未来的。贤治恰好到了三年级，明年春天也就要毕业了。

"听明白了吗？"

政次郎重复道。

阿一并没有回答"明白了"。她的表情暴露了关注实际生活的她内心的重重危机。

"要把当铺关了？"

"对。"

"让清六继承怎么样？"

"还不是一样啊。"

政次郎简短地回答。清六现在在盛冈中学读一年级，借宿在学校附近一个叫玉井的人家里。贤治也离开宿舍在那里住了下来，所以兄弟俩现在处于同一屋檐下。

吃饭睡觉都在一起，不可能不受影响。即便不是这样，清六一直以来都对贤治极为敬佩，连吵嘴都不太有过。阿一又问："是现在，立刻吗？"

她的语气近乎诘问。政次郎咂咂嘴，说："我是说以后。"

"关了当铺，再做什么呢？"

"我吗？"

"不，我是说贤治。"

"你是说他如何谋生？"

"对。"

"这个嘛。"

政次郎的回答从刚才开始就冷冰冰的。他把脸转向一旁，说："关老师会决定吧。"

关老师是指关丰太郎。

他出生于庆应四年（1868），比政次郎大六岁。帝国大学农科大学毕业之后，成为盛冈高农的教授。

他的专业是农艺化学，尤其精通土壤学。他以教授的身份在德国、法国留学三年，回国后立刻赶上了贤治入学。

贤治以第一名的成绩考入，而且没有愧对长期以来"石头娃贤治"的称号，深得这位指导教授的欢心。毕竟那里是实业学校，只要开口请求老师对于毕业后的前途给予照拂，老师就会帮忙的。从老师的经历来看，盛冈自不必说，在东京一定也是人脉很广的。

如果进入知名公司当个职员，只要诚实本分就能立身，每个月稳稳当当地拿工资，对于贤治再适合不过。至少远比在当铺里和农妇展开语言上的决斗要合适。

"不需要我出面了。"

听政次郎这么说，阿一忽然叫道："如果是这样，老爷。那就先问问那孩子的想法吧。"

"想法？"

"对。"

"贤治的？"

"是。反正都要关掉当铺，干脆让他做点喜欢的事。等他这次回来探亲……"

妻子说得热情洋溢。政次郎看看她："你开什么玩笑？"

他沉下脸来。就因为这样，女人才成不了事。

他心里这样念叨着，开口就想说："把喜欢的事情当成工作完全就是本末倒置。那是唱戏、说书人的活法。正经人的顺序是反过来的。因为是工作所以喜欢，这才是应该有的状态。"

但是，他没能说出口。妻子的眼圈里噙着泪水。她明明知道自己会挨骂,但还是挑战了政次郎。她的眼神明明白白地流露了这一心理准备,这让政次郎胆怯退缩了。

"问倒是可以问问。"

政次郎不得不这样回答。事后,他不知多少次喃喃自语:"真傻,真傻。"

这是对他自己的诅咒。他自己也弄不明白,到底是想要干涉贤治的将来,还是不想。

(我也上年纪了。)

这个念头常常出现在脑海中。

*

接下来回家探亲,是年末了。

贤治和清六一起推开了玄关的大门,看上去身心健康。第二天,阿敏也从东京回来了,所以一到新年,客厅里就摆上了庆祝元旦的七道佳肴。

互道新年祝福,训示一番之后,政次郎问贤治:

"你毕业之后想做什么啊?"

贤治立刻两眼放光,大概他老早就开始考虑了,干脆地说:"我想开一家饴糖厂。"

"针织厂[①]?"

听他这样反问,贤治迅速摇头:

[①] 在日语中"饴糖厂"和"针织厂"发音接近。

"是饴糖。"

他让身旁的阿敏拿来笔和纸，写下"饴糖"二字递给政次郎。然后说："就是造糖的工厂，不是水饴，是硬糖。硬得像块石头，但是用力一嚼就会碎。如果不嚼，含在嘴里的话，甜味会一点点地释放出来。"

"我知道。"政次郎语气生硬地应道，这不是输不起。他因为工作原因去东京，顺便探望阿敏的时候，在银座的药店里见过。

如同宝石般展示在橱窗里的糖果是来自英国的进口货，一颗就要卖到两日元。他好像在报纸上看见，说最近各处都有公司开始国产化，价格比它便宜了。现在已经是什么都开始国产化的时代了。贤治凑近他，说道："用机器来生产，大量、高效地生产，这样就能控制售价。"

"已经有几家公司在做了。"

"它们不是机器制造。是依靠女工用手搓圆。"

贤治的断言让政次郎目瞪口呆："你参观过了？"

"想想也知道嘛。"

贤治挺挺胸脯说："本来硬糖果的制造方法就很简单。用水融化砂糖，添加薄荷、水果的味道后冷却。在它快要凝固的时候切割、搓圆，进一步冷却，这就行了。不过，如果只是把橘子之类的果汁混合进去，成品的颜色不好，而且黏黏糊糊不好拿。这就是国产糖果的缺点。我现在学习的化工知识，有助于克服这一问题。"

听着贤治说得口若悬河，政次郎几乎想要掩面而泣。

（居然能蠢到这个地步！）

这不就是典型的富二代的理想吗？对时代潮流敏感，格局大，还有丰富的知识做保障，却不考虑销售的艰辛。

"别再说了，贤治。"政次郎一挥筷子："不要小看这个社会。就这种不着边际的事，上哪儿去找出大价钱的资本家啊？"

"什么？"

"我是说资金，建工厂的资金。"

"啊？！"

贤治的眉毛拧成了一根绳，一脸的没想到。

政次郎眼见他这副表情，一切了然于心——他以为政次郎会立刻提供全部资金。

说不定，他还认为自己的父亲会把厂长、工程师和财务人员都安排好呢。政次郎咂嘴道："你这样的人不适合搞实业，你留在学校考研究生吧。"

"可是，爸爸……"

贤治没有退缩。一开年就争吵不休。了解社会的是政次郎，然而论点一转移到何为实业这种抽象的主题上来，不知为何，有望取胜的却是贤治。

与其说他是精通理论，不如说他只是习惯讨论罢了。说到生意，贤治在实操上一塌糊涂，理论上却十分擅长。政次郎几次被逼得无话可说，最后迫不得已地说："我们全靠阿弥陀佛的功德才得以生存。"

贤治一听却高兴地把话题转向了佛教，抽象程度越来越高。

他说:"这就是净土真宗不好的地方。真理是《法华经》。"

阿一直起身,连连摆手说:"贤治,你别再说了。别说了。"

要不就对阿敏说:"我说,阿敏。你还发什么呆?快让贤治道歉!"

阿敏却满不在乎地往嘴里送着鱼糕,一副随他们尽情吵去的表情。阿一只好坐下。清六、阿茂和阿国则惶惶不安地一会儿看看父亲,一会儿看看哥哥。

结果,这场争吵并不彻底。

"有人在吗?"

玄关处传来了声音,是拜年的客人来了。政次郎起身走到玄关,说:"哟,是杉田先生啊。"

对方笑嘻嘻地鞠了个躬,既不抽象也不具体,平平常常地问候道:"今年的正月天气晴朗,碧空如洗,一定有好运啊。"

和服底下的脊梁,汗流浃背,就像贴了层湿漉漉的纸似的。寒气升腾不绝,简直就要感冒了。

如果不是赶上元旦,这场争吵会持续到天黑吗?

这一天,拜年的客人络绎不绝。贤治没有跟客人打招呼,只顾在佛龛前诵读《法华经》。

*

贤治、阿敏和清六回学校去了,家里又只剩四个人。

一月快要过完,贤治也没有任何联系。马上就要毕业,这是怎么回事呢?政次郎写信询问,几天后收到了回信。这封信用的是候文①：

前日承蒙教诲，受益匪浅，却屡屡反驳，十分抱歉。今日关老师问及毕业后之去向……

平淡无奇。和去年阿敏的来信相比，无论是文笔、赏心悦目之程度，还是深入浅出的哲理阐述能力，都很平庸。

不过，从某种意义上看，信中的内容却令人害怕。总结起来就是：

父亲：

前几天难得受您各种教诲，我却一直在顶嘴，对不起。今天，关老师问我毕业后有何打算。

他说稗贯郡有一所学校计划今年春天起进行三年土壤调查，问我愿不愿意作为研究生留校参与。

每月郡里发放工资二十日元。关老师说，如果在调查过程中有好的工作单位，会帮我联系调动。父亲也曾建议我留在研究科，所以这个条件还不错。但这非我心愿。

这是因为，所谓土壤调查是一种地质调查。把土块按照大小分类，记录，以便了解土地的基本性质，实际上不过是一种简单分析。研究生也是有名无实，说穿了就是帮个手。

---

① 候文：起源于镰仓时代，成型于江户时期的一种文言文，常用于书信和公文。

当然，这和化学工业的领域也不相同，对进入实业没有任何用处。郡里每月发的二十日元也靠不住。

如果留在学校，我想自费参观各个公司，还计划开展各种实验，所以有个不情之请，恳求您能再支持我一段时间。

草草不尽

贤治谨禀

大正七年二月一日

稗贯郡是一个范围很广的行政区域，包括花卷、内川目、外川目、龟之森、新堀等三町十三村，人口约有五万。政府所在地位于花卷，距离政次郎的家并不远。

这个郡政府会请盛冈高农进行突然调查这件事本身，政次郎是深表赞同的。

从全国范围来看，稗贯郡的大米、蔬菜收成都很少，这迫使百姓陷入更加贫困的境地。国家主动出力进行科学考察来改善这一状况，对于当地不是一件坏事。就连政次郎这种把贫困作为衣食来源的人，都不由得产生了一种动物性的冲动：请一定要来啊！

这时候，在关老师眼里，贤治大概是绝佳的人才。毕竟他是"石头娃贤治"，自幼跑遍了花卷以及周边的山野，没有一处不熟悉，作为向导再合适不过。而且，他一直以来就想帮助农民，这应该是一个把理想付诸实践的好机会。

"喂！"

政次郎叫来阿一，把信念给她听，然后问："你觉得怎么样？我觉得应该答应这件事。"

"我……"

"你反对？"

"可是贤治的想法……"

"是啊。"

政次郎叹了口气，问题就是在这儿。贤治明显不愿意，他罗列了很多理由，在政次郎眼里都是借口。说到底，这家伙对工资不满意啊。

没错。一个月二十日元，简单说，和木匠的工钱差不多。要是一不小心接下了这项工作，而政次郎又表示过你这也算走上社会了，以后我就不给你寄钱了。

那就只能过木匠的日子了，和贤治期待的文明生活相距甚远。这是他最害怕的。

贤治的梦想，大概是接下这份突然调查的工作，一边拿工资，一边还有父亲继续寄钱，和以前一样，继续当个富二代。贤治只是想暂缓给人生下定论罢了。

他在信中虽说要"参观各个公司，还计划开展各种实验"，可他会不会真心诚意去做就不得而知了。他当然不会去挑战饴糖厂的经营。要实现经营工程的计划，必须与人三番五次进行谈判，谈到精神崩溃。而这谈判全部关乎金钱，乃俗中之俗，带着股让人忍不住捏住鼻子的血腥味儿。

政次郎不认为在当铺账房里连个农妇都对付不了的贤治会主

动面对这一现实。在与人讨价还价这一点上，贤治充其量是个只能在家里和父亲斗斗嘴的男人。

回顾过往，他写信来索取钱财也不是头一回了。

贤治从中学时代开始，就用能想到的一切名目来写信要钱，比如要买进口书，比如朋友生病要用钱，等等。

他应该不是在撒谎。他要钱并不是为了赌博、喝花酒，的的确确是花在了进口书和朋友身上。不过，每次有这种需求的时候，他似乎都完全没有节约的意识，就是个花钱大手大脚的人。这一次事关就业，内容更加复杂，但是说到底，这封信的要点就是——给我钱。

无非就是这件事。信里的措辞倒是恭恭敬敬。

政次郎连话都不想说了。

他把信叠起来，往阿一胸口一塞。阿一不放心，仰头看着他说："我说，贤治……"

"不要给他寄钱了。让他一个月就靠二十日元生活。"

"什么？"

政次郎见阿一脸色都变了，说道："这比老百姓强啊。"

"可是，贤治他……"

"我是开玩笑。"

他语气生硬地说道。他自己心里也有数，这件事，他是无法拒绝的。要是夺走贤治痛快花钱的权利，贤治这个人恐怕也会离开。

他无法消除这一担忧。

孩子有孩子的问题，父母也有父母的不是。他自己都明白对贤治过于骄纵，可还是就像拧干毛巾似的挤出几个字：

"情况了解。我会这样写信答复他。"

阿一松了口气，说："好。"

她收好信，鞠了一躬，跑出客厅去了仓库。大概是打算把信收在箱笼里。他听着响动，忽然看向南墙，脑海里浮现出在东京学习的大女儿的面孔来："阿敏……"

＊

说实话，政次郎对阿敏的评价最近是越来越好。

阿敏本来长得并不可爱。一双吊梢眼总像在生气，上嘴唇找茬似的朝前噘着。这样的外貌如实展现了她内心的骄矜，而且她还考上了东京的大学，没人愿意娶她了。

政次郎感到内心沉重得像是塞进了沙袋。面子上不好看是一方面，而到了这个年龄，不得不担心的是，万一他死了，女儿没有嫁人，就意味着没处吃饭啊。将来贤治还要娶妻，不能让阿敏一直在娘家住着啊。

然而，离开父母之后，阿敏生活得踏踏实实。虽说住在宿舍，但是东京物价很高，而且每月给她的生活费也不多，可她非但没有一句抱怨，还一点点攒下了钱，可见她多么善于安排生活。她既没有天天和室友进行无谓的讨论，也没有随随便便购买进口书。

她和贤治完全相反，成绩总是名列前茅，烹饪、裁缝、打扫等交替上场，都非常娴熟。这样的话，没准能嫁给东京的高级官员呢——这种念想也不是没在政次郎心里萌生过。他还会偶尔梦想：阿敏当个职业女性如何？

世道已非明治。

现在是大正了，是民主的时代。大城市里打字员、电话接线员、办事员、百货公司店员等，适合女性的工作多种多样。而且政次郎认为自己还不至于落后到完全否定这一新风气的地步。虽然他无法对平塚雷鸟等人直率的妇女解放运动产生共鸣，但是凭自己的双手挣钱并非恶事。尤其是阿敏的一封信，让他不由得想到，说不定她可以当个杂志社的女记者。

那封信是在阿敏读大学的第三年，即大正六年（1917）六月二十三日写的。就是贤治就业风波的前一年。或许是父母偏心，但政次郎真心认为，阿敏的文章比人们每天挤在书店门口买的任何一本杂志的都好。

至少比贤治的好。

  昨日喜接来函。敬悉康和，至为欣慰。女儿身体康健，学业如常，请勿担忧。

  腰带、单衣已购，勿念。腰带约三日元，单衣约四日元，价皆略低。现正加紧缝制。

  学费五日已收到五日元，盈余或多，现余十二日元。

  手此奉复

敏　谨禀

正文部分并无特别之处,从头到尾都是对政次郎的简单问候和事务性的联系。问题在于附信。

附信不是写给政次郎的,而是阿敏写给祖父喜助。喜助当时还在世,不过已是七十八岁高龄,而且中风病倒,一天中大部分时间都在病榻上度过。

不知是对卧床不起的生活不满,还是对死亡充满恐惧,喜助的行为极为粗暴。

他时而连呼"傻瓜",对着阿一的脸就扇耳光,时而当面辱骂阿茂、阿国,甚至谩骂政次郎。因此,政次郎在前一封信中略微提及此事说:"束手无策啊。"

阿敏大概深有感触,所以这次写来了长长的"附信"。

祖父敬启

人总有一死。我也不知自己会死在何时。只有先死与后死之区别,却无一人免死。

……

孙女有一事相求。倘若日暮之时,祖父能仔细思索:"我是否只做了善事?"孙女将万分欣喜。"并非全然善事,但人皆如此""有人行事更为恶毒"等想法为最坏之干扰,因而请祖父思索之时,勿有此等想法,只需思考今日有否发怒,是否生过憎恨之念,是否有过物欲,是否生过贪念,期待他人行事如己所愿。恳请祖父仔细反省此等心情,须毫无掩饰,须尽除寻找借口的怯懦包庇之心。

……

祖父或许认为孙女喋喋不休,狂妄自大。然吾虽思虑不周,却衷心为祖父着想,信笔书来,其间无暇反省是否轻狂。恳请祖父详询父亲。

此番言语正如良药苦口,或令祖父不悦。然吾以为,一味阿谀谄媚、讨好长辈并非真正好意,保长辈衣食住行无忧并非至上孝行,此仅乃赡养、满足短暂存续之身体,相比身后之大事可有可无。与此相比,即使有拂人意仍关注重要之身后事,为求父母救赎而多嘴多舌才乃深情厚谊之做法。吾也期待早日确定身后事,然尚无确定之信心,如若就此死去唯有地狱可往。愿与祖父共同祈祷,以得信心。暑假即将归家。

敏 谨禀
六月二十三日

总之,这封信就是对临终前卧病在床的喜助说:要死得干干净净。

抚慰、鼓励的话,一句都没有,甚至连"您的病一定会好"这种理所当然的慰藉话语都不存在。虽然这封信的内容极端薄情寡义,给人的总体印象却温婉柔和,浸润着对祖父的爱,以及对祖父长年累月的慈爱表达的感谢,令人感动。政次郎作为一个外行人,读到这封信,仿佛看到了惊人的魔术。

即便是这样,他这个外行人也有几点体会。第一个就是朗朗上口。

他试着一读，发现连自己的声音听起来都如此悦耳，渐渐感到心旷神怡。尤其是读到"只需思考今日有否发怒，是否生过憎恨之念，是否有过物欲，是否生过贪念，期待他人行事如己所愿"这一系列排比句时，他感到每个句子的长短都构成了令人愉快的节奏，体现了日语的流畅，如同清流滑过洁白丝绢。

这种愉悦和诵读经书、偈文时完全不同。最后，政次郎没有把附信给喜助看，也没有在他床头朗读。但是，三个月后，当喜助终于归于净土，政次郎却常常取出这封信，在佛龛前吟诵，用以祈祷冥福。

屡次阅读之后，政次郎又有了新的体会。

（这是信笔书来的吗？）

这个疑问忽然在他脑子里生了根。

文中虽然谦虚地写到"信笔书来"，可实际上，她恐怕是打好草稿，修改完毕，誊写后又加以润色……一遍又一遍。这篇文章不是原石，而是经过推敲磨炼而来的贵金属。

这种念头十分强烈。否则不会有那种令人愉快的节奏，恰到好处的汉字与假名搭配也变成了一种偶然。最重要的是，话锋尽管忽左忽右，却扎扎实实地不断向前推进、如同柳枝一般的趣味也无从诞生了。

真正"信笔书来"的文章常常偏离正轨，永远也回不来。这是政次郎的经验谈。阿敏只是把连孩子都懂的浅显语言组合起来，就将高深的生死哲学阐述得清清楚楚。这种出神入化的绝技，归根结底还是离不开细致的推敲。政次郎从中感受到非同一般的耐力与执着。人类任何经营，离开了忍耐与执着都无法获得成功。

当然，就读到的内容而言，阿敏关于死的哲学多少还是受到了净土宗思想的影响，不能夸赞她在思想上有独到之处。但是，政次郎时隔很久再次感受到学问可真是了不起啊。

这声叹息，与其说是作为父亲，不如说他是作为一个好学之人发出的。年仅二十岁就达到这种程度，今后若是继续读书，反复习练，会发展到何种水平啊？他很期待，同时直冒冷汗。总之，且不谈她是不是真能成为女记者，真正的文采已经显山露水。

贤治读小学、收集石头的时候，曾对阿敏说——你当个编故事的人吧。当时，政次郎觉得这是孩子们闲谈时一时兴起，没有放在心上。现在看来，贤治也是独具慧眼啊。一起成长，说到底，也许就是在对方身上发现自己没有的东西，而且是一个接一个地发现。

*

贤治最终留在了学校。

也许是因为他得知家里会继续寄钱放下了心。这不出政次郎所料。贤治于大正七年（1918）三月十五日毕业，四月一日作为研究生再次入学。半个月之后，已经来到花卷近郊做土壤调查了。

贤治提前来了封信，说道："这次的调查有四五天。我会找时间和关老师，以及这次和我一起读研究生的鹤见要三郎一起回家。"

于是，政次郎当天晚上准备好生鱼片，做好一大锅新鲜白米饭，等着贤治他们来。他担心客人会认为这样太奢侈，还准备了杂粮面。这是米粉、小麦粉、荞麦粉加水后揉制而成的面食的总称。这时候，准备了淋好胡桃酱油的煮面疙瘩和加了荞麦饼的蔬菜汤，还是太奢侈了。

政次郎没想到，关丰太郎教授酒量还不错。

关老师比政次郎年长六岁，五十一岁了，坐在壁龛柱子前的上座，那是平时政次郎的位置。他不怎么吃东西。他有着东京人典型的小体格，可是那双眼睛却像小鹿似的大而润泽。他一杯接一杯地喝酒，已是满脸通红。

政次郎坐在下首，起身跪地而行，为他频频斟酒。关老师手里接着酒，嘴上却不断客气："哎呀，这怎么当得起。明天还必须回盛冈呢。"

他应该是一个善于社交的人。政次郎笑眯眯地说："像老师这样的有识之士还到稗贯这种地方来出差，斟酌土地情况，难能可贵啊。作为本地有志之士，我向您表示衷心感谢。"

"啊呀，过奖了。"

"这次您主要在哪儿调查呢？"

"丰泽、铅温泉、台温泉。"

关老师一口气说完，喝光了手里的酒，客气地递出了空酒杯。政次郎正要给他满上，听他这么说，停住了手："啊？老师，您不是来做农地改善的前期调查吗？"

政次郎皱起眉头，是因为这几个地方都是山里的地名。花卷镇子最西头，毫无疑问，就进入奥羽山脉了。那里几乎没有一块水田或旱地。

关老师微微一笑："农业并不是只存在于田地当中哟。生产人造肥料的各种矿石，常常都从没有人烟的幽深之处采掘。说不定还会挖掘出工业用的土石呢。"

"工业用的土石？"

"比如可以用来做水泥原料的黏土、硅石、石灰之类。当然，石灰也用于农业。"

"哦。"

政次郎点点头，继续斟酒。

（有意思。）

关老师所言，一句话概括，应该就是近代意义上的探矿、采矿人了。政次郎这样理解到。发现矿源，无论在什么时代，在哪个国家，都会带来庞大的利润。如果真的发现用于水泥的黏土，稗贯的经济将会获得飞跃性的增长，政次郎自己也能成为更大的富豪。

也就是说，要让贤治提前汇报土壤调查的结果。政次郎在此基础上进行判断，如果能买下山头，或是取得采矿权，那才真叫财源滚滚呢。到时候区区一家当铺，立刻关门都毫不可惜。至少，比开饴糖厂要赚钱得多。

政次郎意识到自己脸上的表情。

想必仰头看着关老师的自己，一双眼睛正目光灼灼呢。左侧座位上,坐的是鹤见要三郎,贤治在他后边。政次郎侧着上半身,瞟了贤治一眼,发现贤治也用同样的眼神注视着关老师。

(果然是父子啊。)

政次郎有些飘飘然。

不过,赚钱的美梦姑且放在一边,他还是很惦记实际调查状态的。毕竟这限制着儿子每天的生活。

"这几天,会做些什么呢?"

"唉,就是进山,观察地貌,再把土壤和石头带回来。"

"要进到深山里去?"

"那是啊。去铅温泉的时候,不但没有樵夫走的路,连动物踩出来的路都没有呢。"

"那在哪里走呢?"

"山沟。"

关老师脸上闪过一丝疲惫。但这样的表情立刻消失了。他说:"山沟就是山谷,是连接村庄和深山的天然道路。可以一眼看清暴露的岩盘,而且有水流就会聚集土壤,方便采集标本。"

政次郎打了个寒战:"真的吗?"

政次郎问贤治。现在是四月。这里和东京、大阪的情况不一样。虽说气温的确有所回升,但是正因如此,岩手的山沟才会注满冰雪消融后寒冷彻骨的溪水。

"真的。"贤治爽朗地点头回答:"有时候水会没到腰部呢。体温也下降得厉害呢。刚开始的时候总想撒尿。再走上一段,心跳也会加快,就像急槌儿敲鼓似的。"

"比这个还危险的，是返程的路哟，宫泽同学。"

插嘴的是鹤见要三郎。

他从刚才开始一直在频频喝酒。他用这个年龄段的男子特有的、分辨不出是勇气还是轻率的语气说："进山后，沿着山沟逆流而上，一定会遇到和其他山沟的交汇点。就是从支流进一步向干流逆行。但是回来的时候，若是在交汇点搞错了山沟，走错方向的话，就回不到村里，只能在山里徘徊了。如果遇到熊就没命了。宫泽同学，到现在为止，你已经三回都忘记把做路标的布条系在正确路线的树上了。"

"哈哈。不用担心。树木的姿态、灌木丛的形状、水的颜色，所有的景色我都清楚。毕竟我从中学时代就开始在岩手山里收集石头了……"

"那很危险！"

听见关老师严肃地批评自己，贤治垂下了眼睛。

"膝盖不疼了吧？"

"怎么了？"

政次郎问道。贤治满不在乎地说："因为下雪，我在山崖上踩滑了。方向不对，不过只是扭了一下膝盖。"

"哎呀哎呀。"

政次郎开始后悔让贤治选了这样的人生道路。夏天也不好，有台风，有泥石流。地基松动，还会有巨石滚落。山里的危险可不会停课放假。

贤治也在喝酒。

他和鹤见自顾自地推杯换盏，开怀大笑。政次郎凝神一想，这还是第一次看见儿子醉酒的模样。

和孩提时代相比，他的皮肤发黑，剃完胡须的面颊粗糙不平。政次郎突然觉得这个孩子变成了非常不干净的动物。政次郎闭上嘴，再也无法开口。

三个人眼里已经没有政次郎了。

他们聊着地层年代，谈论着不像话的校内人士。关老师兴致越来越高，一个劲儿地伸出酒杯，就差没说再给我倒点酒了。

政次郎怒火中烧。他一直认为，父母不应该对已满二十的孩子指手画脚，所以如常地克制着自己。但是，借着阿一送来三四壶酒离开的当口，政次郎起身坐到贤治桌前。贤治眨巴眨巴眼睛，问道："爸爸，什么事？"

"你去公司实习了吗？"

贤治脸上的神采立刻消失了。他悄悄瞅一眼指导教授的表情，说："没有。"

"果然如此。"

关老师不解地问："什么公司实习？"

政次郎说道："毕业之前，贤治非常纠结呢。他也在考虑经营工厂。他说，如果有好工作，您是会关照他的。"

关老师用手指推推眼睛，说道："贤治同学工作状态相当好。调查也刚刚开始，他能在我身边多干一段时间就好了。"

"既然如此，就请您给我一个保证。"

"保证？"

"贤治的身份是国家雇用的研究员对吧？好歹也算是官员的一种。可是我尚未看到聘书。这样的话，不知什么时候就会被解雇，而且将来无论从事什么工作，也无法向社会证明自己的经历。"

政次郎说着说着，心里生出一个莫名其妙的念头来：小学毕业生可不能输给帝国大学毕业生了！

或许是被政次郎的气势压倒，关老师忘记酒杯还举在半空中，点点头道："非常抱歉。让您担心了。我立刻让他们发聘书。"

"拜托您！"

"可是，贤治爸爸。"

"您请讲。"

见政次郎如此，关老师把酒杯轻轻放下，意味深长地苦笑道："您不用担心贤治同学。他习惯于走山路，而且这个调查并不总是强行军。需要的东西都采集完之后，就会回到学校，在研究室里进行分析、记录。总的来说，是一项安全的工作。"

看来关老师想说的是：你有些过于偏爱了。但是政次郎反而堂堂正正地说："是这样吗？"

宴席就此冷了场。

政次郎回到自己的座位，开始吃白米饭，一言不发。不久，关老师就招呼说："鹤见同学，我们回去吧。"

关老师大概酒也醒了几分。两个人来到玄关，走到街面上，对政次郎行礼致谢：

"承蒙您款待。"

政次郎也道:"请您务必再来做客。"

他们二人预订了旅馆。眼见他们在对面第二个十字路口转过弯去,政次郎问身旁的贤治:

"再喝一杯怎么样?"

只有贤治一人在家住。他和关老师约好了明早在车站碰头。贤治生硬地说:"明天,要早起。"

"哦。"

"爸爸还喝吗?"

"我再喝点。你去睡吧。"

政次郎从来就没有长时间喝酒的习惯,然而贤治并未感到疑惑。

贤治说了声"好",然后径直回了房间。

政次郎独自一人在客厅喝酒。晚饭已毕,而且酒已经凉了,并不可口。过了很久,政次郎起身来到通往寝室的拉门前,凑近门缝往里看。

地上放着两个人用的被褥。右边是政次郎的,平整光洁没有人。左边躺着贤治。

贤治仰卧在防寒睡袍下,鼾声如雷。政次郎等待片刻,确定贤治不会再动,便回过头小声招呼妻子:"阿一。"

让她收拾餐具。

政次郎离开客厅,从厨房来到院子里,走进了店铺那栋房子。他大步流星地来到账房前那间十六平方米大的房间。这里左手靠墙摆着一个柜子。政次郎在柜子前站定,拉开最上面的抽屉,取出一个巴掌大小的狭长纸盒来。

纸盒上写着：三和人参片。

政次郎打开单开合的上盖，从里面取出药瓶，干咽下去两片药。

这是价格不菲的成药，在高丽参熬制的汁水中加入各种滋养成分制成。年轻时，他在医院照看七岁的贤治，结果染上了肠炎。自那时起，十五六年来他都会在开店之前服用。

今天早晨他也吃过。不过这一次不是为了开店，而是为了添点精神罢了。政次郎盖上药瓶盖儿，放进抽屉，再啪的一声合上了抽屉。

纸盒还留在他手上。政次郎又盯着"三和人参片"凝神片刻，来到院子里，把门原样锁好，穿过厨房回了家。阿一疑惑不解："你怎么了？"

"给我拿点薄荷糖。"

他自己都觉得这话说得不自然，而且像是在生气。阿一也早有察觉，她笑着说："知道了，知道了。"

从架子上拿出一个木板拼花的糖果盒来。里面放着很多白色小棍。政次郎用手指拈起一个来放进嘴里。凉意在舌尖上扩散，紧跟着是浓浓的甘甜。这是调出了薄荷味道的上等白糖块。政次郎把右手伸进糖果盒，一个接一个地拈起薄荷糖，放进三和人参片的纸盒里。

纸盒被塞得鼓鼓囊囊。他勉强合上上盖，可是一松手又鼓了起来。

阿一说："拿个米粒儿粘一下吧。"

但是政次郎说:"虫子会吃的。"

他像个孩子似的摇摇头,冲出了厨房。

他来到院子里,再次走进店铺那栋屋子,迈着大步子飞快地经过柜子,拉开了账房桌子的抽屉。他从中抽出一张正方形、锯齿形边缘的绿纸来。

纸上写着"壹圆"。这是印花税票,用来贴在顾客填写的借条上。政次郎关上抽屉,回到家里的厨房,用舌头润湿税票背面,把它从纸盒的上盖贴起,覆盖到侧面,形成一个倒L形。

等它干透,再把盒子颠倒过来一看,上盖没有掉下来,里头的东西不会漏出来。

"好了。"

政次郎喃喃自语。他来到客厅,轻轻把寝室拉门推到一侧。

他走进寝室,背过手合上拉门。等到眼睛适应了黑暗,他看清脚边是被子形成的平滑山脉。是贤治。姿势和刚才几乎没有变化,只是鼾声比刚才小了一点。

不适应的酒精让政次郎脑袋有些晕乎乎的。他为了不吵醒贤治,像个小偷似的蹑手蹑脚。

他绕过贤治头顶,蹲下身。枕边上有个背包。是用厚棉布缝制的、接近正方形的背包。里面估计塞满了采矿的必要物品,比如钢凿、铁锤、放大镜、旧报纸、棉花、刀具等,还有指南针、火柴、麻绳、水壶之类保护生命的工具。

包口用带子系得紧紧的。他把带子解开,拉开包口,只听见清脆的一声"叮当"。

（哎呀！）

他松开了手。

心怦怦直跳。他捂住胸口看看贤治，只见贤治悠然地"唔"了一声，挠挠鼻尖，没再动。

没有醒来的迹象。政次郎松了口气，低头观察背包。原来侧面的金属件上挂着两个银色的铃铛。大概是用来驱熊的。这一回，政次郎为了不再碰响它，左手捏住铃铛，只靠右手来工作。

政次郎右手里就是那个三和人参片的纸盒。他把盒子先放在榻榻米上，再把背包上部的口撑开，然后又拿起纸盒。

他用左手按着背包，把纸盒放了进去，并把纸盒尽可能往下塞。白砂糖是身心之燃料，多多少少能减少艰辛痛苦。

没想到背包里的东西很少。政次郎几乎把纸盒一直塞到底，才把右手抽出来。再次把带子系好。当他离开寝室，向客厅走去的时候，叹了口气。

（这种事，我究竟要干到什么时候啊？）

他无法抑制自己的爱，忍不住去干预。年轻的时候，他做梦都没想到，当一个父亲，竟然意味着成为如此软弱之人。

*

第二个月，关老师给政次郎寄来一封信。

宫泽政次郎阁下：

……前些日子逗留花卷时承蒙您款待，非常感谢。小生今日再入稗贯之地，计划开展数日调查。还望有幸拜访，当面致谢。

学校已对令郎贤治同学发放聘书，内容请见附信。我请贤治同学回家之时，转交与您。谨此奉闻。

　　　　　　　　　　　　　　　　谨启

　　　　　　　　　　　　　　　关丰太郎

　　　　　　　　　　　　　　　五月十三日

信封里的确装有聘书。签署日期是五月十日。不过，职务名称不是研究员，而是"实验指导助理"，想来地位很低。不过，政次郎更关注的是：又要来啊？

他不是讨厌待客，也不是吝惜美酒佳肴，只是贤治进山这件事刺痛了他的心。

这孩子绝对算不上身强力壮。虽然眼下的气候比上次要好，可是接连上山，身体怎么受得了？

那些在研究室里安全地进行分析、记录的工作，都上哪儿去了？这一整天，政次郎都闷闷不乐。

十几天后，贤治也写来一封信。

文章写得乱七八糟，晦涩难懂，照例从头至尾都是借口，但内容似乎和那封聘书有不吻合的地方。

大意如下：

父亲及家中各位敬启

　　……根据聘书所获之工资，乃学校总务科发放。然据闻，明年不再给留校之人发放聘书。如此一来，明年将无人志愿留校，土壤调查工作也将停滞。因此，我想把这次领取金额（可能是一百五十日元）的一半转给明年来的人。我认为老师实际上也是赞成的。

　　其次，据说调查过程中，稗贯郡会给予我判任官的待遇，即正式公务员身份。从郡的角度来看，这是很大一笔开销。这是因为，他们必须把给我的工资及土壤分析所需费用、试剂的采购费用，甚至我的研究论文印刷费（还包含地图）都要放进预算。

　　我想，这样一来参事会恐怕不会通过预算，所以我打算申请，郡里给我的工资不要超过一百二十日元。

　　因此，本学年大概需要您给我一百多日元的补贴。

　　我总是给您添麻烦，非常抱歉……下个月我又有十天左右会在丰泽。

宫泽贤治　谨禀

参事会，是稗贯郡的最高决策机构。据闻，我认为，据说，我想……也就是说，贤治以这一系列谓语所表达的预判、臆测、随意揣摩为根据，要求父亲"给我一百多日元"。

政次郎叹了口气，给他寄去了支票。

十天之后，贤治又来信了：

父亲、母亲敬启：

……后来，我在学校帮忙开展化学实验。这项工作真的很有意思。今天，我偶然把某个实验使用的铂金丝渣溶解在王水里观察时，没有发现铂的反应，而是出现了铱或锇的反应。

这时候我突然想起来，在我们县采集的金沙里，含有白色、不溶于强酸的金属。

所以这个残渣，一定是铱、锇或者和它们同样属于铂系金属的稀有金属。我确定这一点。我们县蛇纹岩这种稀有金属的母岩分布最广，所以这件事一定会受到关注。

顺便麻烦您给我寄六十日元，三十日元是用来对此开展进一步研究的，还有三十日元是用来买书的。屡次请求，实在惶恐。过上一两年，这样的机会就抓不住了。

盼即赐复

草草不尽

贤治　谨禀

政次郎不懂化学，也不懂元素和金属。但是，单单从这封信也能明白铱和锇之类的稀有金属不会被贤治找到。

无论有多么丰富的预备知识，无论有多么专业的环境，贤治这种既不是教授也不是助教的"实验指导助手"偶然通过一次实验就能发现的稀有金属，早就有人找到了。

或者说，即使不做什么实验，专职的采矿师也能直接从山里挖出来。贤治难道真的相信这种天上掉馅饼的事情？还是说，他只是在找借口要钱？政次郎倒更希望是后者。

政次郎解约了定期存款，给他寄了六十日元。

"我可不想再收到他的信了。"

政次郎苦笑着对阿一说。至少，已经没有必要把薄荷糖藏在他背包里了。总之，既然他觉得工作有意思，自己就没必要插嘴了。看来他最近没进山。老实说，政次郎感到莫名地放心。

*

大约一个月之后，贤治又来信了。这次倒不是要钱。

拜启：

  我也还好，只是最近胃部附近疼，我估计是胸膜，所以昨天去岩手医院看了病，好像左侧有问题了。虽然没有积水，但是医生让我不要进山了，给我开了药水和散剂。

  我总是报忧不报喜，非常对不起。我身上到底还是有了弱点。另外，这件事请您不要告诉郡里。

  草草不尽

贤治敬禀

大正七年七月一日

"啊！"

政次郎手里的信差点掉到地上。

他叫来阿一,把信读给她听了。阿一大叫一声,当场就用手按住两侧太阳穴,瘫倒在地上。如同托梁坍塌后的沉默蔓延开来。

既然是胸膜,那就是胸膜炎了。

胸膜炎是指覆盖肺部表面和胸廓内侧的薄组织发炎,出现胸部疼痛、气闷、发热等症状。有时候胸腔还会积水。炎症的原因十有八九都是结核。

这是常识。早晚会没命。论严重性,痢疾和伤寒无法与它相提并论的。

"冷静!"

政次郎在阿一身旁蹲下,用手指头戳着信纸上的一个地方给阿一看:"这里说'我也还好'。说不定很快就治好了。不,没准儿这根本就是医生搞错了。"

政次郎声音很大,可是阿一没有看他。她目不转睛地盯着榻榻米边缘,喃喃道:"小贤,小贤……"

"先让贤治回来,这里是贤治的家。当父母的不能乱了阵脚。"

政次郎站起来,坐在佛坛前,开始吟诵"南无阿弥陀佛"。接着,他把记在脑子里的所有偈、日译偈文、回向之类都朗声唱诵了一遍。这一天,已经闭店了。

贤治回家了。

他确实是轻症,并不影响日常生活。然而,用贤治的话来说,胸部的疼痛虽然的确时而缓解,但是"疼起来的时候真是受不了"。

毕竟是这样一种病啊。政次郎心想：不能让他逞强。

纠结数日之后，有一天，贤治主动提出："我想退学。"

于是政次郎也坚定了内心的想法："好。"

贤治去稗贯郡政府见了郡长葛博，表达了退学的意向。然后，他去了盛冈，到关老师家登门拜访，提出了同样的请求。

大正七年七月。清晨蛙鸣蝉噪，夜里睡在室外也不会冻死。这是一年里最适合进山的季节。

贤治离开了盛冈，再次回到家中帮忙，剩下中学二年级的清六独自一人继续在盛冈的玉井家寄宿。

半年之后的十二月。

一个叫西洞民野的人从东京目白给政次朗发来了一封电报。民野是日本女子大学附属女校的老师，是阿敏平日生活的大学宿舍责善寮的舍监。电报里说——阿敏因肺炎住院，烦请家人上京。

据说阿敏住在小石川区杂司之谷町的永乐医院。政次郎面对这份电报，首先想到的最糟糕的情况：不会是结核吧？

同时，他紧紧地闭上双眼，心想：又一个。

实际上，这个二十一岁的大女儿从今年开始突然变得体弱多病。一开始是在六月，她常常觉得身体不舒服。尽管没有到请假不上学的地步，却不得不停了体操课。十一月西班牙流感全球流行，她也未能幸免，和其他几个住校生在起居室里隔离了四天。

这病刚好,这次又得了肺炎。病情一定相当严重。是她在东京水土不服,还是曾经接到过她那封关于生死言辞激烈的信的祖父喜助,在净土向她招手呢?

政次郎发自内心想要去东京。去的话可以把阿敏照顾好——他也有十足的信心。但是这时,贤治比政次郎早一步开口:"我去。"

贤治虽说退了学,但他既非卧病在床,又没有帮忙打理家业,只是读书、散步、吃药,过着沉闷的日子。而这样的贤治,用相当有力的声音说:"我来照顾阿敏。"

他的眼神采奕奕,足以让政次郎一瞬间,真的有那么一瞬间,怀疑他因为妹妹生病而高兴。

政次郎皱着眉头挽着胳膊问:"不要紧吧?"

"什么?"

"我是说你。"

"没问题,您瞧。"

贤治展开双臂,来了个深呼吸,表示自己的胸腔很健康。贤治还没有确诊是肺结核。

阿一也在场。政次郎看看她,说道:"你也去。"

阿一立刻反问道:"那谁来照顾老爷呢?"

她指的不仅是日常生活。要是现在走,十有八九到了正月都还回不来。

年夜饭怎么办?屠苏酒谁来准备?为了迎接拜年的客人,还必须事先打理好短外褂和裙裤。

阿茂十八岁，阿国十二岁，把她们俩加起来都顶不了一个我——阿一脸上的为难神情透露出她的心思。政次郎默默思量片刻，说道："请宫善来帮忙。"

宫善是同在花卷的宫泽家的分家，也是阿一的娘家。三年前，当家之主善治担任专务董事①的花卷银行因为经营不善，发生了挤兑，就在人们以为连他家都会破产的时候，政次郎提供了大笔资助。这次遇到困难的是政次郎家了，宫善一定会派两三个熟悉的人手过来帮忙。

"不用担心我。等病情有所好转，你们回来一个人就行。"

听政次郎这样讲，阿一有些过意不去地说："嗯……只好这样了。"

她的声音听上去精神了几分。

看来她心里还是想去照顾阿敏的。贤治和阿一当天就去了花卷站，乘坐八点二十六分的快车出发了。

到达东京是在第二天上午。

---

① 辅佐董事长或总经理管理公司业务的董事。

第六章　人造宝石

早上十点，列车一到上野站，贤治的心情就激动了起来。

（到东京了。）

这不是第一次。两年前，他在盛冈高农读二年级的时候，去京都、奈良实地考察学习的半途中顺道在东京住了两晚，参观了西之原的农业实验所、高等蚕丝学校和驹场农科大学，后来还利用暑假来东京学习德语，帮父亲处理简单事务，基本情况还是了解的。这次也是，他一踏上月台，就说"这边走"，牵着出生后几乎没有离开过花卷的母亲出站坐上了市电，先是1号线，在上野广小路换乘5号线，然后在江户川桥下车。

永乐医院，正式的名称是东京帝国大学医科大学附属医院小石川分院。据说这是建成才一年多时间的最新医疗机构。下了车，来到大门前，阿一用老家方言尖声感叹："简直就像到了外国嘛。"

毕竟，就连大门内侧的传达室都有一栋独门独户那么大，装饰着金带的白色西式房子。不过，里面的建筑物大都是拉着横板的木结构房屋，大倒是很大。

两个人没有进门。

他们下了坡，在崖下的小巷里逡巡，先找到一家旅馆，放下行李。虽然这旅馆起了个近代化的名字"云台馆"，实际上就是传统的客栈。

贤治问:"我们要在这里住一段时间,一天多少钱?"

店主热情地回答:"一个人一元三十钱。可以吗?"

"行。"

母子俩在这里吃完饭,又返回医院。进了大门,在左边内科门诊的走廊里向护士一打听,护士便笑着说:"哦,是宫泽小姐吧?"

看来病情并不是很严重。

"医生怀疑她是伤寒,所以不在普通病房,住在传染病房呢。"

"传染病房?"

"是另一栋楼里的单间,以免传染他人。你们要探视的话,需要得到医生的许可。"

"那就麻烦您问问。"

各种交涉都由贤治负责。

在这里,贤治就是一家的代表。等待片刻,护士就得到了医生允许,于是贤治和阿一就跟着她穿过门诊楼,穿过病房,走进一座小建筑物,这就是传染病房。在入口处,护士递给他们白色防护服,说道:"请穿上防护服。"

他们把衣服从头上套好,进了病房。向右转第三间就是阿敏的房间了。阿敏正躺在床上。

"哎呀!"

她认出哥哥和母亲,连忙坐起来。

(看上去精神不错。)

这是阿敏给人的第一印象。还没等贤治他们开口,她就说:"我没想到连哥哥都来了。太小题大做了。医生也说我不是伤寒、肠炎这类严重的病,所以两三天就可以搬到普通病房了,这样住院费也能便宜点。"

在这个世上,不知为何,病房里的说话方式和普通社会上的不同。

必须更加开朗,更加孩子气,更有做戏的成分。或许是因为这里是日常本身变成了非日常的特殊空间。贤治还没反应过来,含糊不清地说:"你不用担心钱的事,爸爸会准备好的。"

"把爸爸留在家里没问题吧?谁来准备一日三餐?衣服怎么办?要是妈妈不在家……"

"没问题。"

这次也是贤治回答的。阿一躲在贤治身后,一言不发。大概是因为周围的环境让她感到有压力,或者是在顾忌护士。

阿敏只看着贤治。她清晰明了地把事情一件件交代清楚:"哥哥。请你尽快去趟宿舍。地点你问问学校。从医院门口爬上坡就到学校了。你要向舍监西洞民野老师好好道个谢哦。我住院的时候,朋友们也帮了不少忙呢,所以请你买些点心送给她们。"

只不过她的声音有些低沉沙哑。记忆中阿敏的声音宛如小提琴,而现在的声音却像掺了沙子的大提琴。

也许是喉部有问题吧。听见她的家乡话里夹杂着东京口音,贤治觉得很是心疼。

"不用说了,都明白了。"

贤治落下放在阿敏肩上的右手，摩挲着她的后背，说："太兴奋可不行。好好休息。"

就在这时，另一名护士进来说："您见见医生吗？"

"医生？"

"就是负责阿敏小姐的内科主任二木谦三博士。他在这里的地位仅次于分院院长，相当于副院长……"

"哦，副院长……"

"他说想跟你们介绍一下病情。"

"那请您务必引见。"

贤治答应后，对阿敏说："阿敏，我们一会儿再来。"

贤治把手从阿敏后背移开，和妈妈一起出了传染病房。

他们来到另一栋楼的消毒室，让人用喷壶在身上喷洒消毒液，再脱下防护服，回到走廊，进入病房。

病房所在楼栋就是所谓的主楼。

这是整个病房的"司令部"。上了二楼之后就基本没有患者了，气氛和学校相似，有办公室、图书室和研究生。其中有一间屋子挂着牌子，上面写着：内科主任　博士　二木谦三。

护士敲敲门，只听里面的人说"请进"。

二木博士和贤治的父亲年纪相仿。

贤治事先从护士那里打听到，他毕业于东京帝国大学医科大学，现在是副教授，不仅兼任移交文部省管理的、位于芝[①]的传

[①] 芝：日本东京港区东部的地区名。

染病研究所的技术官,还兼任东京市立驹迁①医院的副院长。由此可知,他应该是医学界的大人物。

这样一位再怎么跋扈也无人抱怨的医生,却十分坦诚。或许是因为他经历过不少精神上的磨炼。他问:"这是阿敏的母亲和……丈夫?"

"我是她哥哥。"

"原来如此。"

他坐在椅子上,交叉双腿,一边看德语写的病历一边说:

"脉搏数在九十和一百之间,呼吸十八到二十次。并不是很严重的状态。大便、小便、血液里都没有检出伤寒菌。只不过发烧的情况明显符合伤寒,所以谨慎起见,让她住在传染病房。"

"发烧的情况?"

"每天早晨在三十八度左右。中午也不退烧,从傍晚开始升温,睡觉的时候大约三十九度。体温虽然没有继续升高,但是也没有恢复正常。"

"除了伤寒,还有什么可能性呢?"贤治之所以这么问,当然是因为"结核"这个词在脑海中掠过。

"不知道。"

二木博士明确地说。他始终没有看贤治他们,一直盯着病历,说道:"不过,阿敏小姐上个月得了西班牙流感。那是由于革兰氏

---

① 驹迁:日本东京地名,日文原文为驹込。

阴性小杆菌，也就是所谓流感病菌导致的。即使康复，也有可能继续发烧。"

"也就是说原因在于流感病菌？"

"不确定。"

"哦。"

贤治的声音开朗起来。他觉得这样就明白了。他自己也经历过同样的情况。突然发高烧，怀疑是伤寒，结果还没确诊就退烧，出院，然后平安无事地生活。

"医生，也就是说，问题在于发烧。如果退烧……"

"我就让她搬到普通病房。如果连续几天没有变化，就可以出院了。"

最后还是阿敏说得对。阴霾从贤治脸上消失："谢谢！"

他坐着点头致谢，而阿一却在一旁说："医生，请问……"

"什么事？"

"要付多少钱呢？"

"妈妈。"

贤治撇撇嘴，露出"乡下人就是麻烦"的表情，烦躁地说："这事儿应该问收款处，你问医生也……"

"没关系。"

二木博士痛快地回答：

"住院费二元五十钱，看护费二元五十钱，每天共计五元。还要加上药费、餐费和床上用品租赁费。结账日在每月月末，请一次性交付，如果不够的话……"

"如果不够的话？"

"下城区有当铺。"

贤治的半张脸瞬间抽搐起来，就像碰到了比伤寒杆菌、结核菌还要肮脏的东西。他当即回答："不需要。"

当天晚上，贤治和阿一按照阿敏的吩咐，去责善寮看望了舍监西洞民野，送了两元左右的点心，回到旅馆，摆好枕头就躺了下来。

陌生的东京大概让阿一筋疲力尽，她立刻就睡着了。贤治则辗转难眠。

他有些气短。

翻来覆去都找不到能让他呼吸通畅的姿势。被子也比家里的薄。他心里担忧：要是这样，我自己的病会恶化的。

幸亏东京的夜晚比花卷气温高。他在半睡半醒之间迎来了黎明，手脚还好，脑袋一直都感到寒气袭人。

*

第二天，照顾病人的工作就开始了。

给阿敏吃退烧药，因为不能洗澡，就给她擦拭身体。喂她吃三顿饭。一日三餐当然由医院提供，但是只有稀粥，所以要把梅干捣碎，把山芋碾碎加进去，尽可能增加营养成分。

这些工作当然由阿一完成。

贤治帮不上生活上的忙，但是他考虑到阿敏一定很无聊，于是询问她身体状况之后，就站在枕边，给她读从花卷家里带来的安徒生作品。不过,他读的不是著名的森鸥外译本《即兴诗人》,而是两年前在东京学德语时自己的译稿。

因为他感到,这份稿子或许文笔不佳,但用的是口语,听起来会方便些。作者的名字安徒生他也按照德语发音直接进行了音译。阿敏很高兴,一遍又一遍地让他念。反复五六次之后,贤治倒是腻了。他在身旁的椅子上坐下,说:

"够了吧,阿敏。"

"哥哥,我还想听。你瞧,我精神都好起来了。"

"好的,好的。我给你买点别的书来。"

"不要。"

阿敏摇摇头,还是用掺了沙子的大提琴似的声音说:"我说,哥哥,你自己编故事给我听吧。"

除了读,贤治还有写的工作——给政次郎写信。并不是政次郎有此要求,而是贤治几乎每天都给他寄明信片和信,有时候一天甚至要寄两三回。

信件的主要内容当然是阿敏的病情。服用的药、吃的东西、医生的意见、护士的见解,连体温几度几分他都总是一一记下。此外,他还汇报医院的付款金额、收到的慰问品,以及请父亲"给阿敏寄睡衣"。

他自己都觉得,与其说这是信,不如称为日报。

有时候他也收到父亲的回信。字写得比贤治漂亮,问候语也比贤治更出色。信中还曾问起贤治身体如何,贤治始终用固定的句式回答:

请父亲放心。

但是，这种读读写写的工作毕竟算不上照顾病人。

四五天之后，贤治有了这样的想法。他总觉得不够充实。贤治开始频繁抢夺工作："妈妈，我来干。"帮阿敏擦拭身体贤治确实干不了，但是把用完的毛巾放进桶里，拿到洗衣房去，和其他的内衣一起用肥皂清洗干净，成了他的任务。

医院的整栋建筑都装有暖气片。

毛巾和内衣都浸透了汗水。贤治时不时地闻一闻，一股苹果的气味。

但这只是最简单的事情。让阿敏最为吃惊的是贤治还处理粪便。

医生禁止阿敏出房间，所以不得不在室内大小便。贤治把便器拿到卫生间倒干净，还彻底清洗消毒。

这并不需要家里人来做。略微多给一点辛苦费，护士就会帮忙做了。实际上护士也这样劝过他好几次，甚至说："我不需要辛苦费的。"可是贤治很固执，总是说："不，我来。"

这件事很快就在医院里传开了。一位护士称赞道："男人能这么做，真是了不起。"

可是在卫生间里遇到其他患者家属的时候，也有人当面说他："一个大男人还干这个！"

还有一个患者家属爱偷懒。他到卫生间处理污物的时候，或许是受不了，不愿意走到靠里的马桶，而是倒在入口附近的洗手池，甚至污物会黏在水龙头上。每次看到这些脏东西，贤治反倒会气喘吁吁地把水龙头擦得锃亮,心里想着:要让这个世界变好。

他自己也不明白,为什么会这样?

但是如此兴奋,是有生以来的第一次。

"小贤真是不服输啊。"

阿一常常为难地说。不服输的确是事实,然而此时此刻浮现在贤治脑海里的,是父亲——政次郎的脸庞。这一瞬间,政次郎应该正坐在故乡当铺的账房里。严格却随处都让他有空可钻的父亲。逃离父亲的视线,确实让他心情激动,手脚停不下来。

要说起来,这是在逃避。

但是更为根本的,比起逃避,更像是精神的靠近。

(父亲做的事,我也办得到。)

那种快乐。虽然自己干不了当铺的工作,不擅长与人打交道,也举办不了夏季讲习会,但是照顾家里人还是能做到的。

对,就像政次郎曾经做过的那样。迄今为止,政次郎曾经不止一次贴身照顾住院的自己。

第一次是七岁染上痢疾的时候,第二次是中学刚毕业疑似染上伤寒的时候。在贤治的意识中,就事论事而言,能保住这条命——多亏了父亲。

而连这位政次郎,也不曾收拾过其他患者的粪便。这意味着现在的贤治打败了父亲。

新年早就来临。

初三过了。当大家取下了门松,准备迎接元宵节的时候,一天早晨,阿敏从腋下抽出长如公筷的体温计时,不由得瞪大了眼睛。

水银棒没有达到三十八度。这种情况几乎是住院以来头一次遇到。正好站在一旁的护士说道："哎呀哎呀，体温计是不是坏了？"

用衣袖擦拭着玻璃管，又冲着管头吹气，大概是以为体温计出毛病了。

体温一旦开始下降，病情好转得就快了。一两天时间，早晨的体温就降到了三十六度五，白天和晚上也都不再升高。二木博士说："要是能吃得下，可以吃生鱼片了。"因此他们赶快请附近的鱼店做好送来，阿敏尝了三片，笑眯眯地说："太好吃啦！"

吃完后她的身体状况也没有发生任何变化。

贤治心想，这样一来就可以缩小战线了，说道："妈妈。"

"嗯？"

"妈妈先回花卷吧，麻烦你照顾爸爸。"

"可是阿敏……"

见阿一犹豫，贤治道："我一个人来照顾阿敏，直到出院。"

"好。"

没想到阿一痛快地答应了。她一定是放心不下家里和父亲。同时，她也一定很放心——托付给小贤没问题。贤治现在熬粥、擦汗，都可以代替阿一了，就像抢夺了阿一工作似的。

"妈妈，事不宜迟。"

当天他就把阿一领到上野站，送上了开往青森的夜车。第二天，他独自去了医院，一进病房就看见好几位护士，护士长和二木博士也在。博士好像刚刚做完检查。他一见贤治就露出洁白的牙齿说："我跟你也要道别了。"

贤治问："怎么了？"

"你妹妹明天就可以离开这间病房，转到内科了。负责的医生也确定了，是医务助手望月朔郎。他是个评价很高的人哟。"

内科病房，也就是普通病房。

贤治看看阿敏，她仿佛摘下了脸上的灰色面纱，露出了光彩照人的笑容。这是迈向出院的巨大一步。

"哦。"

贤治的回答就像跑了气儿的苏打水。他淡淡地问："是要搬到一等病房吗？"

护士长回答了这一问题。她是一位微胖的中年妇女，看上去感觉当护士已经二十年之久了。她抱歉地说："现在呀，不巧没有空床位。是要搬到三等病房。"

"三等病房……是和别人同住吧？"

"是六人病房。还有五个人同住。一有空床位就请你们搬到二等病房去。"

"二等病房也是双人间吧？还是单间好。可以搬到一等病房吗？"

护士长知道这位患者的家人能够负担相当高的费用。她缓缓摇头，说道："这个嘛，就等得久了。"

她的语气表明她不希望贤治再继续问下去了。大概住在一等病房里的是贵族、政治家之类相当重要的人物。

"这样啊。"

贤治勉强笑笑。

当天晚上。

月亮几乎是满月。

阿敏起身坐在床上，侧头对窗。窗外洒进的月光照亮了阿敏的侧脸。那是孩提时代父亲说不到两句话就会叹息的"一点都不可爱"的面孔。

（可爱。）

无论是当时还是现在，贤治都坚信不疑。他尤其喜欢阿敏上嘴唇翘起的傲慢劲儿。眼下，皎洁的月光从比花卷还要高远的天空洒向她的嘴唇，光润动人。只是，小时候她的脸蛋丰满得如同刚蒸好的酒曲馒头，现在却已瘦削得就像挂在屋檐下的冻豆腐了。

阿敏发现贤治看着自己。

她把目光从窗外转向贤治，问道："哥哥，怎么了？"

她的脸上没有诧异的神情，唯有二十二岁女子的光艳照人，似乎贤治的注视也让她高兴，贤治慌忙撇过脸去："哦，阿敏。我是说，我把日用品都收拾好了。明天一大早就可以搬走。太好了，终于可以离开这里了。"

"哥哥。"

"怎么了？"

"新护士的辛苦费，你给了吗？"

贤治笑道："阿敏，你真够细心的。我已经给过了。对，刚才我回旅店，接到了爸爸的电报，说妈妈已经平安到家了。"

阿敏没有回答。

她凝视着哥哥的眼睛，仿佛在说：你在说谎。从某种意义上讲，的确是在说谎。

贤治自己心里也一清二楚。虽然离开这里让人高兴，但是从明天开始就在三等病房和别人同住一间了。两个人促膝谈心，今天晚上是最后一次了。

想到这里，贤治的笨拙劲儿上来了，东聊西扯，动作夸张地说个不停，他自己都觉得活像个蹩脚的说书人。

他讲起各种各样的事情来：元旦的早晨，旅店老板穿着短外褂和裙裤来道新年贺词。这本来是件好事，可他莫名其妙地对着当时才在店里住了五六天的贤治他们说："去年一年，承蒙您格外关照。"；旅店周围一下雨道路就泥泞不堪，地里的泥巴也冲到路边，比花卷还难走；走着走着，差点被狗咬了；路边摊上买的烤板栗不但小还难吃。

阿敏没有露出一丝笑容，只是淡淡地说："我知道。"

"啊？"

贤治张大了嘴巴。片刻之后，他挠挠脑瓜子说："哦，对了。宿舍和学校都在附近，你更清楚。哈哈哈，我这是宇宙级的失态啊！"

"哥哥，你下雨还走路？身体不要紧吗？"

"一点都没关系。"

"真的?"

"对。胸膜已经完全好了。肯定不是肺结核。"

贤治照例把双臂左右摊开，深呼吸给阿敏看。但是阿敏说："不是。你在这里为了照顾我，是顶着一口气的。走出医院是什么情况呢？妈妈说你弓腰驼背的，连走路都懒洋洋的。"

贤治的脸颊红得就像燃烧的炭火。

而且，不知是不是室内暖气片太管用，贤治热得浑身是汗。他无言以对，只是……

他听见自己心脏的悸动。他的心脏忽然剧烈跳动，是因为那股苹果的气味袭击了鼻腔。

"哥哥总是这样。比起自己，首先考虑的是别人。你明明可以再任性些的。你那么能干，却在这儿照顾我……"

焦躁让她的身体起伏晃动。这或许是她无意识的动作，却让贤治更加心慌意乱。

阿敏身体的某个部位摇晃得格外剧烈。睡衣左右衣襟相互碰撞，发出摩擦的声音。阿敏因为这一个月来的高烧，双臂和脖颈纤细不少，可是唯有那个部位不知何故显得更为丰满。

贤治移开了视线。

他全神贯注地凝视着那轮圆月，可是依然不够，于是又猛然从椅子上站了起来。

"我没关系的，阿敏。"

他背对着妹妹，开朗地说："其实我这两天都去上野的图书馆看书了。当然是走着去的。到底是日本最大的、唯一的国营图书馆啊。毕竟还有专门用来搬运图书的电梯呢。对我将来有好处的学习书籍，要多少有多少。"

"哥哥的将来？"

"对。我决定了，要卖人造宝石。"

他只转回头，入迷地解释着："自己要成为利己之人，也能够成为。这是因为，我在图书馆里终于找到了值得赌上一辈子的事业计划。从各种采购矿石，进行大规模的机械化生产，合成红宝石、琥珀和钻石等。正好听说三重县鸟羽的实业家御木本幸吉成功地养殖了珍珠，所以想利用矿物资源复制同样的模式。"

"是卖仿制品吗？"

阿敏困惑地问。

"那是仿造。我要做的是人造。清楚明白地讴歌人造，就不会有道义上的问题。"

贤治接着往下说。具有天然宝石同样的色泽、光芒、硬度和透明度，而且比天然宝石便宜，绝对畅销，说不定会风靡一时。利润一定会高过珍珠。

当然，解决技术问题也绝非易事。从一开始就追求理想存在困难，因此首先要踏踏实实从研磨行业开始做起。投入两三百日元的资本应该就够了。先通过宝石打磨、印章磨制和金属制品打磨来积蓄实力，然后尝试宝石饰品的制作。制作镶满宝石的领带夹、袖扣、戒指和发饰来销售，同时开展人造宝石的研究。

如果有所进展,这时候再投入大量资本购买熔炉,购买机床和各种化学试剂。

"阿敏,你觉得怎么样?"

说这话的时候,贤治再一次把整个身体转向阿敏。

"等阿敏康复了,我就一个人在东京生活,全神贯注进行这项研究。要积累比爸爸还多的财富。"

"失败的可能性呢?"

贤治听她这么问,当即回答:

"有啊。毕竟做这件事的,是不谙世事的我啊。成功失败,可能性一半一半吧。如果失败,到时候我就在大马路边摆地摊。"

"比起这个……"

阿敏的双眸湿润了。

她的眼睛瞪得有平常的两倍大,还闪烁着细碎的月光。从远在三十万千米之外的地方发射出来,碰撞上地球,照亮岛国日本,穿过位于东京这个地区小如针眼的医院窗户,碎成粉末的坚硬黄色水晶。

贤治抑制住想用嘴唇亲吻那双眼睛的冲动,问道:"嗯,什么?"

"比起这个,哥哥。"

阿敏吸吸鼻涕,低下头去。她的沉默,不是犹豫不决,而是在和自己对峙,试图踏入新的世界。

贤治忍受不了了。

他语气开朗,但是语速略快地说:"怎么了?快说呀,这不是你的风格嘛。"

"哥哥。"

阿敏抬起头来,挑战似的说:"你当个作家怎么样?"

"作家?"

贤治没有反应。

或者说,他不知道该作何反应。阿敏接下来的话,似乎并没有进到他耳朵里。

"我早就觉得,写小说的工作,很适合哥哥。"

"小……小说?"

"对呀。比起写给成年人的,写给儿童的更好。你以前给我们讲的故事都很有趣。比如喇叭手被敌人抓住,却又被喇叭里钻出的蛇救了;弱小的老鼠在地板下威胁黄鼠狼和蚂蚁说:'你们不支持弱小之人吗?',结果遭到了报复。哥哥,你与其卖宝石,不如去编故事呢。"

"傻瓜!"

贤治大声说。竟然这么生气,他自己都觉得莫名其妙。

"那不过是在模仿安徒生!临时凑趣罢了。没有任何价值。你们老早就开始听我讲故事,所以听习惯了。仅此而已。说和写完全是两回事。首先,小时候我就说过,有这种才能的人是你。你要是写,连面向成年人的小说都写得出来。"

"不是的。"阿敏摇摇头。

不,她正要摇头,却停了下来。阿敏就像坏掉的人偶,脑袋僵硬地从肩膀上抬起,可是这反而更加鲜明地展现了她的内心。

这孩子确实受到了故事的吸引。

贤治想起来了。读小学的时候,他常常放学后和阿敏两个人去北上河的河滩上玩。他还想起来,干旱导致河岸边水位下降,露出了犹如人工建造的青白色河床。

现在想来,那应该是酸性的凝灰岩,到处都是积着水的洞眼。有时候他们从里面取出鸡蛋大小的石头,敲开后的碎片如同牡蛎壳。这番玩耍之后,贤治和阿敏一定会并肩坐下,聊起将来。贤治常常鼓励阿敏:"当铺的工作我来干,你去编许许多多的故事,然后像法国的马洛一样,写成一本书给大家看。"

二十四岁的贤治一边回忆,一边接着说:"还是你有写文章的才能,阿敏。而且你也知道。你看,每次收到你的信,我都感到自愧弗如。真的。爸爸也这么说。"

"爸爸?"

"对,所以,你要当作家。比起结婚,然后一天到晚陷在无聊的家务和育儿中,当作家要好得多!首先不会伤害身体。现在已经不再是明治时代,是大正了。女性作家并不少见呢。"

"确实不会伤害身体……"

"不会伤害身体的,你想想。"

"那么哥哥,我们俩一起写。"阿敏说。

这个建议提出得太自然,贤治差点就答应了。阿敏似乎沉醉在这个点子里,她猛地把脸凑近贤治,说:"好,就这么办。哥哥出版哥哥的书,我出版我的书,也可以采取两个人合著的方式……"

"那是你的才华!"

贤治站起来,慌张地穿上外套,说:"我得回去了。"

"你不写吗?"

"我……"

"那我也不写了。"

"明天再说。"

贤治逃也似的回到了旅店。

他钻进自己的被窝,唱诵起《南无妙法莲华经》来。

出院的时候,东京的儿子和花卷的父亲之间进行了一个小对话。

起因在于二木博士的建议。

"恭喜你出院。你已经没必要到这里来了。不过,阿敏,你今后有什么打算呢?你应该休息一段时间来消除疲劳。回宿舍对此无益。回寒冷的花卷也不好。建议你在小田原附近静养,两周左右就行。"

贤治深以为然,便给政次郎去了一封信:

> 我听说父亲肠胃不佳。您和阿敏二人做伴休养如何?我来守护花卷的家。

政次郎的回信内容简洁:

你们直接回家。

贤治无法反抗,兄妹俩在上野站乘上火车,回到了花卷。雪花飞舞。虽然没有赶上正月,但是阿敏应该可以和妹妹们在家共同庆祝女儿节了。

贤治和阿敏从东京回来后,就安稳地住下了。

花卷家中变成了六个人。除了在盛冈寄宿的中学生清六,父母子女再一次齐聚一堂。

想到这个家里曾经只剩四个人,眼下要说热闹的确热闹。然而,毕竟这六个人中有五个已经超过了十八岁,都是离开父母就业或者结婚也不稀奇的年龄了。

(天啊!)

吃晚饭的时候,政次郎坐在上首,环视房间,不由得阵阵战栗。他们的伙食费全都压在政次郎一个人的肩上。不仅是伙食费,贤治买书的钱、阿敏的医药费、阿国的学费、阿茂的置装费,还有住在盛冈的清六的一切生活开销。

政次郎已经四十六岁了。俗话说人生五十年。同年龄段的男人已经逐渐把退居二线提上了日程,然而今日此刻,政次郎非但不能考虑退休,还承担着这辈子最重的抚养义务。食金虫一只接一只地啃老。

女儿节之后,三月也快过完的时候,从东京来了一位稀客,敲开了家门。

那是西洞民野。西洞老师担任日本女子大学附属女校的老师，也是第一个发电报通知阿敏病情的宿舍舍监。民野从东京带来了礼物，问道："阿敏呢？"

政次郎道："她在隔壁房子里休养。"

他把民野领到隔壁。这栋房子是几年前为了保管服装、钟表之类典当品而买来的。他收拾了其中一个房间给阿敏养病。

阿敏把藤椅搬到南侧走廊，正昏昏欲睡。见到民野的那一瞬间，她的机敏伶俐又显现了出来。她站起身来叫道："老师！"

"宫泽同学，恭喜你！"

民野笑容满面地拿出了毕业证。据民野说，虽然阿敏最终第三学期全部缺课，也没有参加考试，但因为她学习成绩一直很优异，所以学校给了她一个"预估分数"，准予毕业。

宫泽敏

　　本校实学科家政系在学，已学习下列科目，完成学业，以此为证。

必修课

实践伦理　伦理学　心理学　英语　体操

专业主修课

家务　烹饪

选修课

哲学概论　家庭物理　家庭化学　家庭博物　儿童研究　生理卫生　经济学　英语　礼法

获各教授之证明，授予此证书。

大正八年三月二十九日

日本女子大学

校长　麻生正藏

证书上列举了阿敏修完、学完的所有科目。

"老师，谢谢您。"

这完全就是一部个人史，一丝寂寥出现在阿敏脸上。

到了第二年，她终于有了明显的康复迹象。到了夏天还不太热的时候，政次郎征求医生意见后，问道："阿敏，你想去趟盛冈吗？"

"盛冈？"

"我想让你到清六的宿舍住几天，学习西服的裁剪缝纫。据说有学校买来了英国制造的最新款脚踏缝纫机，你可以去试试。"

"好的，爸爸。"

阿敏高高兴兴地去了。学习顺利结束，回到花卷后她的身体也状况良好。

（把她嫁出去吧。）

政次郎虽然有了这个念头，但是一旦结婚，就会产生家务的义务，还会生孩子。她的身体恐怕无论如何也承受不了妊娠、分娩和育儿的负担了。

不过，到了入秋的时候，政次郎问："你要不要去工作？"

"工作？"

阿敏对这个提议也感到惊讶。政次郎用自己都意识到了的讨好语气说:"恰好听杉田先生说,花卷高等女子学校正缺英语老师。不过,当然要尊重你的意见。那里也是你的母校……"

杉田先生是指杉田虎藏,是很早以前就和政次郎关系亲近的町议会议员。阿敏眉开眼笑:"谢谢爸爸。我要给社会做些有用的事。"

阿敏就像彻底变了个人似的。

她再也不像以前那样凡事都要争辩。总是听政次郎把话说完,频频点头称是。

拒绝的时候,也会首先说声"对不起",然后委婉地表达自己的意见。难道是四年的东京生活磨平了她性格的棱角?或者是因为她在年龄上成熟了?多亏这样,政次郎也不好再粗声粗气,他觉得自己变成了老好人。但是,阿一的看法不一样。有一次,她担忧地抱怨:"自从生了病,阿敏就像丢了魂儿一样。"

"你说什么呢?!"

政次郎格外严厉地斥责了阿一。或许是因为这话恰好戳中了他的心事。

也许就是如此。偶尔遇事,阿敏用从前的语气说:"爸爸,现在是女性权利扩大的时代哟。您可不能总是劈头盖脸地斥责妈妈了。"

政次郎便顶回去道:"阿敏,不许口吐狂言。"

但是,此后他多少会改变自己的态度,内心还是欢喜的。

就在阿敏变得温柔的同时，贤治却日渐强硬。

凡事都开始反抗。起因大概是贤治提起了之前的构想。政次郎驳斥道："人造宝石？不行不行！你不要心血来潮去冒险！相比之下饴糖厂倒还现实些。"

"所以说，爸爸，我才决定先从事研磨行业。然后再转向领带夹之类的宝石饰品，逐渐拓宽生路……"

"你别小看这个社会！通常说来，单是一个研磨行业都够你钻研一辈子了。"

他像孩子似的扭扭身子。这么简单的事情，怎么到这个年龄了还不明白？真是不可思议。贤治还继续说："御木本幸吉也在人造珍珠领域获得了成功。"

"人家在搞珍珠之前，就一直对外国人卖蔬菜、鸡蛋了。从根子上说，人家是商人气质。你先把我们家断赎的典当品卖光了给我看看。里头还有不是人造的，如假包换的钻石呢。"

"可是，爸爸……"

"我不会给你出钱的。"

遭到父亲如此严厉的拒绝，贤治闭上嘴，把脸一沉，走出了房间。政次郎独自埋头叹息："不成啊。"

贤治接连好几天都一言不发。

他连早晨都不给父亲问安了，可是有一天却突然来到账房，说道："爸爸，我要为了信仰而活。"

接着他就上了街，咕咚咕咚敲着太鼓，念诵着"南无妙法莲华经，南无妙法莲华经"到处转。

这件事引起了轩然大波。镇子里的朋友和熟人跑来告诉政次郎和阿一——您家少爷疯了！政次郎越阻止他，他越是闹得欢。在家里也接着念诵。最后，他宣布："爸爸，我加入了国柱会。"

"什么？"

贤治开始热情地介绍，国柱会是东京的思想家田中智学创建的日莲宗派的宗教团体。

尽管国柱会在东京莺谷设立据点开展活动才仅仅四年，但是它以年轻人为中心迅速发展会员。不需要出家，传教的方式也很先进，利用杂志、报纸和宣传册进行。而最为重要的是创建人的思想。

"很出色。比起个体的救济，更重视社会的净化。"

贤治说他给总部写了信，称世界唯一的大导师正是日莲圣人。田中老师的所有著作他都已经反复阅读，当作了精神食粮。一旦国柱会允许他入会，他将全身心地投入传教。

总部给他回了信，还随信寄来了一张曼陀罗图，意思是让他把图当作本尊。

"就是这个，爸爸。"

贤治捏住纸张的上下两端，痛快地展开，拎到脸颊旁。

这幅曼陀罗是所谓的十界曼陀罗。它不是一幅画，而是用墨密密麻麻书写的文字。中上部最为醒目的是七个字——南无妙法莲华经，而它们的笔画如胡须一般左右延伸，即所谓的"胡须标题"，越发淋漓尽致地体现出日莲宗的浓厚气息。

四个角分别画着持国天王、增长天王、广目天王、多闻天王，空隙里写着：

南无弥勒菩萨

南无三世诸佛

天照大神

……

"你拿这个做什么？"

政次郎问。

"我要在二楼房间里再建一个佛坛，为我的信仰找到依靠。"

（愚蠢！）

政次郎伸出手，想把曼陀罗一把捏碎。但是因为贤治已经把它迅速地放回膝盖上，他只打了个空拳。政次郎抽回手，站起来道："我们家世世代代信奉净土真宗，你是知道的，你究竟在想什么？"

他的嗓音已经很久没有如此嘶哑。

贤治也站起来，两眼充血地说："那是谎话连篇的宗派！"

"你说什么？"

"既然反复念叨南无阿弥陀佛就可以极乐往生，那就不需要现世的努力了，这只会让人堕落！"

"你……"

政次郎并非单纯的施主。自从小学毕业，他在学问上就完全倾注于亲鸾，反驳起来轻而易举。

"那是因为你误解了'他力本愿'这个词。你仔仔细细看这几个字！他力指佛之力，本愿指佛之愿。力和愿合起来就能拯救一切众生，这就是本意。降到人这个层面来说，力即才能，愿即大志。有才能者心怀大志，加之不懈努力，一定会获得成功。"

"爸爸，您确实依靠才能、大志和努力获得了成功。在压榨弱小之人攫取金钱这一点上。"

"所以我总说，当铺不是那样的生意。多亏了当铺的存在，客人才能当场拿到金钱，才不会被饿死。比人造宝石更能让人幸福。"

"我的大志不在当铺。"

"你只是没有忍耐力罢了。"

"我的大志，是把日莲圣人的教喻广传于世。"

"还不知道你明天又怎么想呢。"

"我再也不会改变。"

"这可不好说。迄今为止你多少次……"

"我拿命来赌！"

（命。）

这个字眼让政次郎觉得心脏就要炸裂，他近乎哀鸣："不许狂妄自大！连社会都不了解的人，不准说话如此轻率！"

"爸爸。"

"什……什么？"

"爸爸，请允许我有自己的信仰。爸爸的生活方式，实际上就是《法华经》的生活方式。"

贤治嘴里喷出了发烫的唾沫，他不是在讽刺。

（他是发自内心想要改宗。）

政次郎别过脸:"傻瓜。"

这种父子间的争论每隔两三天就会发生。有时附近人家都能听到他们的激烈争论,这种争论甚至会延续到深夜。

政次郎拼命攻击,拼命防卫。通常的争论,三四次后材料用尽也就不会继续,然而这对父子反倒是越争论,话题越广、越深。

关于释迦,关于慈悲,关于常不轻菩萨这个词语的含义,关于亲鸾和日莲的异同。两个人如此对立,或许并非缘于他们处于两个相反极端,反而是因为——两个人相似。

政次郎这么想。两个人都熟读经典。净土的三部经书也好,《法华经》也好,细致到每一句话在解释上的差异都能够阐释得一清二楚。

最重要的一点是,他们面对人生的态度是忠诚守信的,并不认为人生是人生,宗教是宗教,把两者割裂开来,而是无论人生还是宗教都倾注了过多热情。从某种意义上讲,两个人都是孩子。事实上,哪怕争论持续到深夜,对于政次郎来说都短如一两个小时。

最大的受害者恐怕是女人们。阿一、阿茂、阿国都不可以早于一家之主就寝。即使获得允许,也会被吵得难以入眠。一天晚上,贤治道声"够了",上了二楼,争论结束。政次郎一把推开卧室的拉门,看见家中全体女性没有铺被褥,而是跪坐在榻榻米上。

(啊!)

令政次郎吃惊的是,阿敏也在列。

阿敏在隔壁有房间,而且明天还要去学校上班,是可以避难,不，是应该避难的啊。政次郎的兴奋劲儿还没有过:"你们赶快去睡觉!"

女人们的中心是阿一。她毫不动摇，表情严肃地抬起头:"请您停下来。"

"什么?"

"老爷，请停下来。这两者不都是释迦牟尼所言吗?"

她双目含泪，而眼角深深的皱纹一清二楚，显示出她坚定的意志。政次郎单膝跪地，扶住妻子的肩膀，说道:"知道了。"

他声音颤抖地道歉:"你们在一旁听着很难过吧?我也不想那样斥责他啊。我们只是在争论重要的事，不是在吵架。"

其他的孩子也掩面抽泣。这番景象，真应该让贤治看看。

贤治什么时候才能明白啊?在这个世上，哪有愿意和儿子吵架的父亲呢?哪有主动在儿子的人生道路上设置障碍的父亲啊?政次郎对女人们温柔地说道:"快去睡觉吧。"

贤治是从骨子里成为国柱会一员的。

他在车站前发宣传册，唱诵着《南无妙法莲华经》走街串巷。在家门口的马路上竖起告示板，张贴每天发行的机关报《天业民报》，宣传册和报纸当然都是从东京莺谷寄来的。

他一回家就上二楼。那张曼陀罗画贴在墙上，面前还摆着桌子和玻璃花瓶。贤治把它当作了自己的佛坛，反复合掌礼拜。

他时常在二楼的房间招待朋友。

他还招呼妹妹举行读经会。政次郎绝对不踏进这个房间，但政次郎知道贤治把最初领他进入《法华经》世界的流行书、岛地大等的《汉和对照　妙法莲华经》作为了学习对象。当时贤治默读的坏习惯，现在改为了朗读。

他几乎不到店里帮忙了。偶尔要求他帮忙，他也只是和客人进行最小限度的对话，遇到略微棘手的情况，就会说"你回头再来吧"，把客人轰走，因此完全丧失了看店的意义。其他时间，他就只顾在账房里埋头读书。

他好像在反反复复阅读田中智学的《妙宗式目讲义录》全六卷（五册）。当然这是默读。入口的门敞开着，他的身影在路上也能看得一清二楚，也有人故意大声说——宫泽家的少爷真是够狼狈的。

他本人心中做何感想呢？政次郎在账房背后注视着他，内心喃喃道：假如我是贤治……

政次郎试图揣摩二十五岁的思路。它的基础恐怕是贤治对自己的失望。有幸出生于宫泽这样一个有经济实力的家庭，小学阶段才华出众，甚至被称为神童，缓过神一看，却是个什么事都办不到的凡人。不过是个无业男人。作为儿子，尤其是长子，与其说是不愿辜负父亲的期待，不如说是不能辜负。

尽管遭到这种责任感的折磨，但是当贤治明白这不可能完成时，过度的失望将钟摆一下子推到了相反方向。

辜负期待并非自己的过错，说到底抱有期待的人才是勉为其难。

或许他产生了这样的想法。深切的诚意直接转变为深切的反抗。

把这称为转嫁责任或许多少有些残酷。贤治不过是从自责转为保护自己的心灵而已,如同竖起铜墙铁壁。因此,贤治才攻击净土真宗、皈依日莲宗,加入国柱会。他是在政次郎必然最为厌恶、却又必然最为关注的领域进行一目了然的自我宣传。

(我明白这一点。)

政次郎点点头。的确,作为政次郎来说,日莲宗的信仰是个大麻烦,他完全没有认可的想法,但是这种心理历程并没有什么特殊之处。总之,他希望引起关注。

政次郎自身也曾经有过一味顶撞喜助的时期。那仅仅是自古以来人类就不断重复的亲子关系的一个阶段而已。贤治不过是这一时期略微长了些而已。

所以,这不要紧。问题是,远远比这个特殊而且严重的东西潜藏于贤治的内心深处,那才是问题所在。

说不定贤治自己也没有意识到,也有可能他在自欺欺人。然而,政次郎尽管不情愿,却看得清清楚楚,那就是贤治对阿敏过于执着。

就是这件事。

这种执着几乎超越了兄妹之爱。回头想想,自从阿敏从东京的医院出院,回到花卷家里,贤治就总是待在隔壁。表面上说是——照顾病人,可是,尽管事实如此,他们俩的笑声却常常隐约又甜蜜地传到账房来。年仅十四岁的小女儿阿国称这"就像是走婚"时,政次郎当真生了气,斥责道:"说什么傻话!"

可实际上,要说这个词一次都没有出现在政次郎脑海里,那是假话。这一习惯持续了一年半。

或者说,只持续了一年半。因为阿敏上班了。阿敏当上了花卷高等女校的老师(头衔是代课教师),每天都去学校教授英语和家务。这样一来,贤治就被独自留下,不知道该如何度过一整天的时间。

不仅是这样,好几次他晚饭后想和阿敏说话,却遭到了拒绝:"对不起啊,哥哥,我要去准备明天的课了。"

他只好垂头丧气地消失在二楼。

这大概让贤治非常痛苦。政次郎现在想到,贤治加入国柱会,从时间上看就在阿敏上班后一个月。

失去了最爱的妹妹,内心留下的空洞,他试图用日莲宗的土来填补。

这一时期,在家庭内部,贤治或许因为父亲的过度存在和妹妹的过度缺位而烦恼不已。

无论怎样,入会三个月之后,贤治终于离开了家。

大正十年(1921)一月二十三日,政次郎连日期都记得。只不过当时政次郎和阿一外出办事了。

阿国在家。她正在厨房淘米,本该在店里当值的贤治突然进来,心事重重地洗完手。

然后,他上了二楼,又下来。手里拎着装有本尊曼陀罗画的箱子和几本书,像是日莲宗的遗文集。

接着,他在客厅里打好包袱,在玄关穿上鞋,拿着一把拐杖似的洋伞,说道:"阿国,再见。"

"你去哪儿?"幺妹胆怯地问道。

他低声说:"已经无可奈何了。我让东京的会馆收留我吧。等我修成正果再回家。"

是什么会馆,阿国不问也知道。她好不容易才开口问道:"你有钱吗?"

"我有十元三十二钱。"

诚实就是诚实。阿国低头:"嗯。"

"阿国。"

"什么事?"

"你……"

"哥哥,什么事?"

"你要听爸爸妈妈的话。"

这不像离家之人所言,但是阿国老老实实地答应道:"好。"

"那就先这样吧。"

贤治走了,据说,他当时就穿着日常的窄袖和服。

但是贤治七个月之后就回家了。

因为政次郎给他在东京本乡的借宿之地发了电报:

阿敏病,速归。

阿敏生病了,赶紧回来。再次跨进家门的贤治,拎着一个一看就知道是全新的、方形茶色帆布箱。

箱子几乎及腰高,大小让政次郎大吃一惊:

"你里面装的是什么?"

听政次郎这么问,贤治却模棱两可地应了声:

"嗯……"

"那我不问你了。去阿敏那里吧。她在樱之家。"

他之所以态度冷淡,是因为直觉告诉他,箱子里一定塞满了曼陀罗、法器和日莲宗相关的书籍之类。箱子里多得异样的东西,将贤治信仰的量级展现得淋漓尽致。

(怒火中烧。)

政次郎和贤治,还有回家探亲的清六、阿茂、阿国五人一行出了家门,向南走去。

跨过丰泽河上的桥,再往前是一片田地,房子就在那里。

大概花了十五分钟才到。这栋两层房子本来是为了喜助隐居而建,在他过世之后一直用作储藏。这次修缮打扫后就当作阿敏专用的病房。称之为樱之家,是因为那里的地名叫作樱。

政次郎一路上介绍了阿敏的病情。从前一段时间她就总是感到很疲惫。三个月前,为学校建校十周年拍摄纪念照的时候,差点晕了过去,减少了上班时间。最近,到底还是开始咯血了,因此打算正式从学校辞职。此后便一直发烧。

"咯血了?"

清六踢开了脚边的小石子。

"嗯。"

"是结核吧。"

"嗯。"

虽然简短，但是二儿子的声音很清晰。现在他已经是盛冈中学五年级的学生了。最近，他正在为毕业后的工作深思熟虑，似乎并没有开当铺的想法。

政次郎回过头，看见贤治脚步蹒跚。

他呼呼直喘，两只手抓住箱子的把手，被它拽得东倒西歪。他不是普通人。毕竟他是阿敏以外另一个被怀疑为肺结核的人。清六跑过去说："我来拿吧，哥哥。"

然而贤治弓腰驼背地抱着箱子，推辞道："不用，不用，谢谢你。"

一到樱之家，政次郎就迈进阿敏的卧室。

卧室窗户朝南。房间里洒满金色的阳光，充斥着一股高烧病人房间里特有的气味，就像融化后的赛璐珞。阿敏仰卧在正中央的被窝里，只露出个脑袋。

"阿敏。"

听见政次郎叫她，阿敏转过头来道："爸爸。"

她极其缓慢地眨眨眼，一下个瞬间，便大喊道："好大呀！"

她还动动肩膀想起来，这是因为她的视线落在了政次郎身后，她看见了那个大箱子。贤治也理所当然地应道："嗯。"

他把沉甸甸的箱子放在枕边，笨拙地解开金属扣。

砰的一声，箱盖打开了。里面有少量书本，少量法器，少量日用品。占据其他大部分空间的——是政次郎万万没有想到的东西。

"贤治,是你写的吗?"

他问是问了,却被阿敏兴致勃勃的声音掩盖了:"写的什么故事?"

贤治对阿敏说:"童话嘛。"

"童话!"

"全都是蜘蛛、蛞蝓、狸子、老鼠,还有山中男妖。"

"念啊,快念念。"

阿敏终于撑起了身体。

她就像个五岁孩子似的央求。箱子里大概装了一千张每页四百字的稿纸。每张纸都印着深棕色的格子,上面是龙飞凤舞的黑色墨水字,涂改、增删之类推敲的痕迹十分明显。贤治拿起放在最上面的十几页,说道:"那我就念了。"

他对政次郎和清六流露出短暂的羞怯表情,同样兴致勃勃地念道:"标题是《风野又三郎》。呼啦啦哗啦啦,呼啦啦哗啦啦。吹掉甜蜜蜜的石榴,也吹掉酸溜溜的石榴。呼啦啦哗啦啦,呼啦啦哗啦啦……"

第七章　雨夹雪

　　《风野又三郎》的舞台，在谷川河岸的小学。登场人物几乎都是孩子，讲的是花卷的方言，说明和叙述部分用的是敬体。

　　也就是说，这是典型的童话体裁。贤治一面朗读自己的稿子，一面痛彻心扉地想，自己走上写下这种文章的道路，就是一种宿命。

　　回顾二十五年的人生道路，他甚至感到，这件事如同太阳，而自己这样一个人，长久以来就像行星一般在轨道上围绕着它旋转。

　　上小学的时候，班主任八木老师在教室里朗读埃克多·马洛的《苦儿流浪记》，深深地打动了他。感动之余，他自己也编了故事临睡前讲给阿敏听。哪怕暂且不提此事，他当真对写东西这一行为产生憧憬，契机或许出现在中学二年级的第二学期。他在东京东云堂书店出版的石川啄木第一本短歌集中，读到《一把沙子》，受到了很大冲击。

　　石川啄木原名为"一"。

　　他是盛冈中学的前辈。比贤治早生十年，因此在校时间并不重合。据传他品行不佳，懒于学习，五年级的时候退学了。关于他退学的原因，有着种种传言，例如：

"想谈恋爱。"

"代数考试作弊。"

总之,在东京出版书籍,在岩手完全就是真金白银如假包换的成功者。贤治在《岩手日报》上读了报道,对他产生了兴趣,于是买来了一本,接触到了收录其中的五百多首短歌。

(这就是时代。)

他的胸口燃起了熊熊烈火。

　　学校书库后的秋草
　　绽放的黄色花朵
　　如今依然不知名

　　在盛冈之城的草坪上躺下
　　任凭天空吸引
　　十五岁的心灵

这首短歌,带给他的并不是"啊,就是那个地方啊,我知道,我知道"的简单优越感。石川啄木将任何人都有过的心旌荡漾,用任何人都明白的浅显语言,而且是三行一段的崭新形式永远地留在了纸上,这让他感受到了自由之风。而贤治早就感到,在那之前的诗歌汉字居多,把玩音韵,强迫读者接受其中的志向与感情,犹如权力的工具。

于是贤治准备了一个写短歌的笔记本。

他试着写了各种各样的短歌。他自认为并未受到啄木前辈的影响，但是现在看来，别说影响了，连思路本来都是一个调子。

哀怜月光映山雪，
正如贵人早逝，空留尸蜡。

纤细枝条，如陶器之裂纹，
撕裂孤寂的白色天空。

全是将月、空、云、阳等与"天"相关的意象，和山、雪、树枝等与"地"相关的意象结合在一起。贤治的笔，打个比方就是只会画垂直线。

不过，无论怎么样，咬文嚼字让他心情舒畅。

更深地落入这个诱惑之穴，是在盛冈高等农林学校读三年级的时候。他和九名同年级和低年级的学生一起创办了同好杂志《杜鹃花》。

他与同年级的小菅健吉和低一年级的保阪嘉内、河本义行成了核心人物，忙于写作、编辑和印刷。由于学校性质，喜爱文学的学生原本就不多，四个人实属少数派，因此他们之间格外亲密。创刊号是宣纸的对开本，手写的誊写版印刷和体裁将他们的外行身份暴露无遗，但是页数达到了四十八页，完全拿得出手。

贤治发表在创刊号上的是二十首短歌以及一篇童话《从〈旅人的故事〉讲起》。他自己都认为短歌是没有长进的，而童话则是漫无边际，而且还有不少错字和漏字，连习作都算不上。虽然如今都不值一提，但终归是童话。

这是毫无疑问的，舞台是全球各地，故事也充满幻想，叙述部分用的是敬体。字数达到了八页之多。

（我能写。）

这让贤治暗自有了信心。同好杂志《杜鹃花》的编辑和出版此后得以延续。在他毕业之后，这本杂志的第六号成了最后一期。

拿人来比喻，这可以称为寿终正寝，是幸福的死。因为就业而各自离散的同好虽然一直有着书信往来，但是贤治也彻底离开了文学。

不，不仅是离开，是断绝关系，永永远远——他曾经下了这样的决心。土壤调查、胸膜炎、阿敏患病、对日莲宗的倾心、对将来工作的担忧……俗世的大部队一下子占领了他心灵的首都，让他不得不将文学排除在外。对于刚刚获得最终学历的青年来说，铱矿开采、饴糖厂和人造宝石的事业比文学要实际得多。

但是，在他意识深处，文学并未彻底消失。

或许这种状态，如同怀抱清澈湖泊的山峦，实际上正在地下不断缓缓积蓄滚烫的岩浆。岩浆很快会产生气体，变成熔岩，成为火山弹出现在地表，撼动大地，伴随着轰隆隆的声音喷发。

契机是东京。

永远无法忘记。大正十年（1921）一月二十三日。贤治对小妹阿国留下一句话："已经无可奈何了。"

穿着平常的衣服离开了家。

他并非想去东京,而是……只能去东京了。

他乘上下午五点十二分出发的夜车,第二天早晨一到上野站,他就立刻去了莺谷。这里就是一个名副其实的狭窄谷底,乱七八糟地聚集着小鸟似的房屋。这个街区,要说活泼也算是活泼,要说杂乱也够杂乱,国柱会的会馆就在这里。

同样是一座小建筑物。贤治对前台的男青年说:"我是岩手花卷的通讯员宫泽贤治。我想拜见田中智学老师。"

"什么?"

男青年把手靠在耳后,拢着耳朵问道。贤治如同被蛇虎视眈眈地盯上的青蛙,把身体缩成一团。他自己也意识到,自己普通话说得太差了。

田中智学不在。

代替他来的是一位四十岁左右,脸庞格外小巧的男子。

"我是高知尾智耀。"

一听他的名字,贤治便十分感动。这不就是自己曾经在机关报《天业民报》上见过照片的理事本人吗?

贤治深深地鞠躬,脑袋就快碰到膝盖,然后说:"无论什么工作我都可以做,请让我留在这里!"

"您父母……"

"我没有告诉他们。"

高知尾轻轻地叹口气,说:"这里不是你想的那种地方。如果你在东京有亲戚,请在他们那里落脚。"

贤治茫然地伫立在原地。这不就是闭门羹吗？高知尾的态度并非无情，但看来他处理这种情况已经十分熟练了。无论多么苦恼，无论下了多大决心才来到这里，贤治在这儿无非只是无数个离家出走之人的其中一员。

当天，他只好住在了父亲的熟人家。

第二天，他出门寻找寄宿之地，双腿不由自主地下了坡，朝本乡而去。或许是因为他再次感受到了接触书籍的热情。本乡是东京帝国大学所在之处。出售大量新刊书籍和旧书的商店很多，也有不少小型印刷厂。要说起来，这里和神田神保町一样都是日本首屈一指的书香之地。

当天他就敲定了寄宿的地方，那是在一户姓稻垣的人家的二楼，位于一个叫菊坂的陡峭坡道中间，左右都是一个挨一个的木头房子。胆怯的女主人一边咳嗽一边介绍道："我的副业是做小布袋。"然而就在这样一个人家，贤治瞅瞅钱包，还是只好从十八平方米和六平方米大小的房间中选择了后者。

榻榻米被烧坏了，一阵微风也会让墙壁哭起来。贤治反倒激动地想：我这也算是东京的穷苦学生了吧。

工作地点也确定了。上了坡，来到本乡大道，朝红门方向略走一段路，有一家叫文信社的小出版社，门口张贴着"招聘职员"的广告，于是他敲开了门。

社长迎出来说："我们是专做学术书籍的。"

"我什么活都干，我会做出好书的。"

"你在哪儿住？"

"菊坂。"

"那你从明天早晨开始上班吧，你是哪个学校的？"

"我是盛冈高等农林学校毕业的。"

"那你属于知识分子阶层呢，你来负责校对吧。"

社长痛快地雇用了他，贤治终于有生以来第一次得以在公司这种地方上班。

然而，接下来的日子迎接他的是幻灭。文信社是一个与他的理想完全相反的地方。尽管它常常标榜专做学术，实际上是个把帝大学生送来的讲义笔记编成薄薄一本书低价出售的公司。

与其说是出版社，不如说是印刷厂，与其说是印刷厂，不如说是复印店。这是只有本乡才行得通的买卖。反过来说，在这附近有很多不守规矩的顾客，自己不记笔记，就想直接买。因此，贤治打心底里认为，帝大的学生应该学习再认真些。

他忽而想到，在盛冈高农照顾过自己的关丰太郎老师当年是个什么样的学生呢？

工作内容本身也并不具有多少知识阶层的性质。就是誊写印刷，即所谓的蜡纸印刷。在涂有石蜡的薄纸上，用铁笔一笔一画把原文的字刻上去。再把这张蜡纸交给其他工匠，装在印刷机上，复制版本就一张接一张地印好了。

当然，贤治并非头一次从事蜡纸印刷。在盛冈高农读书时，他已经干腻了同好杂志《杜鹃花》的印刷的活儿，也很熟练。但是，把这个作为营利企业的工作来干，情况就不一样了。贤治觉得喘不过气来。毕竟不允许有错字和漏字——这一点还算得上是校对的活儿——也不能随意休息，早晨八点一坐到椅子上就要一动不动坚持到下午五点半。

他身边的工匠都是从各个不同的县来的，都搞不清东京话，然而每当贤治一开口，就会遭到他们不留情面的揶揄："啊？你说什么？我可听不懂青森熊在说些什么。"

贤治每次都闭上嘴不再说话，连告诉他们"花卷不在青森县"，让他们订正的勇气都没有。

工资是提成制，每页二十钱。贤治因为工作速度慢，一天连一日元都挣不到。其他工匠中，有的人十分熟练，告诉社长"今天我写了十页"，能拿走两日元还多。然而贤治不得不叹息："能挣这么多钱的日子，我是不会有的。"

生活穷困潦倒。

他虽然既不抽烟也不喝酒，但是爱买书，因此平时的晚饭只吃撒了盐的土豆。休息日他会去上野公园，参加宣传手册发放之类国柱会的活动。然而这当然是没有报酬的，只能得到一片咸煎饼。

他的体重越来越轻。在浴室里对着镜子一看，自己宛如裹着一层油纸的骨骼标本。虽然他试图喝水填饱肚子，可毕竟这只是短暂地让下腹成为水袋子。

乡下的政次郎时不时给他写信。

贤治并没有联系政次郎，但政次郎大概从贤治的朋友那里打听到了消息，每隔半个月，有时是三四天，贤治的桌上就会放着一个茶色的信封，上面准确地写着他的地址：

本乡区菊坂町

稻垣先生敬启

打开后，必然会发现一张支票，上面写着五十日元或是一百日元的金额。

他不由得在心里暗暗计算：这得誊写印刷好几百页才能挣来吧。

把这个拿到银行去，现金轻而易举就到手了。但是，贤治每次都把领受人一栏里事先写好的"宫泽贤治"用笔划掉，写上"恭敬地抹去"，再把支票寄回去。这是他拒绝接受的宣言。

一天晚上，他走出了宿舍。

他来到坡道下月光照不到的昏暗池沼旁，把一封信扑通放进了邮筒。他在照例寄回父亲的支票。

他一步也迈不动了。

他心里那根弦断了。他抱住邮筒靠在上面，喃喃道："虚张声势。"

他自己已经发现了这种行为的不自然。如果不需要钱，如实告诉父亲即可。要是嫌麻烦，可以直接把支票撕碎扔进垃圾桶。特意划掉领受人的姓名，然后装在信封里寄回去，这种态度犹如做戏，实质是在撒娇。

贤治意识到了这一点，根本不需要父亲开口批评，他每天都在苛责自己。不少同学已经踏踏实实地就业，娶妻生子，甚至有人已经在照顾退居二线的父亲了。而自己在经济上、精神上都不能独立。

难道是自己太没有野心？

（不对。）

这不是嘴硬不服输。这一点政次郎应该也会承认。自己的野心大如宇宙。政次郎关心的那些事在他看来不是问题，真正的问题就出在这里。开当铺挣点小钱慢慢积蓄，为政府当差拿点工资——这种生活纯粹只与出人头地相关，对于自己来说没有比这些更无聊的事了。

想要钱，想要过奢侈的生活，想要得到社会的尊敬。这难道不是任何人都有的梦想吗？正因为如此，自己才会想到铱矿开采、制饴工厂、人造宝石之类的宏伟计划，并当真在索要资金，而且眼下都还在思考下一个计划。自己不是圣人，就是一个彻头彻尾的大俗人。

然而，现实情况却让他走投无路。通过文信社无聊的工作挣来无聊的钱，过着无聊的生活，对家乡的父亲无聊地意气用事。他无处安身，只能靠在邮筒上，是个非但不年轻，还疾病缠身、畏首畏尾的老好人。穷苦学生这种说法听起来好听，说到底就是东京常见的失败者。对将来的展望——自己是没有的。

第二天是星期日。

他去了莺谷，照例在国柱会会馆给演讲会帮忙。结束后，他送走听众，正茫然伫立在入口前面的时候，听见屋内传来吧嗒吧嗒的脚步声。

贤治回头一看，快步向这里走来的是一位四十岁上下、脸庞格外瘦小的男子。贤治等他从身前穿过时，叫道："高知尾老师。"

高知尾智耀猛然停下脚步："啊？"

"嗯，老师，我……"

"是宫泽呀。"

高知尾的声音里带着亲热熟稔。自从在会馆门口初次见面，拒绝了贤治的投宿请求之后，这位国柱会的理事似乎一直和贤治保持距离。贤治就像嗓子里裹着痰似的，说道："老师，我……我，我很烦恼。"

"什么烦恼？"

"我现在脑子乱糟糟的，每天为生活所迫，无法完成修身养性，也无法说服家乡的父亲改变信仰。我该怎么办呢？"

对于贤治来说，这一番袒露心声就是走投无路时的孤注一掷。在这个大都市里，他找不到其他人商量。

"宫泽，你看，是这样啊。"

高知尾竖起纤细的手指，把圆眼镜向上推一推，说道："我讲过很多次了，我们是不出家的皈依者。打算盘的人必须在算盘上，拿锄头、锹子的人必须在锄头和锹子上践行信仰。"

这不是艰深的教谕。信奉宗教的人，无论是净土真宗的僧侣，还是基督教的传教士，恐怕都会说出同样的话。尽管这样，贤治内心仍然为此雀跃不已：我得到了答复！

"谢谢您！"

他道完谢，逃也似的跑了，他想回宿舍去。

因为没有钱，所以坐不成电车。他穿过上野公园，来到汤岛，再来到熟悉的本乡大道。从这儿向右转是近路，但是上班地点就在这条路上，这让他很不痛快。

誊写印刷哪来的信仰？

于是他过了马路，走进一条从未来过的胡同。

风景本身没有任何特别之处。下坡路、密集的小房子、电线桩子和架线，还有把炉子摆在走廊烤鱼的阿姨。

也有文具店。在这附近看见文具店，容易得如同在冬季的晴朗夜空发现一等星。

但是，这家店的店面和其他的有细微差异。

或许是为了防盗，它和其他商店一样，把货架放在距离路面略远的地方，但是货架上堆积如山的是每页四百字的稿纸。稿纸上印着深棕色的格子，四周围着双线框，左下角印着一行小字：B 型 10/20 鹰印稿纸。

这真是意外的一瞥。或许是因为东京帝国大学有自己的专用笺，所以学生们通常不买这种市面上销售的稿纸。贤治"啊"地叫了起来，声音大得震动了四周房屋的墙壁。

他胸腔里的滚烫岩浆喷出气体，割裂了他的头盖骨。

（就是这个！）

他还来不及思考，熔岩就如同喷泉一般冲出了头盖骨。

所谓熔岩就是语言，是一瞬间的无数风景、无数动物、无数人、无数台词、无数性格、无数比喻和警句，如果不伸手抓住，恐怕就会永远消失在虚空中。

"我要买！"他朝店内喊道。

一位老太太弯着腰缓缓走出来，舔舔手指头，开始一张一张地数稿纸。就在这个过程中,熔岩飞溅而去。贤治浑身发抖,说道:"我全都要,全都要。"

他掏出钱包,把唯一一张十日元钞票揉成一团塞进老太太手里,然后怀抱婴儿似的抱起这堆纸,飞跑着穿过胡同,冲进了菊坂的宿舍。

他上了二楼,扑通一声把纸放在榻榻米上。

他把书桌挪到窗户边,展开第一张稿纸,拿起了钢笔。用力地写下了第一个字的第一横,笔尖勾破了纸,留下一道明显的划痕——没有墨水。

"啊!真是的!"

他把笔尖插进墨水瓶,重新开始写。

第二天,他没有去上班。他只睡了两三个小时,什么都没吃,也没有上厕所,全心全意地书写。尽管他曾经为了准备盛冈高农的考试,把自己关在教净寺,连续三个月密集地学习,可是相较于眼下的专注,不,是沉溺,那只能算是儿童的玩耍。

他毫不惧怕火山爆发的压力,让熔岩无休无止尽情喷发。

等他缓过神来,天已经黑了。

桌上立着一座三百页的纸塔。贤治俯视着它,从上到下抚摸它的侧面,不由得感到现在的自己就是个虚构的存在。

他难以相信这些都是自己写的。然而,存在于此的确实是自己熟悉的字迹。尽管字迹潦草,涂黑的部分也很多,但是从质量上来看,是迄今为止最好的。例如几十部短篇小说之一的《风野又三郎》,开篇用诗句描述了风神的孩子在人类面前天真无邪、调皮捣蛋的模样，可谓日本首屈一指的开场白：

　　　　呼啦啦哗啦啦，呼啦啦哗啦啦。
　　　　吹掉甜蜜蜜的石榴，
　　　　也吹掉酸溜溜的石榴。
　　　　呼啦啦哗啦啦，呼啦啦哗啦啦。

　　贤治并不满意。因为，比起落实在纸上的意象，无法落实如雾消散的意象绝对更大。现在的自己就是一座休眠火山，如果他喘口气，继续奋笔疾书，火山一定会再次喷发。

　　"为什么？"

　　他说道。

　　（为什么我能写出来？）

　　是因为人在过度饥饿的时候，头脑反而十分清醒？还是因为平时总是用铁笔沙沙地誊写别人的文章，才让自己的创作欲望不断累积？这种程度是无法解释清楚的。还有更深层次的原因。贤治虽然这么想，但是这一深层次的原因到底是什么，他自己也丝毫没有头绪。

　　毕竟，因为能写，所以写了。

　　可是，写出的成果，为何是童话呢？

　　也就是说，为什么写的不是面向成年人的小说、论文和汉诗之类呢？又为什么不是自己尝试多年，也更容易被人们接受的和歌呢？这个疑问，似乎有清楚的答案。

首先，他和童话结缘已久。上小学的时候，班主任八木老师曾经花费了六个月时间给他们朗读埃克多·马洛的《苦儿流浪记》。阿敏也劝说他尝试写作童话。而且，从性格上看，自己一直以来就不善和成年人相处。

他忍受不了成年人之间严肃的关系，他进行不了普通的交谈。无论在账房里坐上多少次，他都学不会如何与客人谈判，更不会扯闲天，干不好工作，这全都是因为客人是成年人。

毕竟成年人会发怒，会大吼大叫，会撒谎，会敷衍搪塞，会满口诡辩却不动声色。并非孩子没有这样的行为，而是即便孩子这样做了，和大人比起来也是天真无邪的，作为交谈对象令人心安。

所以贤治可以安心写童话。自己在最后关头选择了文学这一形式，从某种意义上说，是在逃避成年人的世界。

这是严肃的事实。

但是，更根本的原因另有所在。

"父亲。"

贤治依然俯视着稿纸堆砌的塔，嘴里呢喃道：

"我……想成为父亲那样的人。"

现在他可以坦率地承认这一点了。

回首前路，没有比政次郎更加重要的存在了。政次郎是自己的救命恩人，是保护者，是老师，是资助人，是上司，是压迫者，是好对手，是贡献者。在这所有的方面，政次郎从未偷工减料。

政次郎几乎是个绝对的存在，哪怕如今相隔四百千米的距离，政次郎也是犹如铅锤一般的存在，沉重地压在肩上，不容许一丁点的晃动。尊敬、感谢、喜爱、厌恶、忠、孝、爱、怒，都不足以描述这个贤治抱有复杂情感的庞大对象，这就是宫泽政次郎。

而且，贤治自身也已二十六岁。

同样年龄的时候，政次郎已经是贤治和阿敏两个孩子的父亲了。他不仅将当铺和旧衣店经营得风生水起，而且已经开始举办大泽温泉的夏季讲习会。是举手投足无可挑剔的成年人。自己虽然也想做到父亲那样，但是今后依然……

没有希望。

没有一丁点希望。这是贤治的结论。自己没有经营当铺的才干，没有处事的能力，没有坚强的性格，没有健康的体魄，说不定寿命不长。尤其所有亲戚都知道他的寿命如何，因此没有人愿意嫁给他。即使有，也不可能像样地生活。

也就是说，他无法生养孩子。

自己无法像父亲那样，这是一种实际情况的比喻，同时也是物理性质上的既定事实。即便如此他也想像父亲那样，那就只有一个办法了，这个办法就是生养童话，来替代孩子。

就是这个办法！展开稿纸，提起钢笔，追赶脑中的意象，只有在这个时候，自己才是父亲。时而严厉，时而娇宠，像政次郎一样的父亲。故事里轻轻拂过的微风、晒干的无花果、土耳其来的旅人、银色的彗星、钨丝灯泡、分外明净的地平线，全都是自己的孩子。

如果将来的某一天，它们都变成了一个个铅字……

他不可能不考虑这件事。如果刊登在杂志上，或是成书出版，以这样的形式问世，而且将来有人阅读的话，那位读者也会是我的孩子。

当然，贤治并不打算把这番话告诉政次郎。

贤治恐怕一辈子也不会当面告诉政次郎，自己想成为他。而政次郎恐怕也没有这样的期待。贤治若是具备这种勇气，那么当铺的客人，他早就能应对自如了。

与其说是羞耻，不如说是羞愧难当。无论怎样他都不回花卷了。短时间内他没有机会与政次郎碰面，一边在东京独自生活，一边尽情展开想象力的翅膀吧。到底能飞多远，先试试再说。说不定这一辈子都不回去。

结果，他只在东京生活了七个月。

因为他接到了父亲的电报：

敏有疾，速归。

他到底不能把这封电报也"恭敬地抹去"。他到文信社向社长递交了辞呈，去国柱会会馆告别了高知尾智耀，又去洋货店买来了箱子。一个方形的，几乎及腰高，绷着茶色帆布的新款箱子。

他把写好的稿子塞进去，连夜坐火车回到了花卷，然后来到樱之家，眼下正在朗读《风野又三郎》。

呼啦啦哗啦啦，呼啦啦哗啦啦。吹掉甜蜜蜜的石榴……

他为病床上的阿敏送来了风神孩子天真无邪的恶作剧。读完之后,阿敏依然坐在床上,拍手说:"精彩!再读一遍吧。"

贤治又给她读了一遍,她依然说:"再读一次!"

贤治整整读了六遍,阿敏这才露出了倦意,说道:"哥哥,你太棒了。"

然后躺下来闭上了眼睛。这张脸庞犹如听够了故事心满意足去睡觉的孩子。

"我接下来还要写。"

听贤治这么说,阿敏问:"是要出书吗?"

"嗯?"

"那些?"

阿敏睁开眼睛,从被子里伸出纤细的胳膊,指着打开的箱子旁堆积的稿纸,说道:"会是很厚的一本书呢。"

"哦,不……"

"一定有很多人愿意读,这可是独一无二的。"

"我……"

贤治闭口不言。

无论主观上认为它是多么出色的杰作,是多么独具特色的作品,客观上看,别说书了,是连同好杂志都不愿意刊登的习作。这一点,才正是和孩子的瞎写乱画一个样儿。

贤治不由得回首。

他是在观察政次郎的脸色。

政次郎面无表情,像是紧抿着嘴。对儿子这项新的挑战,他作何理解？不，说到底，他是否打算去理解，都未可知。

贤治移开了视线。

阿敏正式从花卷高等女校辞职了。

她的病没有一点好起来的迹象，她主动说："若是继续请假，会给学校添麻烦的。"

（情况紧急。）

樱之家正式变成了医院。

家里请来了护士、照顾日常起居的保姆，还有负责清洗污物的阿姨。也就是说，白天实行三人负责制来照顾一个病人。

而且，每周都请主治医生藤井谦藏来家里看诊。开药，换被褥，还准备了大量的碳。

开销不是个小数目，家里到底还是入不敷出了。可是政次郎告诉自己"如果钱能解决问题也好啊"，提前支取了定期存款。

阿一和阿茂常常去樱之家，鼓励阿敏。阿敏用已经起了皮的嘴道谢，然后一遍又一遍地用舌头去湿润上嘴唇。阿敏的食欲也一天比一天差。

清六又去盛冈上中学了。

贤治留在了花卷，政次郎再一次和日莲宗的信徒生活在同一个屋檐下，但是他们已经不再争论。

每天晚上都很安静。贤治除了吃饭，其他时间都关在二楼的房间里不下楼，所以他们本来就没有什么交谈机会。

（他在二楼房间里，做什么呢？）

政次郎也没有必要去揣摩这个问题。因为，附近的文具店送来影印的稿纸，放在玄关说："请把这个给少爷。"

"墨水够不够啊？"

"嗯？"

"哦，没什么。"

费用由政次郎当场支付。

这天晚上，吃完饭之后，他对阿一说："贤治这家伙，这次又要写童话了。算了，不管他，事到如今没有必要催他工作了。"

阿一总是袒护贤治。政次郎心想，听了这话她大概也会安心了。没想到阿一却说："这怎么能行。不能总是由着贤治的性子来。"

政次郎暗自心惊。不过想想看，妻子已经四十五岁了，阿敏又有病，她或许对将来也充满担忧。

另一天，她又告诉政次郎："老爷，听说贤治每次去樱之家，都会给阿敏读故事。"

"读他自己写的故事？"

"是的。好像是什么《月夜的电线桩》《橡子和山猫》之类的……"

"这不是挺好的吗？可以解解闷儿。"

"阿敏每次都会坐起来，这对身体不好。故事这东西，无论吃多少都没有营养。"

"也换不来钱。"

政次郎忽然说。家庭开支果然一刻也没有离开过他的脑海。

又过了好些天。贤治咚咚咚地跑到当铺账房来,喊道:"爸爸,爸爸。"

"怎么了?"

"爸爸。嗯,那个……"

他站在政次郎身后,左右两个膝盖焦急地互相碰撞。他小时候经常这样。

政次郎回忆起来,胸口一热。贤治递过来一本不太厚的十二开杂志,说道:"您看这个。"

政次郎接过来,戴上老花镜一看封面,正中间竖着印刷着一列字:

赐台览　爱国妇女　十二月号

他哗啦哗啦地翻到最后,看到了:

童话　《渡过雪原》(《小狐狸绀三郎》)一　宫泽贤二

"哟!"

"登了!登了!爸爸。这是全两回的第一回,所以下期还有,还有稿费呢。"

贤治兴奋不已。

"好。"

他摘掉老花镜,喜笑颜开。

他觉得已经很久没见过贤治无忧无虑的笑容了。

当然,《爱国妇女》并非文艺杂志,而是妇女团体"爱国妇女会"的机关杂志。这个组织是为了救助牺牲士兵的家属和伤病员而设立的,因此这本杂志能否成为商业杂志也是个疑问。在这个家里,阿一是会员,所以每年都交纳了并不便宜的会费和杂志费。

虽然如此,刊登毕竟是刊登。这不是借助人脉推动而成的,是贤治完全依靠自己的力量,依靠作品的力量获得的成功。政次郎不由得想对素不相识的编委会委员们双手合十表示感谢。沉浸在这样的美梦中,名字误印成"贤二"也不算个问题了。

"你要当作家吗?"他自己都感到了声音的兴奋。

贤治使劲儿摇脑袋:"这怎么可能,就我这样……"

"我不太懂啊,不过童话现在已经不是通俗绘画小说的穷途末路了。也是堂堂正正的艺术吧?你看,东京有位姓铃木,毕业于帝国大学的文人……"

"嗯,是铃木三重吉的《红鸟》吧,专门刊登童话、童谣的。那是本好杂志。著名的芥川龙之介的《蜘蛛丝》、有岛武郎的《一串葡萄》都是它刊登的。还刊登戏剧呢。"

"你了解得真详细啊。"

贤治满面通红:"没有,真的,我怎么可能……"

"卖文章比卖人造宝石现实哟。"政次郎轻声说。

贤治哈哈大笑起来:"说得对啊,爸爸。"

"你先去书店看看。去调查一下,什么样的书畅销。"

政次郎叮嘱他。这正是事实上的作家修习许可、人生犹豫期的延长许可,可是政次郎并没有为自己说出这话感到吃惊,最近,对于充当儿子人生之壁这件事有些疲倦了。

不过,又过了一阵,老相识稗贯郡长葛博登门拜访了。

政次郎把他引到客厅,安排在上座。葛先生一边喝茶一边亲切地说:"宫泽先生,贤治是不是该就业了呀?"

"就业?"

"我们郡立的稗贯农业学校有了空位。"

"是教师吗?"

"是的。"

稗贯农业学校是一所小学校,以高等小学毕业的人为对象,也就是对和初中生同龄的学生们,进行两年的农业教育。两个年级的学生加起来只有六十人左右,学习能力也比初中生差。包括校长在内,教师总共只有六名。

"六人中一半都和贤治一样,毕业于盛冈高农。不过其中一位这次离职了。总之,职员是相熟的。我觉得这是无可挑剔的工作单位,宫泽先生感觉如何?"

政次郎没有立刻回答,低声道:"这个嘛……"

"怎么了?"

"负责什么科目呢?"

"嗯,毕竟这是所小学校啊。"

葛博吵架似的说:"英语、代数、化学之类的基础学科当然要上,还要关照土壤、肥料、气象等课程,也要指导稻作实习,估计每天都会很忙碌。"

他的双眼如同食肉动物一般闪闪发亮,这是把"忙碌"直接看作人生胜利且对此深信不疑的人特有的眼神。政次郎偏偏头,说:"我问问贤治本人吧。"

"贤治是不是不愿意啊?"

"我是担心贤治的身体状况,这得他本人才清楚。"

说实话,贤治的身体状况最近还不错,或许经受得起忙忙碌碌。但是,政次郎真正的想法是不愿意干扰贤治写童话。

政次郎把贤治叫来,转达了葛先生的话,他盼望着贤治回绝。贤治的回答却出人意料:"这机会太难得了,郡长先生,请让我做这个工作。"

贤治主动伸出手来,葛先生牢牢抓住贤治的手说:"那就说定了。"

"为什么?"

听见政次郎这么问,贤治这才转过头来说:"学生基本上都十五六岁。这个年龄一半算成人,一半还是孩子。我想了解孩子的真实想法。而且……阿敏……"

"阿敏怎么了?"

"当教师的志向,阿敏基本上是放弃了,我来替她实现。"

"贤治啊,你真是品行高尚啊。我们郡欢迎你。不过你父亲好像还没想通呐。"

葛先生说着,斜着眼瞟瞟政次郎。语气似乎是嘲笑,又像是讽刺。政次郎苦笑道:"我是年老昏聩了。"

他本想开玩笑，说出口反而成了叹息。

贤治当月就收到了任命书，早出晚归的日子开始了。政次郎没有"工作如何"地事事询问，即使不问，他也十分清楚贤治精神上的充实。打开玄关大门的声音不一样，上二楼的脚步声也不一样。贤治在二楼备课，批改小测验，同时还继续写童话。等稿子略有积攒，贤治就会对政次郎或阿一说："今天晚上我住在樱之家。"

然后脚步匆匆地出了门。贤治是要念给阿敏听吧。第二天中午时分回到家来，贤治又把自己关在二楼房间里，接着往下写故事。在宿舍值班的日子好像也在学校里写。

反过来说，除此之外，贤治不再外出。

更不会去车站派发国柱会的宣传册，或是咚咚咚敲着太鼓满街转悠着诵读《南无妙法莲华经》了。不过贤治并未放弃皈依国柱会的念头，还在参拜那幅曼陀罗本尊。尽管这样，贤治到底得以成为月薪八十日元的普通成年人。

政次郎不禁眼角一热。有工作这件事最大的好处，不在于月薪，也不在于实现人生价值，而在于，不必为了工作之外的诱惑消磨人生。

贤治上班的第二个月，阿茂结婚了。

尽管是老三，却先于贤治和阿敏成了家。仔细想想，阿茂从花卷高等女校毕业四年了，已经二十二岁。对方是家住附近的岩田丰藏。

丰藏的母亲是政次郎的妹妹阿安,所以是姑表亲结亲。如果两人之间有了孩子,政次郎就成爷爷辈了。

亲戚之间联姻是有优势的。事先就了解彼此的情况。岩田家早就知道姐姐阿敏的病情,也了解她的身体状况是不容疏忽的。所以,阿茂结婚后还常常知会一声"我去去就回",然后到樱之家去,有时还能住一晚上。这样,她就可以尽力照顾姐姐,给护士、保姆准备饭菜。但她迟迟没有孩子。

※

阿茂结婚后的第三个月,清六从盛冈中学毕业了。

他收拾好行李,退了宿舍,回到了花卷老家。政次郎瞅准没有别人的时候,把清六叫到账房,问道:"你继承家业如何?"

清六环视账房的格子,然后仰望政次郎,加强语气回答:"我不愿意干当铺这行。"

"但是……"

"我……"

"贤治适合教师的工作。"

"是啊。"

"你不要上班了。给家里帮忙干活儿吧。继承宫泽家的,是你,清六。"

清六似乎大吃一惊,他半张着嘴,嗓音嘶哑地说:"我?"

"对。"

"不是哥哥?"

"是你，清六。"

"可是，当铺……"

清六缓过神来，眉头紧皱。政次郎对他说："当铺就算了。你总有一天会有自己的生意。我会遂你的愿。到时候，这个账房你就当作仓库吧。"

政次郎自己都觉得语气平静冷淡。清六在学校里成绩优秀，生活态度也很认真，但是政次郎一直以来都担心他一点——没有主见。

大概是他六岁的夏天吧，政次郎晚饭后邀请他："去看电影吧。"看完《亲鸾圣人一代传》后，回家的路上，政次郎告诉他很多东西，可清六却只是反复应声："是，是。"

一个问题都不回答。政次郎就像一拳打在了棉花上，让人觉得毫无意义。

这个清六，现在面对面告诉他，自己不愿意干当铺这一行。这反倒是他该让步的时候了吧。

（正是个时机啊。）

这个想法自然而然地涌上心头。他并未感到寂寥，该来的事情正在来临，仅此而已。他轻而易举就想象出对清六唯命是从的自己的形象。他还觉得很高兴。只不过，到时候他还是希望得到表扬，哪怕只是几句话。

他自己都觉得，这是个孩子气的愿望。

清六从中学毕业，再次回到花卷老家生活，已经过去了八个月。

阿敏回到了自己家的隔壁。就是那另一栋房子。

她的衰弱迹象越来越明显,大家心照不宣地认为,最后的日子要在出生长大的地方度过。当然,他们给当事人的是另一种说法:"樱之家太远了,去一趟不方便。"

"我不想去,我就喜欢在这里。"

阿敏很不情愿,也可能是有所领悟。最后,大家勉强说服了她。

搬家之后,她的体温居高不下,一直在四十度徘徊。因为她全靠张嘴呼吸,如同刚刚竭尽全力奔跑完似的呼哧呼哧直喘气,所以每隔两三分钟就说自己嗓子干。每次略微活动身体,她都闭着眼睛,表情扭曲,这应该是因为她浑身所有的关节都疼痛难忍。

"阿敏,阿敏。"

贤治从学校回来,一进门就坐在她枕边,展开稿纸给她读童话,仿佛这是个万能药。有《山中男妖的四月》《英国海岸》,还有童话剧,以及为了学生在学校公演而写完的《饥饿阵营》,等等。他在《英国海岸》中特意采用随笔的体裁,如同身边杂记,用来记录自己作为教师的工作状态。

阿敏已经不再坐起来。

她躺着听故事。高耸的颧骨,凹陷的大眼睛,目光炯炯地盯着天花板。政次郎有时也会略隔一些距离跪坐着听一听。她瞳孔里的灰色浑浊与贤治故事中茁壮成长的感觉恰好相反,却又形成一种不可思议的和谐。

不过，童话本身是无聊的。政次郎不由得想到些没有价值的事：小田原。

（早知道事情会是这样，当时就应该让她搬到小田原去疗养。）

回想起来，阿敏从东京杂司之谷的永乐医院出院的时候，政次郎要求她立刻回花卷来。

他对主治医生的建议置之不理。当然并非简单粗暴，是因为实际上政次郎正面临着现实的金钱问题。

确实……撑不下去了。

住院就是用钱买命。也因为这是最新的医院，包括各种杂费在内，以千元为单位计数的金钱轻而易举地从花卷的家里飞走了。这是他有生以来第一次感受到恐怖。政次郎并非不让她异地疗养，而是没有能力这么做。

不过，他说："花卷确实冷，可以在铅温泉住一阵。"

那是比大泽温泉近一些的近郊温泉胜地。熟人也多，方方面面都能照顾得到。实际上阿敏也在那里彻底恢复了。只不过事到如今，这首先就成了后悔的引子。

（钱这东西，不是多少都能筹来的吗？）

阿敏的衰弱近在眼前，这让政次郎不由得自责。可以找宫善借，也可以向妹妹阿安的婆家岩田家低头，要不然就把自己的手表、贤治的词典、清六的钢笔、阿一、阿茂和阿国的盛装和平常衣服送到其他当铺去。

不过，政次郎没有把这番话说出口，也没有向阿敏道歉。他觉得这样做是承担罪过的唯一道路。事到如今若是道歉、乞求原谅，反倒会把一部分责任推到阿敏身上。这种行为仅仅是为了成全自己当个好父亲的愿望。最终沉默才是最佳的赎罪方式。

贤治说出了口。

他对阿敏说："你原谅我，你原谅我。如果我能说服爸爸，如果去了小田原……都是我不好。"

当他近乎狂叫的时候，政次郎闭上眼默默忍受……

（痴人。）

这不是跟他争论的时候。不知有没有听见贤治的声音，阿敏凝视着天花板，胸脯在被子底下一个劲地上下起伏。

几天之后的大正十一年（1922）十一月二十七日。

十一月的花卷不再是秋天，已经完全进入了严冬，一天降三度的气温让外地来的人诅咒。这天早晨，阿敏的脉搏停了。

阿一半癫狂地喊道："叫大夫！快叫藤井大夫！"

主治医生来了，白跑了一趟。阿敏的脉搏再一次微弱地跳动起来。

"总之不是傍晚就是夜里了。"

主治医生在另一个房间向政次郎宣布。

傍晚到了。雨雪交加。灰色的天空浸染着青色，犹如烟熏过的旧报纸。白色的雪花和银色的雨滴掺杂在一起从天而降。这样的天气和天上落下的雨雪，用花卷方言来说，就是

——Ameyujyu。

这可能是Ameyuki（雨雪）的方言发音。这一晚的雨夹雪，大概是因为雪的量更多，落到地上也没有渗进土里，而是犹如冰

冻点心似的堆积起来,给院子盖上了纯白的底色。院子里的石头、松枝、巴旦杏的树叶、仓库的屋顶,一眨眼工夫就变成了东北严酷气候的一部分。

这一天是星期一。

贤治从学校归来,得知阿敏病危,外套都没有脱就坐在阿敏的枕边,躬身在她耳边大声说:"是我,我是贤治。你认得我吗?我是哥哥啊。"

全家人都聚集在阿敏的被褥周围。母亲阿一、弟弟清六、妹妹阿茂和阿国。

政次郎也想加入。

这是他发自内心的想法,但是他依然保持距离跪坐一旁,俯瞰全家是一家之主的义务之一。

阿敏略微睁开双眼。

她始终盯着天花板,嘴唇轻启:"哥哥……"

"什么?阿敏,什么事?"

"雨夹雪……"

"嗯?"

"你给我取点雨夹雪。"

这是数日来最清楚的要求。难道是为了说出这句话,阿敏才拖延残喘直到现在?

"好的。"

贤治很机敏。

他走出房间。院子里传来窸窸窣窣的声音。等他再次进屋的时候，左右两只手各端着一个青色莼菜花纹的碗。两只碗里都堆着雪白的小山。室内火盆的热气很快让它升起线条状的烟来。

"你渴了吧？阿敏，快喝。"

他坐在枕边，把左手的碗放下，把勺子插进右手的碗里，再把勺尖轻轻靠在嘴唇边。嘴唇几乎全都干裂，刻满皱纹。雨夹雪融化成透明的水，沿着唇间的山谷落在门牙上，在它表面闪闪发光地散开。

贤治献上了第二勺。

阿敏拒绝了。她微微向下摆头，避开勺子，目光转向别处。在她的视线前端，是刚才放下的那只碗。

碗边上的榻榻米上有绿色的东西。

"哦，你是要这个？"

贤治把右手的碗放下，用手指捏起来。

绿色的东西是松针。如同水稻苗似的四五根聚在一起，如同鲜亮的植物缝衣针。

"我从院子里摘来的。"

贤治帮阿敏从被窝里伸出胳膊，把松针捏在她手中。阿敏把散发着清香的松针贴近雪白的脸颊说："啊，真好。"

她用松针在脸颊上刺了好几遍，让人不由得担心她会刺伤皮肤。她似乎已经丧失了痛觉，颤动着唇尖笑起来："真痛快，就像走进了森林。"

她的表情突然一变。

松针飘然落下，她的喘息变得激烈。贤治抓住她的双肩摇晃着:"阿敏,阿敏。"

阿敏已经没有反应了,只是盯着天花板,反复着清浅的呼吸。呼吸声中夹杂着呼呼声,犹如寒风,渐渐没有了人形。

"阿敏,阿敏,你撑住啊!"

贤治依旧呼唤。

这时,有人唤着"贤治",轻抚他的后背。那是政次郎。

贤治回头一看,大吃一惊。政次郎右手握着毛笔,左手拿着卷纸。不知他打算做什么。

"你让开。"

贤治半张着嘴向旁侧挪开了膝盖。

政次郎挤进腾出来的空间,俯视阿敏:"阿敏。"

"嗯……"

"你是个了不起的孩子。"

"嗯……"

他展开卷纸,握好笔,说道:"我接下来要替你写遗言。你有什么想说的就说吧。"

"爸爸!"

贤治惨叫一声,勃然大怒。政次郎置之不理。这件事他从好几天之前就开始考虑了。事到如今,无论是让她保持清醒,还是告诉她尚能活命,不仅对病人十分残酷,而且还是一种愚弄。

他不仅想清楚了这一点,还有自己是一家之主的自我意识。

他有义务来考虑病人的身后事。当阿敏的肉身成灰,骨头葬于墓中之后，若要家人依然意识到阿敏的存在，光有排位是不够的。衣服之类的遗物也不够。必须有遗言作为依托。

这是唯一来源于阿敏内部的东西。面对家人，它也许会时而严厉地规范，时而给予温柔的慰藉。不仅会让人感到阿敏近在眼前，还会子子孙孙继承下去。

骨与肉会灭亡，但是语言不会。要让爱女阿敏在这个世界上留下她活过的印记，政次郎只能想到这一个办法。

因此，他必须担任这个令人憎恶的角色。

（舍我其谁？）

政次郎感到两颊发烫。他十分客观地感受到，自己正在哭，这就是眼泪的滚烫。

"爸爸，阿敏还……"

贤治在一旁抗议道。

政次郎怒喝一声："别废话！"

政次郎让贤治住嘴，接着又对阿敏说："说吧，阿敏。"

他把毛笔和卷纸拿到阿敏面前给她看。

阿敏看见了。

令人难以置信的是，她昂起了头。她或许是想坐起身来。她保持着这样的姿势，张开嘴，从嗓子眼里挤出声音来："如果，我下一次出生……"

就在这一瞬间……

"啊！"

政次郎被推到了一旁。

是贤治。就在政次郎倾倒之时,贤治挤进了他和阿敏中间,在她耳边诵道:"南无妙法莲华经,南无妙法莲华经。"

阿敏的头无力地落回了枕上。她的嘴唇已经紧紧闭上。

"南无妙法莲华经,南无妙法莲华经。"

贤治继续念诵,声音比平日还高亢。政次郎依然倾斜身体,只能茫然地注视这一切。阿敏又张开嘴,脸上露出了为难的神色:"我……"

贤治不再唱诵,问道:"什么?阿敏,你刚才说什么?"

"耳朵,轰轰直响……"

她张着嘴,忽然弹动右肩。

这仿佛是一个信号,她的面部肌肉也不再活动。眼睛还睁着。从鼻头到脸颊,再到额头、下颚,眼看着就覆盖上了一层白蜡。

整个空气被虚无所支配。每个人都清楚这是一种什么样的生理现象。

"啊!"

阿一难以忍受,冲出了房间。

清六垂头,阿国和阿茂相拥而泣。贤治一把拉开壁柜的门,一头扎进去,如同野兽号叫一般放声大哭。

感情的洪水席卷了这个十二平方米的房间。政次郎也想大声喊叫。

他恢复跪坐,静静地拉过阿敏的手。

他把手指搭在阿敏手腕上查看脉搏。曾经因为高烧发烫的手腕,现在却又如寒冰。没有脉搏。政次郎把阿敏的手腕放回被子里,从怀里取出银表:"晚上八点三十分。"

就在他呢喃之时,玄关的大门哗啦啦响了,大概是医生总算来了。政次郎站起身,用手指整理好短褂的衣襟,一言不发地离开了房间。迎接客人的一家之主,必须永远挺直脊梁。

第八章　春天与阿修罗

第二天要守夜。

家里宾客盈门。政次郎端坐在每一位客人面前,表示感谢,请求他们与死者见最后一面,吩咐阿一、阿茂和阿国酒食款待。

贤治没有露面。

"咦?贤治呢?"

每当客人问起,政次郎都坦率地回答:"他把自己关在二楼房间里,对着自己的佛龛在祭拜呢。"

客人便面露怜悯之色把话题岔开。

第二天的葬礼在锻冶町的净土真宗安净寺举行。即使不这样,宫泽家也是施主的总代表。政次郎必须展示出符合这一身份的丧主态度。读经的时候眼睛要平视,上香也要姿势磊落,对着宾客深深鞠躬。

读经结束后就要去火葬场了。

政次郎走出寺门。花卷高等女校二年级以上的学生在道路左右列队,大声哭泣。政次郎从两列队伍正中静静走过,加大了握牌位的力度。

在他身后,是白色的木棺,由清六、阿茂的丈夫岩田丰藏和宫善家的儿子们抬棺。

没有一个人说话。穿过大街，路过其他寺院，来到孤寂的池塘边就是火葬场了。原本是朴素简洁的建筑，还有专用的火炉，但这时因为遭受了火灾，一无所有。

池塘边已经事先挖好了洞穴。政次郎站在穴边，回头一看，不由得瞪大了眼睛："贤治？"

不知何时，抬棺的男人中间出现了贤治的身影。在安净寺的时候他还不在，大概是在街上加入的。贤治眉眼低垂，不知是感到抱歉还是在拒绝对话。政次郎什么都没说，再次转头俯视前方。

穴中已经事先铺好了柴火和萱草。

男人们下到穴中，摆好了灵柩。在上面继续铺好柴火和萱草。点着火之后，响起了日常熟悉的啪嚓啪嚓的声音，黄色的光芒不断膨胀。

火势越来越旺，高得让人仰视。十一月的花卷果然已不再是秋天，是严寒的冬天。政次郎就像篝火边烤火的人一样，把手掌伸向前方。

这是阿敏最后的体温。温暖的空气蓬松地升起，朝着没有天花板的无尽天空。政次郎心想：她已经净土往生了吗？那些事物真的存在吗？

贤治站在政次郎身旁，用政次郎从未听过的凛然嗓音高声地仿佛唱诵《法华经》："如是我闻，一时佛住，王舍城，耆阇崛山中……"

贤治的侧脸显示出他是一位坚定的信徒。他双目圆睁，黄色的火光在他眼中跳跃。他目不转睛，只顾凝视着灵柩。直到火焰完全熄灭,贤治才退下,换上安净寺的主持诵经祈祷冥福。这在政次郎眼中显得十分温和。

诵经结束之后,两名伙夫下到仍然白烟滚滚的穴里。

植物的灰还是人的灰,轻而易举就能分辨。他们用火筷子把人的骨灰拣出来,沙沙作响地放入纯白的骨灰罐。

他们从穴里上来,交给政次郎。骨灰罐沉甸甸,却很轻巧,还残留些许温暖。

最后一项工作是慰劳。

慰劳的对象是护士阿清。她是盛冈的护士协会派来的,要说起来是毫无关系的他人。可她从樱之家的时候开始,就独自坚持照顾阿敏,从未推辞。其他护士和保姆都因为害怕传染不愿意再来,即使来了也不靠近病人。

阿清在阿敏离世的一瞬间都依然守护在枕边。而且灵前守夜的时候,她还为客人端茶倒水,摆饭上菜。火葬之后,政次郎对她说:"感谢您一直以来的关照。请允许我们表达一下谢意。"

于是请她住到了头七,敬如上宾。头七过完第二天,阿清说:"长时间承蒙您的照顾,我要回盛冈了。"

于是,政次郎不仅支付了约定好的看护费用,还以葬礼红包回礼的名义请她收下了丰厚的礼金。而且,还赠送了她当地称为"Kinakina"的小巧木偶人。虽然这是个崭新的木偶,但是政次郎把它当作了阿敏的遗物。

"谢谢!"

阿清在玄关前道谢。政次郎叫来人力车，本想请车夫把她送到车站。然而，头一天的雨让道路泥泞不堪，车轮陷进去，车把弹起来，无论车夫怎么拉也拉不动。政次郎叫来贤治、清六两兄弟，说："你们在后面推，把车推到车站。"

"是。"

"是。"

弟兄俩很乐意完成这项工作。到了车站，阿清轮流紧紧握住两个人的手，反复叮嘱道："一周年忌日的时候，一定要让我来啊。再见。"

弟兄俩回到家里的时候，衣服下摆全是泥巴。

第二天，贤治又开始去学校上课了。清六来到店里说："我想去东京。"

店里恰好没有客人。政次郎正拿丝绸用力擦拭放大镜，他停下手来，抬眼问："东京？"

"我想一个人生活，观察这个社会，我想知道我能做什么。"

"是指做生意吗？"

"对。"

"在花卷吗？"

"是。"

清六坚定地注视着政次郎的眼睛。很明显，这不是一时的漂亮话。

花卷和其他地方的小城市一样，引入东京的流行事物是在经济上获得成果的捷径。政次郎听见自己的心脏急棰儿打鼓似的怦怦直跳，难得小心谨慎地追问："不过，清六，你是打算继承家业的吧？"

清六回答："对。"

"好。"

两天之后，他把清六送走了。

清六住的宿舍和哥哥一样，也在本乡，但是他没有做誊写印刷之类的工作，而是在帝国图书馆读书，或是在神田区表猿乐町的私塾兼预备学校——研数学馆学习数学。他写信把情况汇报给政次郎。信上并没有要钱的字句。

但是，到了第二个月，迎来大正十二年（1923）正月的时候，贤治又到店里来了。他说："我要去东京。"

政次郎刚把一位好主顾送出玄关。他回头问："东京？"

"我让出版社的人看看稿子。然后看看是登在杂志上还是出书。"

"好。"

政次郎当即答应了。这从某种意义上看也是生意。第二天一早，贤治就拎着那个箱子出门了。

七天之后他回到了家。他进了玄关就想直接上二楼。政次郎抓住他的衣袖问："怎么样？"

"什么怎么样？"

"你说是什么，稿子啊。"

"哦，"他泰然自若地回答："我交给清六了，请他替我去。"

"交给清六了?"

"对。"

政次郎觉得莫名其妙。

他觉得稀里糊涂的。当然,贤治有教师这份工作。很快寒假就要结束,他明白贤治不能在东京长期逗留,可是……

(这行吗?本人不去的话……)

他担心,贤治说不定到现在都还惧怕和成年人交涉呢,就像以前害怕当铺的客人一样。可是看贤治的模样又是无忧无虑的。难道是文人把销售交给别人来办更像个大人物?

"总之,事情能顺利就好了。"

几天之后,清六的回信来了,汇报说稿子在所有的地方都——碰了壁。

《红鸟》的出版方红鸟社、去年一月刚刚创刊幼儿杂志《儿童之国》的东京社,还有其他的小型出版社,都冷冰冰地拒绝了。

政次郎自己几乎没有读过稿子,却怒道:"大城市里冷漠无情的家伙,根本不懂贤治的好!这帮杂志记者,知道贤治是乡下人,所以看不起!"

不过,贤治依旧无忧无虑。他从政次郎手里接过信,用上司的语气说:"没有办法啊,爸爸。他们也很忙,如果每个籍籍无名的作者他们都一一接待的话,会连晚上喝杯酒的时间都没有的。"

此后,贤治依然笔耕不辍。政次郎并没有特意上二楼看过。不过有一天,车站附近的餐馆举行了稗贯郡教育人士聚集的宴会,政次郎碰巧受邀参加，稗贯农业学校的校长畠山荣一郎深深鞠躬道："贤治上课真是充满热情。我太佩服他了。除了上正课，他有时候还给学生读童话，排话剧。"

政次郎放下筷子问："话剧？"

"是他自己写的剧本。他给学生一个个安排角色，让他们练习，还在学校的讲堂上演了，当观众的学生也特别高兴。那种文化活动，以前没有一个人想到过。"

他们聊到其他话题之后，没过一会儿，校长又提到贤治。这一点表明他之前说的话并非奉承。每当提起贤治，政次郎都不忘归功于比自己小十来岁的校长："这都是校长您长期熏陶的结果啊。"

内心想的则是——那家伙没有投降。

政次郎感到胸口发烫，看来不仅仅是因为喝了酒。如果是以前的贤治，在投稿东京失败之时，一定会独自认定没有希望，意志消沉地逃避到《法华经》的世界，或是开始考虑其他没有出路的买卖了。这次却不一样。虽然失败，他也没有离开写作。

（这一次，这一次才是贤治人生的开始。）

接着，三个月之后。

四月八日，星期日。

县里读者最多的报纸之一《岩手每日新闻》刊登了贤治的诗歌和童话。尽管贤治事先告诉了政次郎，他已经有了心理准备，但是那天早晨他展开报纸，看到左侧版面右上角大大的二号铅字时，仍然差点喘不过气来。

诗歌的题目：《心象素描　外轮山》(不过题目这几个字是五号大小)，后面是字号略小一点的作者姓名，准确无误地印着"宫泽贤治"。

(这一天终于来了。)

政次郎展开报纸，就像个腹痛的人一样向前蜷缩。

这和会员制、会费制的《爱国妇女》不一样。宫泽贤治是出于世间的需要而获得了这一名誉。

阿一从旁边伸过头来："哎呀，老爷快看，这不是小贤的名字吗？"

"我知道。你冷静点，冷静点。"

他尖声说完，如同想要独自占有玩具的孩子一般，抱着报纸，说："把阿国叫来。"

阿国来了之后，政次郎站起身指着前面的榻榻米说："坐下来。"

妻子和十七岁的小女儿并排跪坐。政次郎用手指正正眼镜，用更为高亢的声音读起了正文：

月如水银，后半夜的丧主。
火山砾石，夜的沉淀。
当巨大的火山口映入眼帘，
每个人都会感到震惊。

这首诗相当长。版面上看，每一段有七十多行，直到第五段中间。总共有大约三百行。说实话，他不敢说自己可以充分理解诗的内容。好像主题是人们提着灯笼走在岩手山火山口的边缘，猎户座和月亮在他们头顶熠熠生辉的风景。

他自己关于贤治中学时代的记忆复苏了。贤治还是个中学生的时候，曾经为同一学校的师兄石川啄木所触动，全神贯注于短歌创作。

政次郎曾读过他的诗稿，很多都是把天和地的意象组合起来，所谓垂直线的描述风景的短歌。贤治的面目，从那个时候开始，他就不明白了。

不过唯有一点，政次郎觉得自己懂了。那就是，贤治的梦想是仰角的梦想。

诗歌结束之后，从第五段中间开始就是童话了。政次郎隔了好一会儿，清了清嗓子，兴奋地继续往下读。

　　　　　　童话
　　　　　　山梨

　　　　　　　　　宫泽贤治

这两张蓝色照片，拍摄的是一条小溪的水底。

一、五月

两只小螃蟹在银白色的水底说话。

库拉姆嘣笑了哟。

库拉姆嘣扑哧扑哧地笑了哟。

库拉姆嘣咧开嘴笑了哟。

库拉姆嘣吧唧吧唧地笑了哟。

他们的上方和旁边,看上去就像一块蓝得发暗的钢板。黑乎乎的水泡从这光滑的天花板上漂向远方。

贤治不在。

他躲在二楼的房间里,还没有看报纸。其实报纸来的时候,政次郎让人去叫了他,但是他没有下楼。大概是害羞吧。政次郎接下来又把诗歌和童话都读了三遍,说了句"我去散步",就出了家门。他直接去了宫善家,对当家的宫泽直治说:"哦,我出来散散步,偶然,偶然经过你家。"

直治是阿一的亲弟弟,和阿一相似的脸上露出了笑容:"上报了哟,小贤。"

政次郎就像自己收到了夸奖似的,用手掌使劲搓搓后颈窝说:"不行不行,还得更加努力啊。"

政次郎又绕道岩田家,进行了同样的对话,然后心满意足地回家了。

贤治在客厅里。

他把报纸摊在榻榻米上,正趴在上面阅读自己的作品。

"贤治。"

他一听政次郎叫自己,就像弹簧似的撑起身:"哦,爸爸。"

他似乎有些无聊,可是脸颊、耳朵上部却红得就像西红柿。

"爸爸,你去哪儿了?"

"哦，没去哪儿……就是去散散步。"

"你是到处宣传去了吧？"

"我可没干这种事。"

"你别这样。多……多不好意思啊。"

"你啊，怎么跟父亲说话的呀？"

结结巴巴的争论结束，父子俩同时用手掌搓搓后颈窝。

一周之后，又上报了。

同样是星期天。刊登的报纸同样是《岩手每日新闻》的第三版。虽然这次只有一篇童话《冰河鼠的毛皮》，但是篇幅长，所以就这一个故事便占领了整整七段的空间。除去照片和广告，第三版全都是贤治的了。

政次郎认为，这篇文章比起上一周的，更有童话的感觉，就是更通俗易懂。

寒冬的夜里，从依哈托布出发，前往白令的火车上，有一位胖乎乎的绅士。

他一个人占了两个人的座位，还不断向对面的乘客炫耀他的御寒衣物。他说一到目的地，他就在冬衣上穿上海獭皮里子的内层外套，海狸的中层外套，正反两面都是黑狐狸毛的外层外套，再穿上一件外套之后，最后套上一件用四百五十只"冰河鼠的脖颈毛皮"做成的上衣。他打算猎捕黑狐狸，带着九百张毛皮回家。

大概这是一种类型的猎人吧,一个男人大半夜旁若无人似的喝多了威士忌,挑衅其他乘客。

第二天,火车突然停了。乘客们都面面相觑——还没有到白令呢,这是怎么回事呢?一群白熊蜂拥而入,试图强行把绅士抓走。理由是:他的内层外套、中层外套和外层外套以及其他衣服都是用动物的毛皮做成,而且他还想猎捕黑狐。绅士哭了。在这千钧一发的危急时刻,乘客中一位年轻的水手伸出了援手。他对白熊们说:"喂,熊们,你们干的事有道理。(中略)我会告诉他今后不要做无法无天的事,所以这次你们就原谅他吧。"

就是这样一个故事。要说无聊确实无聊,似乎也有很多无用的细节描写。不过这次的故事情节,总算是搞明白了的。

对于政次郎来说,这是最重要的。他明白,故事的着眼点并不在于人类为了自己的奢侈需求杀害其他动物正确与否。当然,贤治这样的人是不可能赞成的,不过这里的着眼点说到底只是奇谈本身。除了在初春的读者心中吹进一丝冷风,没有更多的装饰,倒不如说这种态度正是所谓文艺的价值吧。

不过,政次郎唯有一处怎么都读不懂。这天晚上,他一边吃晚饭一边问:"贤治,依哈托布在哪儿啊?"

最近两个人的对话开始得都很顺畅。他料想,贤治一定会立刻回答:"爸爸,你真是的,这是虚构的地名嘛。在意这种地方,就是不懂风雅。"

没想到贤治放下筷子，伸出手指头指指地面："就是这里。"

"这里？"

"就是岩手。这算是一种玩笑话吧。依哈托布的故事就是我们的故事。"

这时候贤治没有不好意思。

或许他一直等着父亲问这个问题呢。政次郎点点头，又问："怎么读呢？"

这么问，是因为岩手这个词，字和音是不同的。字是"いはて"，而发音却是"いわて"。作为玩笑话的依哈托布究竟应该念作 i-ha 还是 i-wa① 呢？能做出决定的只有作者一人吧？

贤治的反应很活泼，他一瞬间流露出调皮孩子的眼神，说道："是……"

话到这儿，他又拿起筷子，若无其事地开始吃白米饭。听上去哪个发音都挺像，这不是在搪塞，而是一种挑战："爸爸，请你来解释解释。"

那样笨拙的贤治，竟然使出了如此巧妙的沟通方法。

这一天的晚饭格外美味。反正在区分 i-ha 与 i-wa 的差别之前，政次郎连ウ加上浊音符号②该怎么念都不知道。大多数日本人都一样吧。满不在乎地使用连发音都不知道是什么的文字。这或许也是音读的一代人和默读的一代人的差别吧。

---

① 当时"岩手"写作平假名是"いはて"，念作i-ha-te，而发音却是"いわて"，即i-wa-te。
② 依哈托布在原文中为"イーハトヴ"，文中指政次郎不知道最后这个假名的读法。

243

下一周的报纸没有登。

下下周的报纸也没有登。但是贤治的进攻还在继续。第二个月的五月十一日、星期五，同样是《岩手每日新闻》，开始连载童话《希格纳尔和希格纳雷斯》。

而且这回不是第三版，而是被称为报纸脸面的头版！

政次郎等贤治去了学校，就到附近的代销店，说道："请给我来一百份。"

当然，这并不是全面占领，不过总而言之宫泽贤治的名字和当天最大的事件一起出现了。这大概相当于夺取了天下。不过这份报纸为什么如此厚待贤治呢？

（当然了。）

这是因为读者给予了相当高的评价。除此之外不可能有其他原因。最早或许是一位记者看到了那本《爱国妇女》，或者是贤治用写信这类的方式进行了推销。不过刊登一次之后，又有了第二次，而且还跳到了头版每天连载，无论经过多么慎重的考虑，得出的结论都只可能是上述原因。

连载持续了十一回。政次郎每次都去代销店，然后像个派送员似的直接送到亲戚朋友家。他并不是在炫耀儿子。政次郎是想用自己的方式帮助贤治扬名。

当然这样一来，心里总有一丝担忧抹不去：畠山先生做何感想？

无论贤治达成何种伟业，创造出何等有价值的艺术，在稗贯农业学校校长，也就是上司看来都是一种副业。他不可能心情舒畅吧。可何况畠山和贤治同样毕业于盛冈高农,这个学校的毕业生通常对文艺都不太关注。

连载第三回刊登的那一天,政次郎"阿一,阿一"地叫来妻子,让她换好衣服,两个人一起去了学校。

他们被引到校长室之后,政次郎把报纸递给畠山,说道:"这件事给您添麻烦了,还望您海涵。"

畠山见政次郎没有坐下,而是深深地鞠躬,笑容满面地说:"宫泽先生,您快快起身。我倒是希望贤治能够接着不断写下去呢。他并没有马马虎虎地对待课程,而且学生本来也很喜欢贤治的故事。"

"是。"

"最近贫穷人家的孩子也到教师办公室来找我们借报纸看。这是非常好的趋势。因为读了贤治的故事之后,他们也会读时事性的报道。我坚信,贫穷的农民要想摆脱贫穷,最终只能依靠文字这一条道路。"

"是。"

(这是他的真心话,还是在揣摩我这个町议会议员的心思?)

大概是政次郎的疑心表露在了脸上,畠山继续说:"照这样下去,我觉得年底的奖金也可以再略微多发他一些呢。哦,这个请您对贤治保密。"

"这真是太感谢您了。"

政次郎逃也似的离开了校长室。

走出校舍,他看见大门前沿着围墙种着五六株樱花树。几乎都覆盖着或嫩或浓的绿叶，只是星星点点残留着白色花朵，就像是画家漏涂了油彩，这是典型的岩手五月。穿过大门的时候，阿一说："小贤现在了不起了呀。"

"傻话！所以说你不谙世事呢。不过就是登在当地报纸上罢了。"如果是以前的政次郎，一定会当即如此严厉地批评她。但这时候，他只是抬头看看蓝天说："是啊。"

阿一似乎觉得很诧异。

在距离大门有一段距离的马路上，停着一辆人力车。这是政次郎安排等在这里的，就是刚才送他们来的那辆车。年轻的车夫摘下帽子，敷衍地鞠了个躬。

这辆车座席特别高。在车轮内侧，有一个大小与日本象棋棋盘差不多的踏板。政次郎一只脚踩稳踏板上了车，转过身来落座之后，弯下腰，对还站在地面的阿一伸出了手。

阿一大概万万没有想到他会这样做，呆呆地站在原地盯着政次郎的手掌。政次郎忍不住了，催促道："你快点。"

"哦，好。"

阿一把手搭在政次郎手上。没想到她的手凉冰冰的。政次郎本来就不清楚西方女士优先的做派，不知道接下来该怎么办，便双手紧紧抓住阿一，钓鱼似的把她拉起来。

阿一必须配合这个节奏踩到踏板上。否则她就坐不上座位。可是毕竟经不住政次郎猛然一拉，阿一"哎呀，哎呀！""噢！"地蹦起来又落下去，蹦起来又落下去。这样还不如政次郎一开始就什么都不做的好，不过阿一总算安安稳稳坐下来。她喜形于色地大声说:"谢谢!"

政次郎立刻把头转开,说:"嗯。"

"我说……"

"什么?"

"你最近怎么这么温和呀。"

"嗯。"

政次郎老实地回答。他回答的同时,人力车也嘎吱地叫唤起来。政次郎俯视着车夫的后背。车夫把身体猛地朝车把靠过去,全力以赴地迈开腿。车完全没有动,所以他看上去很费劲。右脚迈出去之后,车子整体才总算微微移动,左脚迈出后又略微向前。尽管这速度宛如乌龟,可是到了第四五步,速度忽然就快了起来。

(温和吗?)

似乎的确如此。自己至少不像原来那样,遇事就摆出一副一家之主的样子来,不过他并不是有意识这么做的。如果阿一说的是真的,那就应该是自然的,如同河水流动一般的变化。

契机大概是阿敏的死吧。一想到尽管自己倾尽全力、费尽心思,却依然只活了短短二十四年的女儿,就会感到眼前的阿一就快五十岁的这件事本身,就是一个奇迹。

生命近在身边——这并不是理所当然的。最近,要说他一看到阿一的身影就忍不住想双手合十是有些夸张,但是他的确开始感到逞威风很愚蠢。阿一说的话他也能顺耳地听进去了。

"是啊。"

政次郎又点点头。

人力车速度上来了。车夫轻快地脚蹬地面,腾起的时间更长。橡胶车轮嘎嘎地压着地面。阿一可能是没有听清他在说什么,把手搭在耳后问:"什么?你说什么?"

"贤治了不起了呀。"

"哦。"

"藤井医生说什么了?"

藤井医生就是阿敏的那位主治医生。七七祭日之后,政次郎请他到家里来检查了大家的身体。因为政次郎决定,尽量发现小的异常情况,不能允许无法挽回的状况再一次出现。阿一脸色立刻明亮起来:"你是说贤治?"

"嗯。"

"完全没有生病的迹象,呼吸的声音也没有问题……"

"痰呢?请他带回去检查了吗?"

"他说没发现细菌。"

"没大问题啊。"

哈,哈,哈——政次郎仰天大笑。结核似乎就是那样一种病。来去自在,或者说是无法预测。据说有些轻症就像感冒个两三回都治好了似的。贤治一定就是那种情况。

"真是太好了。"

阿一深深地叹了口气。政次郎道:"这多亏了阿敏。"

"阿敏?"

"那孩子喜欢贤治,所以她把不好的东西都带走了。"

和露天火葬场那温暖的热气一起——他本想这样补充,但是住了口。自己不是贤治。没有诗人的才能。总之,这样一来,"接下去就是书了。"

"书?"

"对。现在他还是个地方上的新人,也没有多少稿费。无论是诗歌还是童话,如果能够集结成册摆在东京的书店店头……"

"能摆出来?"

"会摆出来的。这样的话就会轻松多了。我不懂出版,不过任何生意都是开门第一单难做。和这个一样。"

政次郎把手放下来,在和阿一之间的座位上咚地一敲,说:"人力车也是第一步最沉重啊。从第二步开始就有气势了。"

"期望那么高……"阿一有些担忧:"我只希望他能平安无事每天出门上班就好。"

"嗯。"

当年十二月,贤治因为工作勤恳而获得了百元奖励。比去年多了三十日元。

第二年春天。

虽然是星期天,但政次郎依然在工作。阿敏告别人世时住的房子的隔壁是一个日式房间,被政次郎恢复为仓库。他正在那个房间里忙忙碌碌地整理摆放零散的女士和服,准备挂到一个衣架上去。

大概是今年经济不景气吧,流当品格外多。最近要送到交好的旧衣店去,一口气都卖了。

他就是在为此作准备。最近，他开始嫌麻烦了。

这时候贤治来了，在房间门口停下了脚步，唤了声"爸爸"，然后走进来，擦着衣架子边儿递过来一本书："给您。"

贤治手势庄重。政次郎停下手里的工作，费劲儿地直起腰，然后接了过来。这是一本三十二开、大小和所谓普通单行本相同的书，装在发红的厚纸板盒里。盒子正面粘贴着白纸，上面是横向书写的黑色木刻风格文字：

《春天与阿修罗》

心象素描

宫泽贤治

政次郎紧张得喘不上气。

他说不出话来。当然，他明白"心象素描"这个词语的含义。这是贤治独创的用语，和世上常说的诗歌基本上是一个东西。这个词或许一半潜藏他的自谦——表示这不过是素描，另一半则是他的自负——与以往的诗歌划上一条分界线。

去年四月，《岩手每日新闻》第一次刊登题为《外轮山》的诗歌时，贤治已经在用这个词了。

因此他立刻明白，这本书是诗集。

贤治终于出书了。但是，政次郎又立刻以近乎本能的速度担心起来：钱怎么办？

线索就在出版信息页吧。政次郎伸出五根手指费劲地插进纸盒里，把书抽出来。

不知为何，只掏出一半。政次郎抽了好几次，用力一拉，这才总算把书完全扯了出来。

他当场就盘腿坐下，把纸盒放在一边，打开了书。他首先翻到卷末。出版信息页首先在中上部用波浪线画了一个圆，里面盖了一个红色的正方形章，章上刻着"贤治"。这是作者在书后盖的章，表示他自己认可书的出版发行。

围着印章，是纵向书写的以下文字：

大正十三年三月二十五日印刷

大正十三年四月二十日发行

定价　二元四十钱

作者　宫泽贤治

发行人

　东京市京桥区南鞘町十七号

　　关根喜太郎

印刷人

　岩手县花卷川口町一百零九号

　　吉田忠太郎

发行方

　东京京桥区南鞘町十七号

　汇款账号东京五五七九号

　　关根书店

"关根书店……"

政次郎喃喃道。这是他从来没有听说过的出版社，大概是个小公司吧。十年前，贤治刚从盛冈中学毕业时，入迷地读过岛地大等的《汉和对照　妙法莲华经》。出版这本长期畅销书的是明治书院。它被誉为：汉文明治书院，教科书明治书院。它和关根书店相比，即使谈不上天壤之别，也是老虎和猫的差异吧。

因此，这本书的出版费也会很低廉吧。政次郎抱着这样的期待再次细看，发现地址是物价高昂的东京，和明治书院一样。

可是印刷却在花卷完成。说不定刚才这本书很难抽出来，也是因为装订技术不够成熟。这是怎么回事？政次郎抬起头问："制作费用是出版方负担吗？"

"是我。全额。"

"印刷费和装订费都是你负担？"

贤治这次也点点头。

"你是自费出版啊？"

"对。"

"哦。"

政次郎这才完全了解了。校正、印刷、装订都在花卷进行，成书之后再送到东京，交给出版方。出版方只需要把它批发给代销商。或许会做些广告，不过这里与其说是出版方，不如说仅仅是流通的大门。

版税恐怕也没有。政次郎继续问："印刷数量是多少？"

"一千册。"

"计划再版吗?"

"要先看能不能卖掉。"

"这样的话,贤治,很……"

"我都付过了。"

"什么?"

听他这样反问,贤治依然站着,理所当然地说:"钱,我已经付过了。"

(不会吧?)

政次郎怀疑自己听错了。

他真的很疑惑。按照政次郎的直觉,贤治不可能不来要钱。

也许是看透了政次郎的心思,贤治微笑着解释道:"请您放心。我不会给您添麻烦的。我为了出书,月薪、奖金、稿费都一分没花,全攒起来了。"

"不够吧?"

他对金钱的感觉是很自信的。贤治点点头说:"我问大内先生借了四百元。"

"大内……"

政次郎无言以对,是同在丰泽町里的纳豆店店主。他听说大内不时干点副业,但并非有钱人。对于贤治来说,这是小学时代朋友的家,所以只不过是方便开口求人罢了。贤治依然面带微笑:"爸爸,别管这个了,最重要的是书的内容。请您好好读一读。"

"哦，好，我读。"

当天晚上。

政次郎看准全家人都入睡的时候，钻出了被窝。

他穿着睡衣走进客厅，站在房间正中央，向上伸出手臂。天花板上垂着一根粗带子似的东西。他摸到之后抓住，上下晃晃。

一个小铜板碰到了他的手腕。他抓住铜板向右一拧，啪嚓一声，略带橙色的光芒从头顶洒下来。

光源是个电灯泡。灯泡上方安装着碟子颠倒过来似的铜质灯罩。光芒扩展开来，几乎将整个房间都笼罩在或明或暗之中。

最亮的地方，当然是灯泡正下方。

政次郎站在那里，对着已经合上门的佛龛。然后他蹲下身，正想盘腿而坐。

（不行。）

他又改了主意跪坐下来。

他翻开了书。那是从床头拿过来的一本《春天与阿修罗》。政次郎感受着澎湃心潮，轻轻地翻开封面。

他注视着扉页，翻开页面就是目录。他用手指头数着一算，书中收录了大概七十篇诗歌。政次郎又翻回几页，从序读起。

贤治给自己下了一个定义：

> 所谓"我"这一现象，
> 是假设的有机交流电灯的
> 一盏蓝色照明。

（一切透明幽灵的复合体）

与风景和大众同样

忙忙碌碌时明时灭，

却又真真切切持续发亮的

因果交流电灯的

一盏蓝色照明。

（光芒依旧，电灯消失）

政次郎不由得抬起头。他看看电灯泡的光芒，再一次把目光落在书上。

当然，所谓诗集，全文都是诗歌。换行多，版面留白也多，所以七十首诗一眨眼就读完了。他缓过神才发现，自己没有朗读，而是在默读。或许是担心吵到熟睡的家人，也有可能是诗句让他不由得默读起来。

他翻回序言，开始读第二遍。仍然是一口气读完。内心深处终于火花闪耀，他很清楚，这是和文学带来的感动性质不同的东西，是更加具体，不，是更加世俗的。贤治的人生全部蕴藏其中。

而且，尽管它带着复杂的荫翳，却依靠变成铅字这一行为本身，最终受到了肯定。文学带来的感动，不过是从他人那里得来的，而这种感动，对于政次郎来说，确实源于自身内部的上天宠爱。

到了第三遍，他有了一句一字细细品味的工夫。在他心里留下深刻印象的，首先是《绿色长矛之叶》中的一段：

云层破碎夜又明

天空犹如黄水晶，落下太阳雨

风如雾喷洒，白铁皮之柳

云朵之下柳发白

黄水晶当然是水晶的一种，是黄色透明的物体。所谓水晶，就是到处都有的石英中清晰的结晶。

这是孩提时代"石头娃贤治"最珍贵的收获之一。他和阿敏一起去北上川的岸边，带回来各种各样的石头，爱惜地用黑色包袱裹好上百个放进衣柜里。那个可爱的习惯保持了很长时间。政次郎为了让他整理石头并进行分类，还特意从京都买来了标本箱。这是政次郎能想到的科学教育和社会教育。

一想到这里，相关的记忆立刻复苏了。把儿童筒袖短外套叫作"手"的贤治，和顽皮孩童一起、把丰泽河的芒草地付之一炬的贤治。还记得是政次郎掏钱赔偿了家园被烧毁的河心岛村民，让他们重建家园。

那时候的贤治很健壮，是个爱开玩笑、活泼水灵的孩子。离家上中学之后，他在盛冈开始了寄宿生活，但时不时还在信中提到：

我和朋友去爬岩手山了。

他的底色从未改变。

那座岩手山也成为诗歌的材料。他润色了最早刊登在《岩手每日新闻》上的《外轮山》，又以《东岩手火山》为题作为一首长诗收录在这本书中。政次郎倒是更喜欢仅有四行的《岩手山》全文：

  在天空凌乱无序的反射中
  深剜之处陈旧发黑
  光芒中一系列微尘的底部
  是肮脏泛白的沉淀

  这首诗毫无抵挡地流淌至内心深处。政次郎自己从未登过岩手山。小学毕业之后他立刻开始帮家里做生意，既没有时间也没有朋友。但是，他曾好几次远远地仰望岩手山，因此从物理意义上来说，他知道这首诗是正确的。岩手山确实会在时间和天气条件下时黑时白。讴歌山峦，却用了——陈旧。

  这个词语略微有些不恰当，但这毕竟是贤治写的，大概还是以某些地质学和矿物学的知识为基础的。地质学和矿物学，才是贤治中学毕业后在盛冈高等农林学校学得相当入迷的专业课。

  盛冈高等农林学校毕业后，贤治失去了最爱的妹妹。

  应该说这件事"刚刚"过去一年半，还是应该说这"已经"是一年半之前的事呢？和其他的记忆相比，它还格外鲜明。这件事在整本诗集当中，如同岩手山一般，是孤峰似的山顶。政次郎在翻开这本书之前，就已经隐隐约约地意识到了。

  然而，实际读下来，会发现它比想象的还要突出。这山顶突兀得脱离了岩手山。几乎是：

绝顶。

从数量上来看，有多达八篇诗歌：《永诀的清晨》《松针》《无声的恸哭》《白鸟》《青森挽歌》《鄂霍次克挽歌》《喷火湾（夜曲）》，而且写作手法也很广。《永诀的清晨》《松针》与电影纪录片有五分相似，基于事实展开，而《青森挽歌》和《鄂霍次克挽歌》大概是因为隔了一段时间才写的，因此给人的感觉是以脱离事实的、关于死的思考为目标的。

本来《春天与阿修罗》作为书的题目就是和阿敏有关的，政次郎的这种想法特别强烈。这是因为，从《无声的恸哭》的诗句来看，尤其是"阿修罗"这个词语，表现了贤治不得不在没有阿敏的世上活下去的内心痛苦。在这些诗，不，在这些哀吟中，尤其深深打动政次郎心灵的是《永诀的清晨》。

他想起来了，这是在那个时候写的。

那天晚上，八点三十分。阿敏离世之时，贤治一头扎进壁柜号啕大哭。

不，是咆哮。当藤井医生确定阿敏的死亡，离开之后，贤治突然跑出房间，回到家，把自己关在二楼的房间里。

他直到第二天早晨才出来。这首诗一定是那个时候写的。政次郎不由得咂舌："贤治这家伙。"

他想在诗集中这首诗的页面拍上一巴掌。倘若如此，也就是说贤治没有选择现实中阿敏的遗骸，而是选择了靠近自身内部的幻象。最终，连妹妹的死，对于贤治来说，都仅仅是自己诗作的材料吗？

这种不和谐的感受，在他反复阅读《永诀的清晨》临近结尾的段落时，越来越明显。

> 今天，你是真的要离去
> 啊，那关闭的病房
> 幽暗的屏风和蚊帐里
> 温柔而苍白地燃烧
> 我坚强的妹妹啊
> 无论选择哪一处雪花
> 都纯白无瑕
> 只因这美丽的雪花
> 落自那般可怕的狂乱天空
> （假若我再度出生
> 我不会只为了自己的痛苦而生）

雪花就是当时的"雨夹雪"吧。为了满足阿敏愿望，贤治从院子里盛来了两碗至诚的雨雪，临终之水。

这件事本身是如实记录，问题在于括号里阿敏的话。改写成书面语大概就是："如果我再一次生而为人，我不愿为了自己的痛苦而来到世上。"

这么长的台词，无论怎么看，都不是阿敏想说的话。

政次郎想起来了。反倒是贤治阻碍了阿敏。政次郎准备好卷纸，握好毛笔告诉阿敏："你有什么想说的就说吧。"当时阿敏抬起头，使出浑身的力气想要开口。

这是她把生存过的证据留在世上的最大而且是最后的机会。可是，贤治一把推开了政次郎，在阿敏的耳边不断念诵："南无妙法莲华经。南无妙法莲华经。"

阿敏的头轻飘飘地落在枕上时脸上空虚的表情，至今仍然烙在政次郎的眼皮里。然而贤治竟然捏造遗言，为了自己的作品，抹杀了阿敏本人的意志。

政次郎把书啪地扔在了一边。

他站了起来，因为他想到二楼把贤治轰起来。再说了，以阿敏弥留之际的状态，怎么可能说出如此复杂的漂亮话？

"混蛋！"

他嘭的一屁股坐在地上。

他在灯光形成的圆形屋顶之下，再一次捡起榻榻米上的书，随手翻开。那是"永诀的清晨"的页面。

就连这种小小的偶然性，他都觉得是贤治获得胜利的确凿证据。已经来不及了。这本书已经定好价，出版信息页已经改上印章，送到了东京。

无论政次郎哭天喊地还是大吼大闹，几天之后，或是几十天之后，这本书就会被摆放在书店里，为人所阅读。或许正是因为这个原因，贤治才故意"……没有告诉我"。政次郎嘟哝道。

他可能告诉朋友了。连附近的纳豆店他都通知了，却对家里人隐瞒到底。校稿、选纸、盖章，全都是贤治去印刷厂完成的，没有在家里做。

他可能考虑到,政次郎如果看见,恐怕会横插一刀要求他更改。说不定政次郎已经横插一刀了。反过来说,诗人宫泽贤治哪怕是做到这一步,也想写下这句话。

作为阿敏的台词,作为人类理想的遗言。

不得不承认,他做好了心理准备。

孩提时代喜欢石头,长大后想卖人造宝石。

抱着这种野心的青年,终于在这里创造了语言的人造宝石。

这是任何商人、任何矿物学家都办不到的事。贤治作为诗人,不,作为人来说,实现了毫无遗憾的自立。无论父亲做何感想,无论把妹妹牺牲到何种地步,最后都只剩下一个问题:

能不能卖掉。

估计卖不掉。

这不是内容如何的问题。小地方无名作者的第一部作品,而且还是诗集,怎么可能在江湖上一鸣惊人呢?这世上没有如此轻而易举的事。更何况,贤治既不是帝大毕业生,不是有前科的人,也不是公卿贵族家的公子,更不是欧洲大战的英雄。

也就是说,贤治没有宣传材料。但是,就像政次郎曾对阿一说过的那样,最重要的是迈出第一步这件事本身。迈出了第一步,第二步就会出乎意料地轻松,之后就会如同人力车似的势头迅猛。如果路边的人没有注意到,那就一直跑到他们关注为止。即便是实现宫泽家族复兴的政次郎之父喜助,头一次在市场角落里摆放旧衣服的时候,也一定是这样的心情。

若是如此，那第二步呢？

政次郎把书合上，站起来喃喃自语："会是童话吧。"

这本书里只有诗歌，而且贤治还有另一门技能。虽然不清楚这会是在一年之后，还是两年之后，但是"他一定会这样做"。

政次郎向上伸出手。

他关掉了电灯。他想借着残留的光芒回到卧室，但是又停下了脚，重新打开灯。

他盘坐下来，拿起了书。

读到第三遍，他已经没有了从井里汲水的感觉。读啊读啊，不知读到第几遍的时候，他发现护窗板外射进白色的针来，犹如海胆刺。

不知何时，天已经亮了。政次郎一面担心影响工作，一面却依然弓着背，目光不愿意离开页面。

*

八个月之后，贤治出版了第二本书。

标题是《要求很多的餐馆》，副标题是《伊哈托布童话》，整本书是名副其实的童话集。除了《要求很多的餐馆》，还有《橡子和山猫》《山妖的四月》《月夜的电线桩》等，总共收录了九篇。是一本比上次略薄的书。

与上回一样，贤治给了政次郎一本。

同样地，他在夜深人静的时候独自一人在客厅里读到天亮。早饭后，他对正想上二楼的贤治说："这是本好书。"

贤治回头道："哈哈。"

贤治竟然没有害臊。果然，到了第二本，心里多少有些底了。

"我们在这儿聊聊吧。"

政次郎指指面向中庭的走廊，自己先走过去坐下来。这是星期天，贤治也顺从地跟来了。

贤治在政次郎右边坐下，眺望庭院。政次郎也注视着院子。今年的第一只斑鸠正稳稳地站在松树枝上。它用尖细的喙啄着树干剥下几块树皮来，大概是在找虫子吧。政次郎对恰好过来泡茶的妻子说："哦，阿一，你也坐下。"

阿一给两个人端上茶，按照吩咐在贤治右边端坐下来。政次郎隔着贤治的背，冲着阿一的侧脸说："这回的书很正式哟。虽然是虚构的故事，但并非哄孩子的东西，你也一定要读一读。"

阿一用手掩住嘴巴笑起来，不客气地说："哎哟哎哟，老爷。真是难得呀。你好像以前说过，贤治的文章很平常。"

"那是以前的事了。"

政次郎自己都觉得有些过分较真了："那时我说的是信。我是说阿敏的信写得要好得多。故事不一样。本来就不是候文，句尾用的是敬体，不过很顺畅，越读越带劲。仔细一看，还讲了很多相当复杂的事呢。但是，他能给读者讲明白，因为是教师嘛。"

"是吗？"

这次备感意外地把脸转向政次郎的是贤治。政次郎对贤治说："刚开始的时候你可真是费劲啊。"

贤治脸上露出格外痛苦的表情来。

阿一笑道："哦，你指的是那件事呀。"

三年前，贤治刚刚到稗贯农业学校上班的时候，校长畠山荣一郎曾经突然来访。一问，原来是不断有家长反映，贤治讲的课学生完全听不懂。

据说他是用艰涩难懂的措辞给学生讲解过于高深的内容。

他并非不适应，而是还没有找到配合对方教养程度的感觉。贤治当时对校长说："对不起。我会多加留意的。对不起。"

他低头道了歉。而现在他反而受到了很高的评价，成了全校最能为学生考虑、讲解最清楚的老师。

即使是同样高深的内容，他也不知何时掌握了技巧，可以用恰当的措辞，打着比方，通俗易懂地传授给学生。政次郎接着说："这种技巧直接运用在了文章里，这是我的想法，阿一。"

政次郎停下来，走进了客厅，拿起一本放在佛龛前的《要求很多的餐馆》，回到走廊，说："比如这里。"

政次郎翻到"序"这一页，面朝松树站着开始朗诵，斑鸫飞走了。他自己都觉得声音大得邻居都会听见。

我们的身体，尽管难以支撑，很想吃冰糖，但还是可以咽下干净清新的风，喝下桃红色的清晨阳光。

（中略）我特别希望，这些小故事的某些片段，最终能成为你清新的、真正的食物。

政次郎朗诵着朗诵着，感到自己的声音似乎和从未听过的课堂上的宫泽贤治老师的声音重合在了一起。读完后，他在走廊边坐下，问道："怎么样，贤治？"

"嘿嘿嘿。"

"写得好。"

"嘿嘿嘿。"

贤治的笑声有些暧昧，但是表情泰然自若，脸也没有红。他的眼中有着信心十足的人特有、犹如反射了阳光的玻璃质光泽，射穿了政次郎。

"贤治，当了老师真好。这简直就是你的天职。你果然是当铺的儿子啊。"

"什么？"

贤治脸上的笑容立刻退去，退得犹如关上开关灯光消失一般。也许这太出乎贤治的意料。贤治一下子合拢嘴，慎重地问："老师和当铺有什么关系？"

"这个嘛……"

政次郎表情诙谐，流畅地说："两个不都一样吗？都是以弱小的人为对象的生意。"

贤治的脸色变了。不过，对于政次郎来说，这表情只是擦过了他视野角落而已。他站起来，打了两个哈欠，道："我去散步了。"

然后绕到右边，独自走进了客厅。他要以散步的名义去宫善家附近，心里盘算的是把贤治的书送过去。

这年年末。

贤治因为工作勤奋获得了八十七元的奖励。

这当然不是有损名誉的金额。不过,和去年相比减少了十三元。政次郎问贤治:"这是怎么回事?"

贤治说:"我不干了。"

"什么?"

"我干完这个学年,就从学校辞职。我已经决定了。"

政次郎一句话也接不上。

第九章　过氧化氢

贤治真的从学校辞职了。

只不过，他把这一天推迟了一年。在出版那本《要求很多的餐馆》时，贤治明确告诉政次郎："我就干完这个学年。"

也就是说到第二年三月底，而且他实际上也对畠山荣一郎提出了申请。但是校长着急了："这件事太突然，我找不到代替你的老师。最可怜的是学生啊。"

最后这句话打动了贤治。他决定推迟一年，工作到下一学年，因此离职通知上的日期是大正十五年（1926）三月三十一日。他的在职时间大约为四年零四个月。

离职后的第二天。

也就是四月一日，贤治离开了家。他拎着那个茶色的箱子，搬到了樱之家。

从家出发走路大约十五分钟，伫立在田野中的那栋小小二层建筑。贤治第一次提出，想在那里"一个人生活"，大约就是在《要求很多的餐馆》出版后不久。政次郎当即便说："不行。"

政次郎并不是想把贤治像脚边的狗似的绑在家里不放。是因为不吉利。

樱之家本来就是作为年老的喜助隐居之处而建起来的，他死后变成了阿敏的病房。阿敏在那里病情加重,直到离世八天前,她还仰卧在朝南的起居室里,不吃不喝,高烧不退,再也没能起来。然而,贤治很坚决:"我就这么做,已经决定了。"

政次郎也无从反对。既然已经决定不继承家业,即使是长子,长期与父母生活在一起对彼此也没有好处。政次郎叹了口气,说:"好吧。那就雇个老妈子……"

"不需要。"

"谁做饭?你吗?"

"对。"

"洗衣服你也会做?"

"对。"

贤治的每一个回答都信心十足。政次郎点点头说:"你注意身体。"

政次郎这话说得别有深意,然而不知在贤治听来如何。他轻笑道:"不用担心,爸爸。我怎么着也是农业学校的老师啊,照顾一下田地算什么。"

"应该说,曾经是老师。"

贤治搬走后的第一个星期天。关上店门后,政次郎立刻飞也似的赶了过去。太阳还没有下山,从横亘在西方的奥羽山脉的灰色剪影上空,无力地透过杂木林洒下犹如病人肤色般的光波。这就是北国漫长的白昼。

玄关朝着西边,因此当他绕过去,背对着太阳的时候,发现一个穿白衬衫的人正在沙沙沙地挖土。

"贤治。"

"啊,爸爸。"

穿白衬衫的人抬起头。

贤治直起腰,把铁锹竖在一旁,两手重叠着搭在把手上。额头上是黑乎乎的泥土画出的"一"字,估计是他擦汗的时候留下的痕迹。这简直就是出现在杂志或海报上的健康而典型的农夫形象。

"你在种地吗?"

"对。"

"种什么?"

政次郎这么问,是因为政次郎猜想贤治会种些黄瓜、南瓜之类能吃的东西,没想到贤治却说:"三色堇、木樨草、罂粟。"

"三色堇?"

"我要种些有趣的花,那日本的景色也会改变。"

风吹了过来。

这是傍晚的山风吧。犹如扫光严冬存货的、出乎意料的寒冷袭击了政次郎,他缩起了脖子。在贤治身后,屋子的墙壁咔嗒作响。是固定的地方松了。他听说贤治让木工改建了,但是本来房子就老旧,改也改不完吧。又到冬天的话,一定会有雪从缝里钻进来。

究竟什么是三色堇,什么又是木樨草啊?不都是用来观赏的吗?政次郎终于开了口:"为什么?"

"什么?"

"为什么不在学校干了？"

他自己都觉得滑稽。此前他从来没有问过这个重要的问题。或者说，他没能问出口。

"就是这样。"

贤治回应道，用穿着带橡胶底的崭新短布袜踢了踢刚刚刨松的土，说道："我一直以来都是个纸上谈兵的人。我作为诗人描写生存的痛苦，作为教师激励孩子们做一个'出色的农民'。可是，我自己一点都不了解农民的痛苦。现在我必须让身体来感受。"

"这是假话。"政次郎立刻说道。

贤治问："什么？"

"难道不是因为那个原因吗？"

"那个原因？"

"对啊，有一回……"

政次郎说到这里，短暂地低低头，说道："我有一回不是对你说过吗？教师和当铺一样，都是以弱小的人作为对象的。你是在意这一点……"

"哦，还有这回事啊，我早就忘了。"

"真的？"

"真的。这么说虽然对不住爸爸，但我不可能每件事都去在意啊。而且，我本来就不讨厌教师这份工作，和孩子们玩得很高兴，老实说，到现在我还很留恋。"

贤治脸上笑意盈盈。政次郎在心底里说了声"这样啊"，选择了相信他。

至少，教师的工作让他很充实。这是因为，政次郎在贤治辞职的第二天，和阿一一起去学校拜访，也问候了校长。校名从郡立稗贯农业学校变更为岩手县立花卷农业学校，校长也从大大咧咧的畠山荣一郎换成了勤奋严肃的中野新左久。政次郎是去表达谢意的，感谢他们一直以来对贤治的鞭策。中野校长说："贤治直到最后一天都表现出色。毕业典礼的时候，他听着学生代表伊藤同学的答词，毫无顾忌地流下了眼泪。"

然而这样一来，辞职的理由是什么呢？政次郎其实还能想到一点。他凝视着贤治的眼睛，张口问："是写作吗？"

"什么？"

笑容从贤治的脸上消失了。

"你放弃教师的工作，是因为想把精力集中在写作上，对吧？"

贤治低下头来，用穿着软底短布袜的脚轻轻踢着铁锹尖。政次郎又说："那两百本。卖得相当不好吧？"

贤治好不容易抬起头，一口气说道："评价非常高。"

是啊，评价非常高。最早出版的《春天与阿修罗》，得到了东京的辻润的认可。辻润是德国哲学家麦克斯·施蒂纳的译者，最近是个评论家了。他出版了一个名为高桥新吉的、默默无名的前卫诗人的作品集《达达主义者新吉的诗》，高桥因此一鸣惊人，所以与其说辻润是评论家，不如说他是一种宣传装置。

这个宣传装置在《读卖新闻》这种普通报纸上，给予了《春天与阿修罗》高度的评价：

倘若今夏我要前往阿尔卑斯，即使我忘记查拉图斯特拉，也一定不会忘记带上《春天与阿修罗》。

《查拉图斯特拉如是说》是在全世界享有盛誉的尼采的主要作品，而他把《春天与阿修罗》放在了比前者更高的位置，这已经是能够想到的最高赞美了。

此外，在新潮社发行的诗歌杂志《日本诗人》上，佐藤惣之助下了定论，认为这是"大正十三年最大的收获"，《东京朝日新闻》也将他介绍为活跃的新人。行家都知道《春天与阿修罗》。

然而，仅此而已。接下来，中央的同好杂志并没有来招呼，商业杂志也没有来约稿。寄给北原白秋、高村光太郎、野口米次郎、蒲原有明这些名人的书也都石沉大海。很快，诗坛的话题都转移到下一个内容，《春天与阿修罗》已被遗忘。宫泽贤治没成为高桥新吉。

原因之一是《春天与阿修罗》销量实在太差。这一点也是必然的。诗集、新人、小地方出身，这些负面因素叠加在一起，而且书的出版方关根书店早早就放弃了，把书卖到了二手书店。

把自己的商品处理了——通常出版社是绝对不会干这种事的。不但有损出版社的信誉，还会被人疑为衰败的迹象。当然，关根书店没有给贤治发任何通知。当贤治从曾经的誊写版印刷厂伙伴那里听说此事的时候，大吃一惊。

本乡一带的旧书店一本卖五十钱，而且还堆得像山似的。定价是两元四十钱。贤治立刻写信询问出版社。回信里说并不是把所有的书都批发卖掉了，仓库里还有两百本。

贤治又写信说：

我都取回来，请全部寄给我。

这是因为，如果置之不理，他害怕这些书也会被卖到旧书店。这样还好，说不定还会被烧毁。

政次郎看见的就是这两百本。贤治送朋友，送师弟，送亲戚，但还有富余。也就是说，《春天与阿修罗》在商业上完全失败了。

贤治想到这里，在铁锹柄上猛拍了一巴掌。

已经过去了两年，看来他是相当不情愿。他接着又拍了三四次。政次郎道："不过，首先……"

政次郎想安慰贤治，可是贤治却打断道："第二本《要求很多的餐馆》也是一样，完全不行。它甚至在《红鸟》上做了一页广告，而且还请红鸟做了订货的代理呢。"

"不要悲观啊，贤治。你后来不是还发表了很多稿子吗？"

"全都是同好杂志。"

贤治的口气近乎唾弃。政次郎条件反射般地想：真傲慢。

哪个作家的写作历程不是从同好杂志开始的呢？不就是相当于其他行业的学徒吗？你不是才初出茅庐吗——他想这样说。

但是反过来想，宫泽家是商人之家。人无论从事什么工作，都不要避开金钱这一要素——从小就明里暗里给贤治灌输这一点的就是政次郎自己。在这个方面，贤治无可救药地继承了父亲的做派。

这次让贤治辞职的最大原因，从某个意义上来讲就是政次郎。

"明白了。"

政次郎点点头，向贤治靠近一步说："我什么都不再说了。你喜欢做什么就做什么吧。你一个人在这里安安静静斟酌诗情，创作童话。不会受到社会上的工作和家里人的烦扰……"

"不是。"

"什么？"

"不是的。"

贤治伸出手指摸摸鼻子底下，蹭上了脏兮兮的黑土，然后说："我确实想要把精力集中在创作上。但是，为此我也必须有更为广泛的行动。"

"什么？"

"等生活稳定下来，我还有事要在这里做。"

说完后，贤治的手松开了铁锹柄。铁锹开始缓缓倾斜，啪的一声倒下的时候，贤治已经不在那里了。他走进了屋。再出来的时候，腋下夹着一块杉木板。

杉木板大约有竹剑那么长。他在政次郎面前站定，两只手重新拿好木板，猛地伸到政次郎眼前。

这是一种自豪的姿态。木板上的墨痕还很鲜明，是贤治的字迹，写的是六个字：

罗须地人协会

政次郎皱起了眉头："这是个招牌吗？"

"对。"

"怎么念？"

大概是预料到政次郎会这样问，贤治立刻道："Lashi Chijin。"身后又刮起了风。

太阳已经落到山坳里去了。四周忽然暗了下来。在房子的位置和连贤治的脸都看不清的黑暗当中，唯有墙壁咔嗒咔嗒、咔嗒咔嗒的声响，如同针刺一般冲进政次郎的耳朵。

*

第二个月。

清六回家了。

这意味着当铺要关门了。政次郎在玄关迎接清六的时候，嘴里说着"你回来了"，心里则涌上一股滚烫的热流。

（这一天还是来了啊。）

这个家，在政次郎出生之前本来就是当铺。政次郎小学毕业后，为这个生意奉献了四十多年，也就是人生的大部分时间。一天早晨，他忽然感到心力交瘁，对阿一宣布："够了……我要把当铺关了。"

从那时候起，九年时间已经过去。这是幸福的结尾，还是悲伤的结尾呢？

"你回来了。"

当他又一次打招呼的时候，清六露出了羞涩的神情。至少，今后他不会再被人指指点点说是守财奴了。

然后再问阿一："我这一生如何？"

阿一有点张皇失措，说道："你别问我呀。"

仅此而已。

*

从这一天开始，晚饭变成了四个人吃。

背靠壁龛柱子的上座当然是政次郎的位置，这是不变的惯例。右边一列离他最近的地方，迄今为止一直是贤治的座位，而现在为清六摆上了餐盘。

"清六，坐那儿。"

"是。"

这不是第一次了。贤治上中学，去盛冈住校的时候，清六也是坐在那里。

但是，那是临时的安排。这一次不同，是永久的安排。哪怕贤治来到这个家，哪怕娶妻，也不会再次占据这个继承者的座位了。不过，右侧一列本来也只有清六一个人。

左侧一列是阿一。

她旁边是阿国。这孩子已经二十岁了。阿一早就在说，应该关照关照她了。

这当然是指婚姻大事。老实说，政次郎现在还没工夫考虑这件事。他一边嚼着白米饭，一边对清六说："你打算做什么生意？"

宫泽家将来的命运在此一举。清六大概早已深思熟虑，他流利地回答："东京最近收音机、汽车之类普及势头迅猛。毕竟这是采用了最新技术的东西，尽管价格高昂，公司和有钱人还是会买，而且银行职员也在买。这个潮流一定会影响花卷。但是,毫无准备地出手是很困难的。我在考虑,从钉子、钢丝之类的铁材批发开始做起,如何?"

"铁材?"

"这个也是我在东京听说的。总的来说,收音机和汽车的制造公司以及相应的配件的公司,需要的并不是大量的铁。他们需要的是少量的、经过精密加工的东西。"

"嗯,嗯。"

"这样的话,批发商,也就是我们,事先对这些经过精密加工的东西进行严格的挑选,然后再交货,会是个很大的生意。为此,首先要……"

"有实际业绩,对吧?"

"我是为了这个才想卖铁材的。这是所有机械的根本。"

"好,干吧。"

政次郎之所以当场决定,一方面是因为认可清六的商业才能,更是因为政次郎想起了清六小时候的事。

他是个喜欢摆弄机器的小孩。他悄悄地把昂贵的唱机搬出去,想要把转盘改成反着转动的,结果弄坏了。他还用显微镜长时间观察唱片上刻的沟。清六这个男人的确适合收音机、汽车之类的商品。

"请您多多关照。"

清六埋头鞠躬。这是决定宫泽家前进道路的瞬间。政次郎带劲地往嘴里塞着白米饭,吃完后把碗递给阿一,说道:"我的议员朋友里有建筑公司的社长。他应该也做金属的内部装修器材。我们多向他请教请教。人脉关系我来找，清六，你……"

"我学习商品知识。"

"对。"

"今后我还想卖轮胎和马达呢。毕竟那些……"

"利润高。"

父子俩同时点头。顺顺当当。政次郎心里突然冒出一个念头：我是不是可以退居二线了？

灯还继续亮着，他接过了添好的饭。也许这个座位也到了应该让出去的时候了。他觉得自己终于开始一点点明白离世的父亲喜助的心情了。

不久，隔壁的房子就拆了。那是阿敏迎来生命最后一刻的房子。

放在里面的旧衣服等当品全都被搬了出来，平成了空地，在上面重新建了一栋二层楼房。

这是清六的城堡，挂起了招牌。商店的名号也很时髦——宫泽商会。

从面对马路的入口一进去就是宽敞的三合土地面，那里已经满满当当地堆上了装着钉子、铁丝之类东西的木箱子。他们一边向各处建筑工地、工厂等地批发这些利润很薄的小东西，一边等待大买卖的时机。木箱子前面，是装灰泥和水泥的口袋，这是为了处世而不情不愿进的货。开商店总是会有这种事情吧。

政次郎觉得很可笑。他站在三合土的正中间，环视着木箱子堆成的山，苦笑道："真不愧是兄弟俩啊。"

清六在一旁问："这话是什么意思呀？"

"我呀，是想起了贤治。他以前不是非要卖人造宝石嘛，你现在……"

"卖铁制品。也就是说……"

"人造矿物。"

两个人异口同声地说道，悄声笑了。

＊

此后清六的工作状态，在政次郎看来都觉得相当出色。

他仍然听政次郎的话，对客户态度谦恭，说话周到圆滑。但是该发表的意见也会说得一清二楚。他本人也感到如鱼得水吧。

（是不是该关照关照……阿国的事了？）

政次郎现在有了闲心。话虽如此，可清六时不时会在工作的时间对阿一或阿国说声"我出去一下"，就消失无踪了。

这就是罢工。政次郎现在依然基本上是当铺老板，从不离开当铺，所以发现得晚了。

有一天，他偶然上街，看见清六正要迈出商会的门，于是问道："你去哪儿？"

清六停下脚步，回头说："我去樱之家。是哥哥叫我去的。"

"贤治叫你去？"

"哥哥说今天晚上召集了农业学校的毕业生，要举办一个唱片音乐会，让我照管唱机。"

"啊？"

估计是那个什么"Lashi"的活动吧。政次郎叹口气："你们一个个真够可以的。"

清六正处于最重要的阶段。一点不了解家里的情况，孩子气地随随便便把清六叫走的贤治不对，高高兴兴应承下来的清六也不对。

"你也真是的。"

"对不起，爸爸。"

清六虽然面露难色，但是依然转身就走了。本来他就是个听哥哥话的孩子，还喜欢唱机。而且，还有更重要的原因。

政次郎注视着清六的背影想：那是什么呢？为什么清六会如此着急地赶到贤治身边？

第二天晚上。政次郎邀请清六晚上喝一杯。

清六答应了。在客厅里悬挂的灯泡下，政次郎给清六咕嘟咕嘟斟上一杯，问道："最近……在做什么？"

"我吗？"

"不是，我是说贤治。"

清六倒是挺快活："在写稿子呢。"

"除此之外呢？"

"开垦。"

"开……开垦？"

政次郎把酒壶放下。清六点点头说：

"他说要把附近的竹林砍了当作农田。他浑身都是蚊子叮的包，还有割伤。"

"啊？"

"毕竟要把整个身体都钻进竹叶子里去。估计抹了碘酒吧。"

"然后晚上听唱片？"

下酒菜是大酱和煮田螺。田螺是清六喜欢的食物。清六夹了一筷子放进嘴里，说："对，对。房子西侧玄关旁边有一个突出的铺着木板的房间。昨天聚了五个人。"

"他想当音乐家？"

"不是不是。哥哥想把巴赫和贝多芬的节奏引入诗歌里。"

"还搞其他什么活动呀？"

"他举办读书会，把附近的孩子们聚在一起给他们念童话。还有……"

"还有？"

"哥哥自己给他们拉大提琴。"

"是吗？"

政次郎闭上了嘴。换作以前，他一定会把这归为不务正业，但是现在他懂得了贤治的意愿。"Lashi"什么的，不，罗须地人协会这些活动的所有河流都会朝着语言的大海奔流而去。

这样一来，他也就明白了清六如此慌忙地赶到贤治身边的原因。樱之家之于清六，也就是讲习会之于政次郎。

那是很早以前的事情了。政次郎每年到了暑假也会在大泽温泉举办佛教的讲习会。大概举行了十四五次吧。他自身也认为花费了太多精力和金钱，但是现在回想起来，那正是世俗的商人憧憬学问世界、脱俗世界的证明。

或许清六也是同样。他通过为罗须地人协会，为宫泽贤治这个诗人服务，不，是奉献，来触摸脱俗的断片，实现心中的憧憬。但是，既然如此，贤治难道不该更加堂堂正正？

至少并非不务正业，无须仰世俗之鼻息。

（需要钱来找我要啊。）

政次郎一边想一边问清六："贤治平时吃什么？"

清六又往嘴里放些煮田螺，说：

"我看见的是……汤泡冷饭。"

"菜呢？"

"腌萝卜。不切，就这样。"

清六放下筷子，单手拿起一个棒状的东西，做了一个像狗那样用大牙咀嚼的姿势。政次郎黯然："瘦了吧？"

"可能是吧。"

清六的回答模棱两可。估计是瘦了。政次郎就像说给自己听似的："唉，当老师的时候存下的钱大概还有一些吧。"

"……"

"清六。"

"嗯。"

"你下次去的时候……"

"什么？"

"你下次去的时候，送些钱和米去。"

政次郎想说这话，但又闭上了嘴。多管闲事。就算是送去了，贤治也一定不会要。

总之，贤治太较真了。因为太较真，所以才会为了诗歌，连诗歌以外的事情都做。贤治主动从事严酷的肉体劳动，深入尝试各种艺术。如果身心为此遭受逼迫，贤治倒是连穷途末路都欢迎。

政次郎明白贤治的那种心意。父亲不能一一为他考虑周全，更不应该造访。在贤治自身选择的前进道路上，我就是个障碍。

尽管如此，"问题是冬天啊。"政次郎嘟哝道。

清六大概也担心这个问题："是啊。"

他放下了杯子，不再继续喝酒了。

*

夏天来了。

夏天过去，秋天来了。附近的人也早已不在背后议论贤治。

十一月初的一个下午，院子里传来阿一的声音："呀！下雪了呢，老爷。"

政次郎是在当铺的账房里听到的。

这是今年的第一场雪。这是深深感到束手无策的一瞬间，年年如此。今年尤其沮丧。

当天晚上，政次郎照例和清六喝一杯。这一天阿一干完了洗洗刷刷的活儿，也陪他们喝。室外一片静谧。大概下得小，住在这里的人不需要特意走到外面，一听就知道是不是在下雪。

阿一没有插嘴。

她给丈夫和儿子斟酒。不过，等他们刚聊完商会的工作，阿一就叫道："清六。"

"妈妈，什么事？"

"昨天你去樱之家了吧？"

"对。"

"贤治情况如何？"

"挺好的。"

清六当即回答。阿一一听神采飞扬，说道："好啊，好啊。"

"因为哥哥在抽烟呢。他以前都不抽烟的，一定是因为身体状况好……"

"抽烟？"

"你说抽烟？"

阿一和政次郎同时变了脸色。

清六或许感到十分突然吧。清六一会儿看看母亲，一会儿看看父亲，问道："什么？什么？怎么回事？"

政次郎没有回答。

他看着阿一。阿一脸色煞白。他觉得自己一定也是一样。

*

第二天早上，政次郎赶到了樱之家。他临时关了当铺。到了樱之家，他的手刚碰到玄关大门，门就哗啦一声痛快地滑到一边。当铺家的儿子，居然不锁门。

政次郎脱掉草鞋。

他踩到横木上,进了走廊。护窗板关着,因此屋子里基本上是黑漆漆的。不过屋子的墙壁似乎还是有缝隙。五六条令人炫目的光线如同割伤似的从缝隙里透进来。风一吹屋子就咔啦作响,和原来一样。

走廊是湿的,大概是漏进来的雪融化了。若是进入深冬,哪里还会融化呀,会像铺了层白布似的。

政次郎不由得咂舌,然后上了二楼。

二楼只有一个房间。他打开拉门,一步就迈了进去。左手面前是一台风琴,里面立着书箱子,风琴右边是一扇玻璃窗,正对着门。

因为没有护窗板,清晨的阳光肆意地照进来,宛如天堂。对着玻璃窗的是一张写字桌,贤治背对着门,正趴在桌子上睡觉。

他的腿脚还在榻榻米上保持着跪坐的姿势。大概他昨晚熬夜写诗到很晚。政次郎蹑手蹑脚靠近他,拍拍他的肩膀。

贤治无精打采地抬起身子,转过来:"哦……爸爸。"

语气生硬而呆板,也许他睡得很沉。他胡子拉碴邋里邋遢,依然遮掩不住高耸的颧骨和它投下的阴影。

"你,果然……"

政次郎的视线并不在贤治身上。

贤治终于意识到他在看什么了,连忙慌张地用手拢起桌上的二十来张稿纸。然后,试图用它盖住右边一个陶制的绿色烟灰缸。

反而弄巧成拙。

这叠纸嘭的一声碰到烟灰缸侧面,把它撞落在地上。伴随着咕咚咕咚的闷响,剪成新月形状的指甲、白色烟灰和几根折成L形的烟卷蒂散落在榻榻米上。

贤治用手拼命把它们围拢,嘴里说:"我,我不再这么做了。躺着吸烟不好,容易发生火灾。我必须注意,说到火灾,我小时候……"

"你别糊弄我!"

"没有,那个……"

"复发了吧?"

贤治停下了手。

就此一动不动。他如同刚刚展示完技巧的器械体操选手,肩膀上下起伏地喘息着。那呼吸声明显掺杂着刺啦刺啦的杂音,如同沙粒摩擦。

结核菌——害怕尼古丁。

这是社会上的一般说法。至少从未听说过这有医学根据。但是,这个社会上的一般说法却极其理所当然地在世间流行,杂志上还报道过,说真的有人——病好了。

毕竟,听说尼古丁这东西,哪怕是从烟叶里提取出一滴浓缩液,也是能杀死虫子的毒药。因此和香烟的烟气一起进入体内的话,细菌之类的还是可以杀死吧——就是这样的推理。

在宫泽家,阿敏在世时,也曾经有一个从宫善家来的男仆劝她吸烟,阿一有一段时间也为了预防而吸过。不过,她吸的不是纸制烟卷,而是塞在烟管里的烟丝。总之,即便在宫泽家,结核病和尼古丁的印象也早就难以分离。大概是因为清六当时住在盛冈，所以才不知情。

"你去请医生看过了吗？"政次郎问道。

贤治一言不发。

"没去吧？"

"……"

"到底如何？"

政次郎就像贤治还是个孩子一般质问道。贤治终于抬起头来："最……最近，太忙了……"

"跟我来。"

政次郎拽着他的手，强行把他拉起来。手是滚烫的，小臂出乎意料地结实，大概是因为劳动生活锻炼的。如果贤治想抵抗，也是可以抵抗的，但是他完全顺从。

他毫无抵抗地下了楼，沿着走廊向前走，走出玄关来到屋外。

政次郎把他领去见了那位藤井谦藏医生。尽管还没有到开门时间，但是医生痛快地给他看了诊。

"不是结核。"医生把听诊器从耳朵上取下来，充满好意地告诉他们。

政次郎说："啊？医生……"

"你放心吧。最近突然天气转冷，可能只是感冒而已。"

"可实际上……"

"您担心也是情有可原的。总的来说，结核这种病是来去不由人的。有时候咳嗽和发烧很严重，却没有发现病菌。可是，有时候一眼看上去似乎是痊愈了，结果病菌还存在于病灶里，几年之后，或是几十年之后又再次增殖。"

说的都是人不愿意听到的……政次郎皱着眉头问:"'总的来说'就算了,贤治到底是哪一种呢?"

"我不是说了吗?不是结核。"

"我是说以后。"

"不知道。"

"这怎么能行?"

政次郎发完脾气,拉着贤治的手走出了医院。

"镇子上的医生,找了也白搭。"

他请车站附近的大医院、花卷公立医院内科主任佐藤长松博士给贤治看了病。博士给出的诊断也一样——不是结核,将来如何也不知道。

政次郎道:"我是町议会议员宫泽政次郎,我想做彻底检查。"

贤治在那里住了四天院。没有查出结核菌。

接下来如同滚下了陡坡。

贤治又开始在樱之家独自生活。政次郎不再交给清六办理,而是亲自去了一趟:"你赶紧搬回来吧,在家里休息。"

"我绝对不愿意。"

政次郎不得不让步。他不可能给贤治脖子上拴根绳子拖走,而且,首先他也不愿意折断贤治辞藻的翅膀。他想尽量让贤治安心。

剩下的期待是,如果就是得了两三次感冒……

他想得太美了，病名有无已经毫无关系了。高烧不退，呼吸时气喘不止，喉咙细得如同枯枝，喉结就像蔷薇刺似的凸起——和阿敏相同的模样。

罗须地人协会的活动，贤治还在继续组织。不过内容发生了变化，唱片音乐会、读书会、童话朗读之类艺术领域的活动消失了踪影，取而代之的是农业活动。

贤治自己担任讲师，开了土壤学纲要、植物生理纲要等讲座。

听众主要是同辈的朋友和农业学校的毕业生，因为人情交往的气氛很浓，所以并没有形成盛况。他还举办过种苗的交换活动，但是结果似乎一样。

不过，当他在花卷向北大约十公里，同为稗贯郡属地的石鸟谷町租借政府的房子开设肥料咨询所的时候，人们蜂拥而至。来的既不是他的朋友，也不是农业学校的毕业生，而是实际在土地上辛勤耕种的农民。

这些农民叫贤治——宫泽老师。

因为客人太多，所以清六和阿国也去帮忙。他们帮忙维持排队秩序，在路边铺上竹席供人排队时使用。

这些农民几乎都是文盲。贤治挨个倾听每一个人的诉说，给农民提供建议。从掺入石灰改善土壤状况，到如何观测天气、如何通风和给排水的方法。

"你看不懂也没关系，拿到肥料店给他们看就行。"

贤治一边说，一边递给他们写好的肥料设计表。举办几次活动后，设计表超过了两千份。因此，贤治顾不上自己的农活，自己越来越缺乏营养。因为咨询是免费的，所以他也没有能力购买需要的东西。

"他在写诗歌、童话吗？"一天晚上，政次郎问清六。

最近，一提到贤治，清六也开始神色凝重。这时候清六低声说："在写。"

"有地方发表吗？"

"好像没有。"

走投无路了。

大概贤治也这样认为吧。有一天，贤治突然回到家里说："爸爸，我要去趟东京。"

他坐上火车走了。

在东京，他似乎格外活跃。他去商业的图书馆看书，参观农业试验场。有时候还移步筑地小剧场，这或许是因为他想通过新剧学习现代最新的故事创作技巧吧。

带稿子给出版社了吗？

政次郎挂念的是这件事，他带没带稿子去啊？

最后，他不到一个月就回来了。据说，他高烧不退，咳嗽不止，因此借宿地的房东强行把他送上了火车。

"我回来了。"

贤治一边说，一边从花卷站的检票口走出来。他脚步踉跄，犹如烂醉之人。政次郎直接把他又一次领到了花卷公立医院，请佐藤博士给他拍了 X 光片。

博士这回一看片子，立刻宣布了病名："你们看看这里，还有这里。左右都有淡淡的阴影，这就是病灶。病名是双侧肺浸润。"

按照博士如实的解释，所谓浸润，指的是病菌侵入了这个位置，贤治最有可能感染的病菌当然是结核菌。想不到还有其他什么病菌了。

"也就是肺结核？"政次郎问道。

"痰液检查里没有发现，所以还说不清楚，但是……"

"但是什么？"

"总之，基本上就能断定是肺结核了。农活可是干不了了，要好好休养。"

贤治连眉头都没有皱一下，他的身体感受或许早就告诉他了。

站在一旁的政次郎看着他，浑身起鸡皮疙瘩。

从医院回家的时候，政次郎说："不要再去樱之家了。"

贤治这次已经不再拒绝，也不再说"我绝对不愿意"了。

他在政次郎的家里卧床休息，病房就在主屋里，是厨房背后，隔了一条走廊的房子二层。

这是一个十三平方米的日式房间。本来只是偶然空出的一间房子，结果却成了最适合病人的环境。不临路，因此安安静静，朝南还有能俯视中庭的玻璃窗。那时候是九月末，白天的太阳还有些许温暖。

贤治没有康复，进入十月，再进入十一月，初冬冷不丁变成了严冬。这座房子当然不会隔着墙壁漏雪，但风还是会从缝隙里钻进来，所以在窗户前立了一个屏风。

房间角落里放了一个老式的炉子。炉子是铁打的,是三条腿的立式筒状,下方的小屉可以放柴火除灰。

白天放柴火是阿一的工作。因为放得太多,所以贤治很热,他仰卧在被窝里说:"妈妈,花卷可变不成帕劳哟。"

这是典型的贤治式玩笑话。这种时候,阿一必然会伸手掩嘴,放声大笑。

他越来越衰弱。政次郎紧紧闭上眼睛,心想,他已经瘦无可瘦了。

然而,第二天,政次郎会发现贤治的脸颊更瘦削了。这种情况一遍又一遍不断重复。剧烈的咳嗽一旦开始就会持续五分钟甚至十分钟之久。痰液总是带血,不,几乎全是血。

然而,或许是因为发烧的缘故,他的肌肤却是鲜艳的桃红色。因此,当农业学校任职时教过的学生们偶尔来看他的时候,会发自内心地说:"宫泽老师,你看上去气色挺好的,我们就放心了。"

这也一定是因为贤治本来就付出了巨大的努力。贤治每次和人见面时,都会擦干汗水,换好衣服,在被褥跪坐上好几十分钟。政次郎总是在略远的地方等候,内心却十分焦躁:你们赶快回去吧。

每次政次郎提议说:"暂时谢绝会面如何?"

贤治都会躺在被子底下,挣扎着说:

"我要见,每个人都要见。"

政次郎不知何时成了贤治的私人秘书。

当铺已经彻底关门。这和贤治的病并无关系,是因为清六已经完全可以独当一面了。清六顺利拓展了商会的业绩，也开始着手开展曾经作为目标的汽车零件销售。政次郎就算想帮忙，除了简单的记账工作，也什么忙都帮不上了。

他还辞去了町议会议员的职务。从某个意义上来讲，这就是他期盼已久的退居二线的生活吧。

他就此开始了照顾病人的生活。有时候他一整天都不离开病房。一天晚上，贤治高烧超过四十度，这不是经常出现的情况。听见贤治不停叫冷，政次郎说："好了好了，放心吧，我会一晚上都给炉子添柴的。"

贤治仰卧着，很吃惊，气喘吁吁地说："爸爸，要这样您会把身体搞垮的。"

"不要紧的。"

"可是……"

"你忘了吗？那个时候不是也没问题吗？"他微笑着对贤治说。

贤治大概也明白什么是"那个时候"，不好意思地答应："好。"

到了半夜。已经是第二天了吧。贤治打着盹儿。

政次郎在贤治身旁跪坐着。他没有一丝困意。他伸出手轻轻碰碰搭在贤治额头上的白毛巾，烫得就像要冒热气。

政次郎把毛巾取下来，浸泡在枕边的铜盆里，水也变温了。他两手捧着盆子，下楼走到中庭。

这一天也在下雪，他抬头仰望，白色的碎片从彤云密布的天空无穷无尽地落下，来势汹汹却宁静无比。

雪量大得似乎可以压弯山脉，政次郎吐出一口白气，低下头把水倒在松树根部。

他又把盆子里盛满雪回到房间，雪立刻就融化了。他再次把毛巾浸泡在盆里，使劲拧干，搭在贤治额头上。

大概是太凉了，贤治呻吟着从枕头上抬起头来，微微睁开眼。政次郎跪坐着探出身体，说："好了好了，乖孩子，你什么都不用担心。"他用温柔而自然而然的口吻说。贤治眨巴两三下眼睛，用细如蚊蝇的声音说："谢谢。"

"谢什么，就这点小事。"

"那时候也是这样啊，九岁的时候。"

"七岁。"

"是吗？"

"嗯，没错。因为正好在你上小学的前一年。"

政次郎说完这话，就像刚想起来似的问："要给你放块魔芋吗？"

"哈哈哈。"

贤治用发干的嗓音笑道，看来这件事贤治记得很清楚，要不就是假装还记得。

无论怎么样，那都是大约三十年前的事了。七岁的贤治因为痢疾住进了医院，政次郎为了照顾他，把当铺交给喜助，还不顾医生反对，待在病房里彻夜照料他。用开水加热魔芋，用布裹起来塞进被窝里。这种原始的加温疗法，现在还有人用吗？

"那时候是夏天，可热了。"

政次郎说得兴奋起来，可贤治的脸上立刻阴云密布："对不起。"

"什么事?"

"就因为这个,爸爸才得了肠炎,到现在都没好,吃东西也……"

"你说什么呢。我可从来没在意过。"

"回想起来,我总是在生病啊。痢疾好了,中学的时候又被怀疑是伤寒,高农时期又得了胸膜炎……"

"热海如何?"

"什么?"

"我们试试去热海一带疗养如何?"

政次郎之所以如此提议,是为了将贤治的心思从过去拉到现在,再从现在引向将来。与其一个个列举病史,还不如数大米粒有眼力。

贤治的头左右微微晃动了一下,一定是在摇头。

本来政次郎就不是非要换地方疗养,阿敏没有办到的事,贤治是不可能做的。儿子和父亲就此沉默了。

啪嚓,啪嚓。

炉子里的柴火发出了爆裂声,除此之外一片静谧。过了片刻,这回政次郎又道:"对不起啊。"

"怎么了?"

"你中学毕业的时候,说还想继续读书,我毫不犹豫地对你说'不行,开当铺不需要学问'。那时候要是同意你升学,你就更……"

"您千万不要这么说！"

贤治凝视着天花板，用老人似的声音说道："虽然晚了一年，可您最后还是同意我去上高等农林学校了呀。我在那里学到了物理、化学和地学的词语，正因为这样……"

说到这里，剧烈的咳嗽袭击了他。贤治猛地坐起身，猛吸了一口气，炮声从他喉咙里不断发出。"贤治！"政次郎慌忙拿起一张崭新的漂白布掩住他的嘴，但是晚了，一瞬间白色的被子就像飞过了雁群一般，留下了一串 V 字形的红点。

炮声还没有停。仿佛把肺里的空气全都挤了出来，但仍然没有吸气的空闲。贤治夺过漂白布，紧紧地捂住嘴。

"坚持一下，贤治，坚持！"

政次郎除了鼓励，已经没有其他可做的工作了。即使鼓励，也一点缓解不了贤治的痛苦，病情更不可能好转。语言竟然如此无力。

过了长得如同永永远远的时间之后，贤治终于停止了咳嗽。这次似乎还算是持续时间短，贤治无力地蜷缩着脊背躺下来，就像在铺一张纸。

他的头轻飘飘地落在枕头上，眼窝噙泪，眼珠仿佛要蹦出来似的凝视着政次郎，说道："是啊，我的诗歌和童话，和任何人写的都不一样。"

"傻瓜，贤治，不要再想了，赶快睡觉！"政次郎用漂白布帮他擦掉嘴角的血，说道。

可贤治不听："所以，我搞错了。"

"别说了。"

"才出版了仅仅两本书,我就以为自己是有才华的,放弃了教师的工作,后来也没有把精力集中在诗集上……给爸爸……找麻烦……"

"还可以出呢,出好多本。"

"不行。这是我傲慢的报应。"

"人都是傲慢的。"

"我再也不能写了。"

他语气爽快,甚至满是骄傲。政次郎怒火中烧,把漂白布揉成一团捏在右手,拍打起贤治的脸颊来。

"你别太任性!"

"什么?"

贤治眨眨眼睛。政次郎又拍了两三次,露出了严父的表情来:

"为了过去后悔不已,没有桌子就不能写东西,你宫泽贤治就是这种水平的作家吗?这种程度就想放弃了?傻瓜!傻瓜!"

但政次郎内心却恨自己,何苦做到这个份上?

可是政次郎无可奈何。政次郎嘴不停,手也不停。所谓父亲的工作,就是哪怕到了这种时刻,仍然要促成儿子的成长,无论当一个什么样的恶人。

"如果你真是个诗人,在后悔之中,在老病之中,都能够发现新的诗歌种子。会一遍又一遍提笔写作。人啊,就算是躺着也要朝着前方。"

贤治睁大了眼睛。

尽管只是微微动了一下眼睑，但他的双眼确实多了几分光芒。

他用明亮的眼睛看向墙角，在炉子的对面，左脚前方，放着那个帆布箱子。

里面不仅放着写好的诗歌和童话草稿，应该还有大量尚未使用的纸张。他自言自语道："对啊。对啊。"

贤治的声音有了底气。

在贤治双眼的光芒中，政次郎忽然想起了贤治的孩提时代。小学放学回家后，把书包扔在玄关，就和阿敏一起去北上河的岸边玩耍。当时他那"我去去就回"的声音，完全就是精力的滥用，那是任性和可爱表里一体的时期。政次郎终于放松下来："对不起。"

政次郎把漂白布放在一边，用手背轻轻抚摸贤治的脸颊。

胡子拉碴很粗糙。贤治微笑着一遍又一遍说道："谢谢。"

"好了，睡觉吧。这样对身体不好。"

"我睡不着。"

"那我给你唱歌吧。"

这句话说得十分自然。贤治问："什么？"

"我给你唱歌。"

政次郎把手伸向被子，把被子略微下拉，露出贤治穿衬衫的胸脯来，然后把手掌搭在上面。

犹如哄孩子睡觉似的，政次郎一边轻拍，一边唱道：

萤火虫　　萤火虫

那边的水可不好喝

　　这边的水香甜可口

　　白天躲在草叶露珠下

　　晚上高举亮闪闪灯笼

　　萤火虫　萤火虫

　　这边这边快来哟

　　唱着唱着，贤治睡着了，发出了轻轻的鼻息声。细想来，给童话作家唱儿歌，也真是件稀罕事啊。

　　政次郎继续唱了一会儿儿歌，继续拍了一会儿他的胸脯。

　　雪下个不停，夜晚的宁静加深了。

　　贤治在接下来的日子里也直奔阿敏走过的路。

　　半个月之后，他每隔两三分钟就会叫"爸爸"，说他口渴。皮肤也呈现出浑浊的紫罗兰色。浑身的关节恐怕都在发痛，略微活动身体就紧闭眼睛，表情扭曲。那扭曲的模样，甚至是眉头间的皱纹都与十年前的妹妹一模一样。

　　一旦开始咳嗽，就会咳上两个半小时，令政次郎无法正视。他隔着玻璃窗喊道："停下来，阿敏。别叫你哥哥去。"

　　唯一不同的，是他枕边放着笔筒。

　　这是阿敏不曾有的。笔筒里放着不同颜色的四五支铅笔。笔头都很尖，这当然是因为哪怕略秃一点，政次郎都会用刀把它削好。

贤治也有心情舒畅的时候。体温略降，不咳嗽，可以顺畅呼吸的短暂时刻。贤治会缓缓撑起身体，跪坐在被褥上，膝盖上放着一本巴掌大的皮革制的黑色笔记本。

也许他已经无法用手拿稿纸了，笔记本打开后正好两个巴掌大。本来是从左侧翻起的西式本子，但是贤治按照日式从右翻开，也就是从反面的封面写起。或许是因为他想竖着写字。政次郎担心打断他的思路，所以每到这种时候就蹑手蹑脚地走出房间。但依然时不时会看看他写了什么。几乎都是竖写的日语，有古文诗歌，也引用了其他人的俳句。不过说实话很难辨认。因为每一个字都变形了，横竖笔画都歪歪扭扭，尤其是平假名，潦草得就像蚯蚓爬。

或许是因为他无法握稳铅笔的缘故。有一天，他用片假名写了诗。片假名字形简单，略微变形也能辨认。政次郎扫了一眼，认出是：

不认输。

不认输。

不能认输。

政次郎理解为贤治表达了他不向疾病认输的决心，但究竟如何呢？贤治花费了好多天时间，几乎把最后一页都写满的时候，他"啪"地合上笔记本，唤道："爸爸。"

"什么事？"

"请把清六叫来。"

"好的。"

政次郎去隔壁房子,清六不在。大概是去见客户了。政次郎猜想,大概是这一天贤治又想听唱片了吧。

贤治常常在想听西洋音乐的时候把清六叫来。设置唱机,安装竹针,再到操作转盘,他全都让清六做。当然这些政次郎也会,可是贤治说声音不一样。

不过,清六当天回家后就来了病房。

"哥哥,今天听什么?巴赫?勃拉姆斯?"

贤治坐着,缓缓摇头,从被窝里伸出手来,指指左脚前方。

在房间角落里,放着那个箱子。清六看看它,问:"它怎么了?"

"给你。"

"什么?"

清六看着贤治,脸上的笑容消失了,他当然清清楚楚地知道箱子里装着什么。贤治淡淡地说:"无论什么样的小出版社都可以,只要有地方愿意出版,你就把它出了。这个也是。"

贤治把笔记本交给清六。

清六连忙靠近贤治接过来。或许清六有所顾忌,所以没有打开看。

"你要好好保管。"

"嗯,嗯。"

"如果没有一个地方愿意理睬……"

贤治说到这儿,像个木偶似的,胸脯以下没有动,只把脑袋转向政次郎:"到时候,就是梦幻的结束。爸爸,请您帮我都处理了。"

也就是说，贤治这时候把成功托付给了弟弟，把失败托付给了父亲。

在此之后，贤治再也不能起身。

他躺着咳嗽，不再握笔，不再听唱片，也不再抱怨冷或者热。有时候就像忽然想起来似的叫"爸爸"。

"什么事？"

"麻烦您，水。"

当他如此要求的时候，政次郎就绕到脑袋边，把双手插进他的背后，轻轻把他推起来，再把鸭嘴壶的长嘴靠在他嘴唇上。

除此之外没有其他可做之事。

政次郎几乎一整天都在病房里待着，凝视着贤治的脸。爱子的脸，胡子拉碴，颧骨高耸，可是耳垂却白净饱满。他凝视着，如同这是他的义务。从某个意义上讲，这样的日子很安稳。

已经没有人再来探病了。该来的人都已经来过了。而且大家也许都互相告知——最好不要去，会影响病人休息。贤治就像刚出生的时候一样，再一次成为只属于家人的贤治。

然而，一天晚上七点左右，阿国拉开了病房的拉门，说道："有客人。"

"什么？"

"有客人，来找哥哥的。"

这一天，阿一也陪在枕边。她皱眉说："找清六的？"

"不是。"

"找贤治的?"

"对。"

"谁啊?"

"这个嘛……"

阿国跪在走廊里,歪歪脑袋说:"好久以前,哥哥不是在石鸟谷町开过肥料咨询所吗?那个人说哥哥去过那里。他每年都严格按照哥哥给的肥料设计表施肥,可是不知道今年怎么回事,发生了稻热病,所以他想重新请教哥哥。"

"不行。"

立刻表示拒绝的是政次郎。

"我们哪里还顾得上这种事啊,你让他自己动脑子想想……"

"爸爸。"就在政次郎发声阻拦的时候,贤治抬起了头。他把身体向左倾倒,开始用手把上半身撑起来。

"贤治!"

"妈妈,请帮我换衣服。麻烦您了。"

不知道那股力量是残留在哪里,贤治用两腿站在了被褥上。电灯看上去就快撞到他的脑袋,政次郎吃了一惊,没想到他个子这么高。

阿一帮他擦掉汗,给他穿上碎白点花布和服。在这个过程中,他一动也不动,凝视着虚空的一点,脸颊泛着红晕。

不过,他向拉门刚迈出一步,立刻就显现出他的脚步轻飘飘的,似乎连豆腐都踩不烂,下楼梯也危险。

"来。"

政次郎先向下走了两个台阶,然后转过身把手伸向贤治。

贤治毫不犹豫,他抓住父亲的手当拐杖,蹒跚而仔细地把脚放下去。他穿过两栋房子之间的回廊,进入主屋,径直穿过走廊就是玄关了。就在那里的三合土地面上,站着一个衣服和头发都布满尘土、晒得黑黢黢的男人。他身上脏得政次郎刚看上一眼就忍不住皱起眉头。

苍蝇在男人头上盘旋。

从他脸上的皱纹来看,他应该也就五十岁上下,但是弓腰驼背,看上去就像七十岁。贤治跪坐在铺了木板的房间,仰头道:"怎么了?"

"是这样……"

男人开始讲述,政次郎在贤治身后听着,忍不住咂舌好几回。从他说话的状态中几乎感受不到智慧。词语匮乏,讲解啰唆,主语总是自己,同样的事情他能不知疲倦地反复讲很多遍,而且口音很重,重得政次郎都难以听懂。

他注意不到贤治的脸色吗?

贤治把背脊挺得笔直,坚持跪坐着不断附和:"嗯。嗯。"

政次郎听见阿一在耳边好几次悄声说:"老爷,已经到极限了,您去管管吧。"

每次政次郎都想走到前面去,可最后还是没有行动。因为贤治的背影太真挚了。

政次郎觉得贤治是回光返照。他们聊了长达一个小时,那位百姓也没有征求意见,露出泡了个澡似的表情说:"老师,谢谢您。"

他鞠了个躬就离开了。

既没有留下礼金也没有留下礼物,不知道他到底是为了什么而来。门一关上,贤治的脊背就沉重地缩小,矮了一截,快要向右倾倒。政次郎从身后把手伸进贤治右侧腋下。

清六扶住了左边,贤治工作结束回家了。两个人喊着拍子把贤治扶起来站住,贤治的脚尖无力地搭在地上,脑袋也摇摇晃晃。

"走吧。"

贤治当然无法独自上楼。两个人把他抱上了二楼。一进房间,他目光暗淡地看看四周,问道:"这是我的房间吗?"

"对啊,哥哥。"

"今天晚上电灯真暗啊。"

亮度和平时相同。清六心里暗想——糟了。

清六给政次郎使了个颜色。清六一边帮贤治躺下,一边说:"哥哥,今天晚上我也在这里睡,怎么样?"

贤治在枕头上微微点点头,清六在他旁边铺上了自己的被褥。

政次郎没有反对清六,对阿一和阿国说:"那我们回主屋去吧。晚安,清六。"

"晚安。"

"晚安,贤治。"

贤治已经睡着了。

这天晚上的静谧,实在是久违。平常,贤治必定会在半夜里剧烈地咳嗽一两次,声音甚至会传到主屋。政次郎沉沉睡去,没想到第二天竟然起晚了，连他自己都愣住了。也许他的疲劳程度远远超过自己的想象。

清六已经准备出门工作了，他的脸色没有丝毫疲惫的神情，正打算去隔壁。政次郎叫住他问道："贤治呢？"

清六把手指竖在嘴唇前面，夸张地说："嘘——"然后补充道："正睡得香呢。"

政次郎心情舒畅，感到心里的一块石头落地了。他和阿一、阿国一起吃饭，在空饭碗里倒了一碗绿茶正喝着，忽然听见后头有人在唱诵："南无妙法莲华经。"

那是日莲宗的所谓题目。他条件反射地想：不是贤治。

他不可能发出那么洪亮的声音。政次郎三人来到回廊另一侧的房子，咚咚咚地上了二楼。

拉开门一看，竟然是贤治。

"南无妙法莲华经，南无妙法莲华经。"

他已经起身，正双手合十，用沙哑的嗓音不断唱诵。政次郎不寒而栗。贤治的嘴角还挂着红色的口涎，脸颊的皮肤雪白，上面已经出现了皱纹，如同热牛奶表面的膜用骨胶凝固后形成的块。

"贤治。"

没有回应。

"南无妙法莲华经，南无妙法莲华经。"

政次郎伸出双手抓住他的手腕，把他合十的手掌拉开，在耳畔喊道："贤治，贤治！"

贤治露出发黄的长长槽牙。

他转过可怖的脸来。语气却出乎意料地平稳:"什么事,爸爸?"

"唔。"

政次郎不知该说什么好。

实际上,他已经决定要说什么了。

他决定了要做什么。最近几天这件事占据了他的头脑。他以前也做过一次,不过那非但没有成为动力,反而只是变成了踌躇的种子。

"贤治,我说……"

"什么事,爸爸?"

贤治第二次问的时候,他下定了决心。

政次郎轻轻地深呼吸,然后开口,尽量冷静地说:"接下来,我要记录你的遗言,你有想说的就说吧。"

"老爷!"

阿一喊叫起来,她差点就要从旁抓住政次郎的胸脯。

"太无情了!贤治不会死。以前也有好多次,好多次……"

"阿一,你去,把毛笔和卷纸拿来。"

"不去。"

"阿一。"

"我不听!"

她用两只手捂住耳朵,姿态格外可怜。政次郎平静地说:"好吧。"

他站起来走出了房间。

他下楼来到主屋,从书桌抽屉里拿出提前准备好的砚台盒,他迅速地研好墨,把毛笔和卷纸归拢放进砚台盒,来到马路上。

他走到隔壁房子。拉开宫泽商会的门。在里面的三合土地上,整整齐齐地排列着筒状的金属制品,就像表演狂言时使用的小鼓剥掉了皮似的,可能是马达的零件吧。清六正独自一人伸着手指在计数。

"清六。"

政次郎站在路上喊道,把砚台盒提起来给他看:"去那个。"

这样一件大事,未来的一家之主怎么能不在场呢?

清六脸色一变:"是。"

两个人回到了病房。政次郎在贤治枕边坐下,说:"说吧,贤治。"

政次郎从砚台盒里取出毛笔和卷纸,拿给他看。贤治笑了,就像在说这一刻终于来了啊。

他微微张开嘴唇,不假思索地说:

"我没有遗言,不过,请您准备一千部日译本的《妙法莲华经》,送给大家。"

"只要《寿量品》吗?"

政次郎立刻问道。这是因为他早就知道,《妙法莲华经》这部经书总共分为二十八品,即二十八章,其中第十六个寿量品,正是贤治最为倾心、笃信的对象——它阐述了宇宙的大生命。贤治也曾实际地把这一品单独选出来印刷好发给车站前来往的路人。那也许是国柱会的活动吧。总之,这是理解者提出的问题。贤治目光平静地说:"麻烦您准备全品。"

政次郎迅速地把这些话记在纸上。然后他搁下笔,朗声读了一遍:"这样可以了吗?"

"可以了。"

"你真是了不起的家伙呀。"

政次郎发自内心地说。贤治"呵"地喘口气,对站在政次郎身后的弟弟说:"清六,我终于得到爸爸夸奖了。"

胡说!

政次郎差点就抗议了。哪来的"终于"?迄今为止夸奖了多少次啊。

多得数不清啊,小时候能写出笔画多的字时,上小学所有科目都得"甲"时,决定去农业学校就职时,《春天与阿修罗》问世时,就在几天前,他咽下一片梨时。

当然,这不是贤治的真心话,这是贤治一流的诙谐。政次郎就这么想,接着又问:"还有什么?"

"回头,再说。"

(回头啊。)

听了这个回答,政次郎不由得安心了。

他此刻的心情,就像刚刚登顶,一瞬间彻底放松的感觉。他站起来说:"我去把砚盒放好,清六,你呢?"

"我回去工作。"

"阿一呢?"

"不。"

大概她还很愤怒,她跪在地上移到刚才政次郎坐的地方,看都不看他一眼,说:"我陪小贤。"

"好。"

政次郎又叫上阿国,三个人下楼了。

清六直接走向玄关,政次郎把砚台盒放好,来到面向中庭的走廊,让阿国帮忙铺好旧报纸。

他把卷纸有字的部分在报纸上展开,压好镇纸。天气晴朗。墨水应该很快就会干。

他看了看挂在柱子上的钟。已经过了中午。虽然肚子还不饿,但是有点嘴馋了。

"阿国,阿国,喝杯茶吧,你帮我泡。"

"好。"

"茶点嘛,对了,有栗子馅饼吧?"

就在他从容地说着,向主屋转身的时候,听见阿一的声音在楼上响起:"贤治!贤治!"

比她迄今为止的声音都要高亢。

政次郎和阿国看看彼此,从楼梯飞奔而上。

清六也到了,三个人再一次走进房间,阿一正直起腰,抓着贤治的肩膀:"贤治!贤治!"

她一边哭泣一边大幅度地上下摇晃贤治。贤治双眼紧闭,只有脑袋不停左右颤动,却合不上阿一的节奏。

贤治的右臂搭在被褥上。

弯曲成 V 字形,手就在脖子旁边。指尖上有一小块白色脱脂棉,落在床单上,留下一块透明的印迹。

发生什么事了?

政次郎呆呆地伫立于门口。

下面是阿一事后的讲述。

政次郎、清六和阿国挨个儿离开房间之后,只剩阿一和贤治两个人了。贤治茫然地注视着天花板问:"爸爸,走了?"

"嗯,走了。"

"卷纸呢?"

"收好带走了。"

"好。"

贤治似乎终于心情舒畅,他快活地说:"我渴了,麻烦您,水。"

"好的好的。"

阿一取来鸭嘴壶,把长嘴塞进他唇间。倒进去的水很少,可贤治却夸张得像演戏似的说:"啊,真舒服。"

然后,他眨巴眨巴眼睛,说道:"我想擦擦身子。"

阿一是个顺从的母亲。她掀起放在一旁的金属药箱的盖子,捏起一个小玻璃瓶,扯下一块脱脂棉浸泡好无色透明的液体。那是过氧化氢溶液。独特的酸味让阿一皱起了鼻子。她抬起贤治的右手,让他捏住脱脂棉。贤治用它擦擦左手,又擦擦脖子。

"真舒服。"

这是他说的最后一句话。

他突然闭上了眼睛。右手弯曲成 V 字形,右手在脖子旁,还捏着脱脂棉。

睡着了——阿一做出这个判断,笑了。

"那就好好休息吧。"

就在她站起来想离开房间的时候,听见轻微的声响。

脱脂棉掉了。贤治的呼吸发生了变化,宛如大提琴的演奏者在指挥的指示下,正确无误地,让每一次呼吸声都越来越小。

唯一饱满的耳垂也忽然动了。随之,声音也果断终止了。

"贤治!贤治!"

阿一抓住他,使劲上下摇晃他的肩膀。贤治的头左右晃动,脸上的肌肤就像他在诗歌和童话里常常描写的那样,变成了通透的颜色。

第十章　银河铁道之父

两年后，八月。

花卷和其他的地方一样，也是夏天了。

在充盈天地的草木浓绿和阵阵蝉鸣中，政次郎的家忽然热闹起来。

"你们好。"

伴着装装样子的问候，嫁到岩田家的二女儿阿茂回来了。下个月是贤治的三周年忌日，要在家举行纪念仪式，所以她回到娘家，顺便帮忙。

政次郎和阿一一起到玄关迎接，阿一用手掩口，眯着眼睛道："哦哟。"

这是因为阿茂身后站着五个孩子。

"你们好，外公外婆！"

"快进来，快进来！"

阿一的语气完全就是祖母样。政次郎格外羞怯，一句话也说不出口。阿茂一边脱草鞋一边说："妈妈，今天准备什么？"

"我正在准备下个月给客人吃的瓜干，顺便给孩子们做午饭。"

"腌梅子呢？"

"也要晒干。"

"那好，爸爸，"阿茂已经来到走廊深处，她回头说，"您陪孩子玩到中午吧。"

"陪孩子，喂……"

"没问题的。爸爸不是也养大了五个孩子吗？"

她留下个背影就和阿一走进了厨房。立刻传来主妇们如鸟雀一样快活的喳喳声。

阿茂已经三十五岁了，她结婚的时候，姐姐阿敏还在世。从那个时候算起，已经十三年了呀。

最近，她的腰围越来越粗，脸皮也变厚了。对政次郎说话，也变得自由起来，不，是直截了当。

"真是的，这家伙，居然对父亲这样说话！"

政次郎撇撇嘴，再次回头看看玄关，在那里站着五个外孙，两男三女的组合。这倒正和政次郎自己抚养的孩子一样。

他已经年过花甲，年龄未免相差太大。

阿茂这家伙，大概是故意把重担交给政次郎一个人的。因为，无论在谁家，暑假都是祖孙两代可以好好交流相处的少有机会。

就算不愿意也没办法。他语气生硬地说："嗯，那我来陪你们，到客厅来。"

客厅深处是佛龛。白天，佛龛的门开着。在烛光的辉映下，熠熠生辉地伫立着净土真宗的本尊，阿弥陀如来。他对战战兢兢走进来的外孙们说："你们诚信祈祷。"

他让每个孩子都端正跪坐，双手合十，口念"南无阿弥陀佛"。结束后，他又用手指指走廊边通风的地方，说："排排坐。"

外孙们也许是胆怯，也许是害怕政次郎，就像俘虏似的，依照吩咐从右到左按照年龄顺序跪坐下来。名字分别是：

纯藏、阿文、诚子、杉子、祐吾。

年龄分别是十二、九、七、六、四。

年长的两个正在上小学。据说第一学期的成绩都很好，这也许就是血统吧。从孩子们的老实模样来看，阿茂和丈夫丰藏对孩子管教应该很严格。

不过，他们似乎没那么紧张了。长子纯藏和长女阿文开始小声地吵架："是你先碰的！"

"是哥哥！"

好像因为膝盖互相碰撞而发生了争执，原因很无聊。声音渐渐大起来。他们身后的玻璃窗户敞开着，能看见院子，只不过张着防虫网。

天地充盈草木的浓绿，蝉鸣阵阵。所有的一切都展现出过剩的生命力。政次郎忽然感到一阵风吹过心头，贤治和阿敏也曾经这样吧？

"安静！"

两个外孙马上恢复了正确的姿势。政次郎微微一笑："了不起啊，你们。真是了不起。"

不过是个坐姿，他自己都觉得夸奖得有些过分了。这样一来，政次郎自己也放松了。他走到佛龛前，取来一本供奉在那里的小剪报本，说："好了，我给你们念一首诗吧，这可不难懂，是你们前年去世的舅舅写的。"

他站着翻开第一页，开始朗读贴在那里的剪报。这是一年前《岩手日报》的晚刊在贤治一周年祭日时刊登的。

不输给风

不输给雨

也不输给寒冬冰雪和夏日酷暑

身体健壮

无欲无求

绝不动怒

时常默默微笑

日食糙米四合①

大酱和蔬菜少许

世间万事

不以物喜不以己悲

细听细看细察觉

铭记在心不忘却

在原野松林之荫

居茅草小屋

若东有生病小童

---

① 合：体积单位，一合为一升的十分之一。

前去照料

若西有疲惫母亲

帮她背负稻草

若南有垂死之人

安慰他勿要害怕

若北有争执诉讼

劝解他勿为琐事相争

干旱时落泪

冷夏时焦急奔走

世人笑他傻

从来不夸奖

他却不以为苦

我想成为

那样的人

  几个外孙都一副不感兴趣的模样。他们大概觉得是灌输修身道理的品格教育,要求自己自律,做出色的人。政次郎连忙说:"不是这样。不是这样的。这是舅舅生病的时候,跪坐在被褥上写在笔记本上的东西。我看见他写了。那时候我理解的也是道德上的意义,就是'不输给疾病,要做个完美的人'。但是现在我想的不一样了。这不是一本正经的东西。你们舅舅只不过是拿着铅笔在用语言玩耍罢了。"

"玩耍？"

"哦，对啊。要不然，他干脆就是在乱写。你们看我说得对不对啊。一开头是'不输给雨，不输给风'，这种看起来修身养性的句子，写的全都是谁也无可挑剔的出色行为，结果到最后却说'我想成为这种人'。哎，原来说的不是现实中存在的人呀。不过就是个理想嘛。真让人泄气啊。"

他直爽地一边说，一边想起了贤治。

爱子临终的情形。

不，他想起了贤治临终时自己没有在场的情形。政次郎现在坚定不移地相信，贤治是故意的。就在政次郎为了晾干卷纸上墨迹而下楼的须臾工夫，他咽气了。这是他有意早关店门。

对。政次郎记得，当他听见阿一的惨叫，再次进入病房的时候，他茫然失措地感到被耍了。

贤治是在进行最后的反抗，还是在周到地为他着想——不愿意让父亲目睹死亡这一肮脏的东西呢？

政次郎事后屡次想到这件事，每一次都后悔不已。到最后想来，那或许也是贤治一流的玩耍，恶作剧。

碰巧是最后的捉迷藏。过氧化氢的脱脂棉是为它准备的小道具。贤治很认真，但并不是一个沉闷的人。从小，不，即使是成年之后，他也常常让弟弟妹妹们开怀大笑。而暮年时的什么罗须地人协会，从某个意义上来说，也是和清六的玩耍。要说起来，诗歌也好，童话也好，这些东西说到底都是如此。

外孙们有些丈二和尚摸不着头脑。

他们眨巴着大眼睛仰望着政次郎。尽管政次郎对"不输给雨"的解释好像并没有打动他们,但是细想来这也是无可奈何的。对于孩子来说,死亡是世上最难想象的东西。

"好,那接下来……"

政次郎合上剪报本,特别夸张地说:"我给你们读点别的,这次读童话。"

他把剪报本放在佛龛前,又把手伸向立在一旁的三本一组的书。

那是《宫泽贤治全集》的三卷本,出版社文圃堂书店就把店面设在东京本乡、东京帝国大学前面。它无疑是一家值得信赖的书店,绝不会把自己出版社的东西卖给旧书店。

宫泽贤治。

这个诗人、童话作家的姓名,在他本人逝世后,一转眼便为人瞩目。

岩手当地自不必说,中央文坛也接连不断地出现赞赏者,仅仅一年时间,就出版了全集。编辑除了高村光太郎、草野心平之类的一流诗人,流行作家横光利一的姓名也赫然在册。

其中还有清六。他当然不是文人,而是作为稿件提供者、校订者入列的。全集的出版,会让贤治的姓名、贤治的作品,今后在这世上流传得越来越广。

说不定,他会成为在整个日本无人不知、无人不晓的存在。政次郎一边这样想,一边告诫自己:这怎么可能呢?

总之，现在要开始朗读了。他抽出第三卷，放在手中，回到外孙们面前。

他翻到其中一页，用自己都觉得喜不自禁的声音，立刻从正文开头朗读起来。

一、下午的课程

"同学们，这片模模糊糊的白色东西，有人称它为河流，有人称它为乳汁留下的印迹。那么，大家知道它究竟是什么吗？"黑板上悬挂着一大幅黑色星空图，老师指着图中从上至下氤氲不断的白色银河带问大家。

康帕内拉举手了。接着，另外四五个孩子也举手了。乔班尼也想举手，但他立刻打消了这个念头。

外孙们似乎听得津津有味，或许是因为场景就在学校的教室，所以很容易在心里描绘出来。所有人都跪坐着，听得神采奕奕。政次郎忽然心里一酸，真想让贤治看看这样的面孔啊。

就在这时，"快来快来，吃饭了！"

肆无忌惮的声音响起，阿茂咚咚咚走了进来。

政次郎的二女儿，外孙们的母亲。她用结实的胳膊牢牢地端着一个杉木盆。客厅的正中央事先放了一个圆形的矮饭桌。木盆一放在桌上，就顺势响起了噗啦噗啦的声音。

盆里装满了水。

犹如大毛笔画出来的白线在盆底重叠蜿蜒，是凉挂面。

"什么，这就要吃饭了？"

政次郎噘起嘴来。孩子们都很诚实。比起书，他们更想吃东西，立刻全体起立，纷纷围住了矮饭桌。这饭桌是最近才引进这个家的新时代家具。

坐的位置也是各自随意。政次郎扭扭身，想要"喂"地提醒大家注意，但还是打消了念头，只是露出了苦笑。阿一来给大家分盘子和装蘸料的小碗。五个小孩和三个大人不分上座下座地围成一圈坐下。

"我要开吃了。"

双手合十说完这话，大家把筷子伸进了同一个盆子。阿国已经在政次郎的关照下结了婚，现在不在家，清六也许会等商会的工作告一段落马上就来。

大概是哧溜哧溜地吸着面条，心里也沉稳一些了吧。十二岁的纯藏严肃地问："外公，刚才的故事，名字是什么呀？"

"刚才的故事？"

"对。在那个教室里，康帕内拉和乔班尼……"

政次郎微微一笑。他放下筷子，清清嗓子说："《银河铁道之夜》。"

"两个人最后怎么了？"

"不知道啊，还没写完。"

"没写完？"

纯藏纳闷地歪歪脑袋，仿佛在说，世上还有这种书？政次郎点点头："是啊，你们的舅舅是个坏家伙，稿子写了那么长还不谢幕。"

"那怎么办呢?"

纯藏不高兴了,孩子总是想知道结尾,因为悬而不决让人不安。政次郎指指太阳穴说:"你们可以写呀,在这里。"

纯藏狡黠地问:"那外公呢?"

"我嘛,你们看,会比你们先死,这样就可以见到舅舅了,可以直接问他。"

"真狡猾!"

"这可不狡猾。"

纯藏鼓起的脸庞后面就是佛龛,政次郎的目光扫过佛龛。

佛龛的门开着,伫立在里面的阿弥陀如来佛在烛光的辉映下闪闪发光,那是政次郎从小就看惯的景象,熟悉的信仰。

(能见到吗?)

这件事在心中扎下了根。

宗派不一样。贤治眼下不在政次郎相信的西方极乐净土,而是在日莲宗教谕里的天堂。

他在那里给阿敏读着什么,尽管阿敏不应该出现在那里,为什么这番景象一直存在于政次郎脑海里抹不去?

他自然而然地想起了和贤治最后的对话。

——请您准备一千部日译本的妙法莲华经,送给大家。

——只要《寿量品》吗?

——麻烦您准备全品。

——好。

政次郎不折不扣地履行了这一承诺。他请教专家之后准备好正文，进行了活版印刷，再请人进行了校对，按照日式装订成书，附上问候信，送给了所有能够想到的人。

他请清六帮了忙。虽然十分繁琐，可是做书是件高兴事。从那以后，他不可思议地感到，和贤治之间的距离比他生前还更近一步。

他觉得自己终于可以和贤治推心置腹地交谈了。一见面或许还会争吵，阿敏或许会在一旁哭泣。政次郎一边吸着挂面一边任凭想象遨游。忽然，他产生了一个念头：要不然改一改信仰的宗派吧。